Inavouable tentation

[illegible]

DIANA PALMER

Inavouable tentation

éditions Harlequin

Titre original : NIGHT FEVER

Traduction française de MICHEL MAUSSIÈRE

HARLEQUIN®
est une marque déposée par le Groupe Harlequin
PRÉLUD'®
est une marque déposée par Harlequin S.A.

Photos de couverture
Paysage : © FIRST LIGHT / GETTY IMAGES
Couple : © PHOTODISC / ROYALTY FREE / GETTY IMAGES

83/85 boulevard Vincent-Auriol 75646 PARIS CEDEX 13.
Service Lectrices — Tél. : 01 45 82 47 47

ISBN 978-2-2808-4527-4 — ISSN 1950-277X

Chapitre 1

Becky Cullen leva les yeux, mais juste le temps d'évaluer la distance qui la séparait encore des ascenseurs, puis elle reporta vivement son attention sur les gobelets en équilibre instable sur leur plateau en polystyrène. Tout en slalomant entre les dizaines de personnes qui allaient et venaient dans le hall, elle s'efforçait de ne pas renverser une seule goutte de café — et c'était une véritable gageure, dans la mesure où l'employé du snack de la galerie marchande s'obstinait à ne pas bien fixer les couvercles. A vrai dire, le regard de cet homme s'attardait à peine sur Becky, bien qu'elle soit une cliente fidèle. Avec son physique quelconque et son tailleur gris, se dit-elle, il la prenait sans doute pour l'une de ces droguées de travail qui se consacrait à sa carrière et n'avait que mépris pour les hommes et la vie de famille.

Becky ne put retenir un sourire en songeant à la mine qu'il ferait s'il la voyait chez elle, à la ferme, en short et débardeur, la masse de ses cheveux auburn cascadant librement sur ses épaules…

Car le tailleur qu'elle revêtait chaque matin n'était qu'un camouflage. Au fond d'elle-même, Becky était une fille de la campagne — et aussi l'unique soutien de son grand-père et de ses deux frères cadets. Leur mère était morte alors que Becky avait à peine seize ans, et leur père les avait alors abandonnés à leur sort, ne leur rendant visite que lorsqu'il était fauché. Il était parti en Alabama depuis deux ans et, entre-temps, n'avait plus donné signe de vie. Par bonheur, Becky avait un bon poste. Qui plus est, le récent déménagement à Curry Station du cabinet d'avocats qui l'employait l'avantageait, car cette agglomération qui jouxtait Atlanta n'était qu'à une courte distance de la ferme de son grand-père, où toute la famille vivait. Ici, elle se sentait chez elle, proche de ses ancêtres qui s'étaient installés dans le comté de Curry voilà plus de cent ans.

Non, elle n'avait vraiment pas à se plaindre de son travail, se répéta Becky. Si ce n'est qu'elle aurait bien aimé que ses patrons pensent enfin à changer la machine à café... Descendre plusieurs fois par jour en acheter au snack commençait à la fatiguer. Au bureau, il y avait trois autres secrétaires et une réceptionniste, mais elles bénéficiaient de leur ancienneté. Etant la dernière recrutée, Becky devait se charger des corvées.

Comme elle arrivait devant les ascenseurs, elle balaya l'endroit du regard en espérant qu'elle n'allait pas rencontrer, encore une fois, le personnage imposant qui l'irritait tant. Ne le voyant pas, elle se détendit, soulagée de ne pas avoir à affronter le regard glacial de cet homme, ni la fumée de ses horribles cigares qui empuantissait l'atmosphère. Dans un ascenseur, c'était un véritable enfer, et quelqu'un aurait dû se décider à lui souligner qu'il était interdit de fumer dans les lieux publics. Becky l'aurait bien fait mais, chaque fois qu'elle en avait eu l'occasion, il y avait beaucoup de gens autour d'eux. Bien qu'elle soit d'un caractère résolu, elle n'aimait pas faire d'éclat en public. Mais si un jour elle se retrouvait seule avec cet homme, se promit-elle,

elle ne manquerait pas de lui dire ce qu'elle pensait de ses cigares nauséabonds.

Les ascenseurs, sans doute trop sollicités, tardaient à arriver. Son plateau à la main, Becky prit son mal en patience. L'esprit ailleurs, elle songea que l'homme au cigare n'était pas son pire problème, tant s'en fallait. Son grand-père n'était pas encore remis de l'infarctus qui avait mis un terme à ses activités d'agriculteur, deux mois plus tôt. Maintenant, cette nouvelle responsabilité pesait comme un fardeau sur les épaules de Becky. A moins qu'elle apprenne à conduire le tracteur et à s'occuper des cultures — en plus de cet emploi de secrétaire qui lui prenait la majeure partie de son temps —, l'exploitation maraîchère de son grand-père était vouée à la décrépitude. Le plus âgé de ses frères, Clay, était en terminale, mais il avait constamment des problèmes, ces temps-ci, et il ne fallait pas compter sur lui pour donner un coup de main. Mack, le plus jeune, était encore à l'école primaire. Lui était toujours prêt à aider, mais il était trop jeune pour abattre beaucoup de travail.

Becky soupira. Avec toute sa famille qui dépendait d'elle, ce n'est pas aujourd'hui, malgré ses vingt-quatre ans, qu'elle commencerait à avoir une vie sociale.

Une femme portant une mallette la bouscula soudain, la ramenant au présent. Quand elle eut rééquilibré son plateau, Becky se rendit compte que l'ascenseur était arrivé. Il venait du parking souterrain, et la cabine était déjà bondée. Elle réussit tout de même à se glisser entre une femme qui empestait un parfum bon marché et deux hommes à la limite de la dispute qui comparaient d'une voix forte les avantages de deux ordinateurs de marques concurrentes. Elle éprouva un soulagement intense quand ils descendirent, ainsi que la femme parfumée et les autres personnes, aux troisième et quatrième étages.

— Seigneur, comme je déteste les ordinateurs ! marmonna-t-elle, tandis que l'ascenseur se remettait lentement à monter vers le sixième étage.

— Moi aussi, assura alors une voix bourrue dans son dos.

Becky sursauta et faillit renverser son café en se retournant brusquement. Elle avait cru qu'elle était seule dans la cabine — mais comment avait-elle pu ne pas remarquer cet homme en y entrant ? Car si elle était à peine plus grande que la moyenne, lui devait avoisiner le mètre quatre-vingt-dix. Mais ce n'était pas seulement sa taille qui le distinguait du commun des mortels ; sa carrure était aussi exceptionnelle. Il possédait une musculature qui aurait fait pâlir d'envie bien des athlètes professionnels. Ses mains étaient proportionnées au reste de son corps, mais ses longs doigts lui faisaient penser à ceux d'un pianiste. Et son parfum était le plus sexy que Becky ait jamais senti… Mais son visage était encore plus impressionnant que sa stature. Elle ne se souvenait pas d'avoir jamais croisé un homme à la physionomie aussi rude.

Ses traits étaient comme taillés à la serpe et lui donnaient un air presque féroce. Il avait d'épais cheveux bruns — aile de corbeau, plutôt —, et ses yeux noirs, enfoncés dans leurs orbites, étaient dotés d'un regard singulièrement perçant. Son nez était droit, ses pommettes saillantes, et s'il avait une belle bouche, sensuelle, Becky ne l'avait jamais vu sourire. A vrai dire, la froideur de son attitude lui glaçait le sang.

En dehors de cela, il avait dans les trente-cinq ans et était vêtu avec goût d'un costume anthracite à fines rayures sur une chemise blanche qui faisait ressortir son teint mat.

Becky dut faire un effort pour détacher les yeux du personnage. Et dire qu'elle pensait l'avoir évité, pour une fois !

— Oh ! C'est encore vous, fit-elle d'un ton résigné tout en arrangeant ses gobelets. Cet ascenseur vous appartiendrait-il, par hasard ? Chaque fois que j'y monte, vous m'y accueillez avec votre air lugubre. Ne souriez-vous donc jamais ?

— Quand j'aurai une raison de sourire, vous serez la première informée, répliqua-t-il.

Sur ce, il tira un cigare de sa poche et, sans plus de manières, entreprit de l'allumer.

— Je ne supporte pas la fumée, s'insurgea Becky.

— Dans ce cas, cessez de respirer jusqu'à ce que les portes s'ouvrent, rétorqua-t-il d'un air indifférent.

Becky faillit s'étrangler de fureur.

— De ma vie, je n'ai jamais connu personne qui soit aussi grossier que vous ! fulmina-t-elle.

— Mais vous ne me connaissez pas, observa-t-il calmement.

— C'est exact. Et j'en suis fort heureuse, marmonna Becky.

Etait-ce son imagination qui lui jouait des tours ? Toujours est-il qu'à ce moment-là, il lui sembla que l'homme réprimait un sourire.

— Vous travaillez dans cet immeuble ? demanda-t-il comme si ce n'était pas évident.

Becky lui décocha un regard venimeux.

— Sachez que je n'ai pas besoin de travailler, mon cher monsieur. Je suis la maîtresse de l'un des avocats, au cabinet de Mes Malcolm, Randers, Tyler et Hague, et mon amant m'entretient.

L'homme la toisa des pieds à la tête et haussa légèrement les épaules.

— Il doit avoir des problèmes de vue, asséna-t-il.

Becky plissa les yeux de colère tout en crispant les mains sur son plateau. Oh, comme elle avait envie de lui jeter ses gobelets à la figure ! Mais elle se retint : cela pourrait avoir des conséquences fâcheuses. Elle avait besoin de travailler, et l'homme connaissait peut-être ses patrons.

— Non, il y voit très bien, répondit-elle avec hauteur. Mais je compense mon physique ingrat par une technique amoureuse sans pareille. Pour commencer, je l'enduis de miel, puis je fais intervenir des fourmis spécialement dressées pour…

— J'espère au moins que vous le déshabillez d'abord, coupa-t-il. Le miel ne se détache pas facilement des vêtements. Ah, voici mon étage.

Becky s'écarta pour le laisser sortir. Alors qu'il passait devant elle, elle ne put s'empêcher de lancer :

— Je vous souhaite une journée exécrable.

Mais l'homme l'ignora superbement.

Ce n'est que lorsque les portes se refermèrent que Becky s'aperçut qu'elle avait manqué son étage. Contre sa volonté, l'ascenseur l'emporta alors jusqu'au quatorzième, où un couple l'attendait pour descendre. Quand elle arriva enfin au sixième, sa rage avait eu le temps de s'apaiser.

Au bureau, Maggie, Jessica et Tess, les trois autres secrétaires, étaient plongées dans leur travail. Becky traversa la salle commune somptueusement décorée et entra sans frapper dans le bureau de Bob Malcolm, l'associé le plus jeune du cabinet, et son patron direct.

Avec lui se trouvaient deux collègues d'Atlanta, Mes Harley et Jarard, qui attendaient leur café avec impatience, pendant que Bob parlait d'un ton courroucé au téléphone.

— Posez ça là, Becky, dit-il brusquement en couvrant le microphone de sa main et en désignant son bureau du menton. Kilpatrick vient juste d'arriver, ajouta-t-il à l'intention de ses collègues. On va me le passer.

Tandis que Becky s'exécutait, Bob se remit à parler dans le combiné.

— Ecoutez, Kilpatrick, tout ce que je veux, c'est que vous me receviez. Il y a des faits nouveaux, dans cette affaire, et je souhaite vous les exposer.

La réponse ne lui plut visiblement pas. Il abattit le poing sur son bureau et son visage s'empourpra.

— Bon sang ! s'exclama-t-il. Pourquoi faut-il que vous soyez si inflexible ?... Très bien, très bien, concéda-t-il avec un soupir excédé. Je monte vous voir d'ici à cinq minutes.

Il raccrocha d'un geste brutal et se laissa aller contre son dossier en secouant la tête.

— J'espère qu'il ne va pas se représenter aux élections, celui-là ! maugréa-t-il. Il n'y a que deux semaines que j'ai affaire à lui et je n'en peux déjà plus. Je regrette Dan Wade, je peux vous l'assurer !

Dan Wade était le procureur de la ville d'Atlanta, qui passait pour un homme sympathique. Mais ici, dans le comté de Curry, le procureur était Rourke Kilpatrick. Connaissant le caractère entier de son patron, Becky se dit que celui-ci avait peut-être mal engagé ses relations avec le magistrat. Ce dernier était sans doute aussi amène que Dan Wade, pour peu que l'on sache s'y prendre avec lui.

Elle s'apprêtait à soulever ce détail, quand Harley intervint.

— Peut-on vraiment blâmer Kilpatrick ? fit-il valoir. Depuis qu'il s'est mis en tête d'éradiquer le trafic de drogue dans la région, cet homme reçoit chaque jour des menaces de mort. Mais il est obstiné, et il n'est pas près d'abandonner la partie. J'ai déjà eu une ou deux affaires à défendre, dans ce comté, et je connais la pugnacité de Kilpatrick. On ne peut ni l'acheter ni l'influencer. C'est le défenseur de la loi et de l'ordre dans toute sa splendeur.

— Quand je repense à la façon dont il a cuisiné l'un de mes témoins, l'autre jour, j'en ai encore des sueurs froides, déclara Bob. Cette personne a dû prendre des tranquillisants, après sa comparution.

— M. Kilpatrick est vraiment si terrible que ça ? demanda Becky.

— Oui, répondit son patron. Vous n'avez jamais eu l'occasion de le rencontrer, n'est-ce pas ? Son bureau étant en cours de rénovation, il s'est installé temporairement dans cet immeuble. Pour nous, évidemment, c'est plus pratique, puisque nous n'avons qu'un étage à monter. Mais Kilpatrick n'aime pas du tout cet arrangement.

— Kilpatrick n'aime rien ni personne, assura Hague. Il paraît que son caractère implacable lui vient de ses origines. Il a du sang indien — cherokee, plus précisément. A la mort de son père, un Irlandais pure souche, sa mère est venue s'installer ici. Quand elle est décédée à son tour, peu de temps après, Rourke Kilpatrick a été placé sous la tutelle de son oncle. L'oncle en question faisait partie de l'une des familles fondatrices de Curry Station, et il a forcé la bonne société locale à accepter son neveu. C'était un juge fédéral, ajouta-t-il. Je suppose que c'est lui qui a transmis à Kilpatrick sa passion de la loi. Car l'oncle, voyez-vous, était déjà incorruptible.

— Eh bien, je vais tout de même aller lui parler de notre client, dit Bob Malcolm en se levant.

— Vous feriez mieux de lui envoyer Becky, suggéra Harley avec un petit sourire. Il pourrait se laisser attendrir.

— Vous plaisantez ! s'esclaffa Bob. Il n'en ferait qu'une bouchée.

Puis il s'adressa à Becky.

— En attendant que je revienne, j'aimerais que vous classiez les dossiers, si ça ne vous fait rien. Maggie vous indiquera où ils se trouvent.

— Très bien, acquiesça-t-elle. Je vous souhaite bonne chance, monsieur.

Il lui sourit.

— Merci. Je crois que j'en aurai besoin.

Tandis qu'il sortait, Becky le suivit d'un regard affectueux. En dépit de ses sautes d'humeur, c'était un homme généreux.

Maggie lui montra de bonne grâce où se trouvaient les dossiers à classer. C'était une petite femme à la peau sombre, mince et toujours élégante, qui était depuis vingt ans dans ce cabinet d'avocats et qui en connaissait les secrets les moins avouables. Becky s'entendait très bien avec elle. Maggie était la seule personne à qui elle pouvait se confier.

Installée à l'autre bout de la salle, la blonde Jessica était la secrétaire de Mes Randers et Hague, et la maîtresse de ce dernier, un célibataire endurci. Elle était heureuse de son sort et se pomponnait plus que de raison. Assise non loin d'elle, Tess, une jolie blonde au sourire amical qui s'était mariée récemment, travaillait surtout pour Me Tyler. La réceptionniste se prénommait Connie. C'était une brune toujours pleine d'entrain, qui sortait beaucoup mais ne trouvait pas chaussure à son pied. Becky avait de bons rapports avec toutes, mais Maggie était tout de même sa préférée.

— Au fait, dit celle-ci tandis que Becky classait ses dossiers, nous allons avoir une nouvelle machine à café. J'irai l'acheter demain.

— Veux-tu que j'y aille à ta place ? proposa Becky.

— Non, je te remercie. Je veux en profiter pour acheter un cadeau à ma belle-sœur. Elle attend un bébé.

Becky lui sourit sans conviction. Attendre un bébé l'aurait comblée de joie, mais, malheureusement, la chose n'était pas au programme. Elle avait le sentiment de passer à côté de la vie. Elle n'était jamais sortie, sauf pour se rendre, une fois, à une fête de village avec le petit-fils d'un ami de son grand-père, et l'expérience n'avait pas été une franche réussite. Le garçon fumait du haschisch et aimait le flirt très poussé ; il n'avait pas compris pourquoi Becky ne partageait pas ses goûts.

Au bureau, on disait de Becky qu'elle était vieux jeu parce qu'elle n'envisageait pas de rapports physiques en dehors des liens sacrés du mariage. Le problème, c'est que les célibataires étaient rares, autour d'elle, et que ceux qui restaient n'étaient pas forcément candidats au mariage. D'ailleurs, l'eussent-ils été que Becky n'aurait pas été plus avancée puisqu'elle ne pouvait pas abandonner son grand-père et ses frères. Elle soupira. Elle se sacrifiait pour sa famille, et il n'y avait aucune issue. Son père le savait, bien entendu, mais il s'en moquait comme de sa première chemise. Cela aussi était difficile à accepter — qu'il sache qu'elle était submergée de travail et qu'il s'en fiche. Qu'il n'appelle jamais pour savoir comment se portaient ses enfants.

La voix de Maggie la ramena soudain au présent.

— Tu as sauté deux dossiers, Becky.

— Désolée, s'excusa-t-elle. J'avais l'esprit ailleurs.

En fin d'après-midi, Becky rentra chez elle au volant de sa Thunderbird blanche. Il s'agissait de l'un des anciens modèles doté de sièges baquets et d'une carrosserie tout en angles, mais c'était la voiture la plus élégante qu'elle ait jamais conduite, avec ses sièges recouverts de velours lie-de-vin, et elle l'adorait positivement, bien qu'elle n'ait pas fini de la payer.

En traversant Curry Station, Becky se fit la réflexion que la petite ville n'avait guère changé depuis la guerre de Sécession. La statue de rigueur du soldat de la Confédération gardait la place centrale, fusil au poing. Elle était entourée de bancs où les personnes âgées venaient s'asseoir, le dimanche, pour passer le temps. Dans la rue principale, il y avait un drugstore, une mercerie, une épicerie et un théâtre qui venait d'être remis à neuf.

On aboutissait ensuite devant le magnifique palais de justice en brique rouge avec son énorme horloge, que les municipalités successives de Curry Station avaient eu l'intelligence de conserver. En temps normal, c'était là que le procureur du comté avait son bureau, mais celui-ci était en cours de rénovation. Becky éprouvait une certaine curiosité à l'égard de M. Kilpatrick. Comme tout le monde, elle connaissait l'histoire de sa famille, évidemment. Le premier Kilpatrick s'était enrichi dans le commerce à Savannah, avant de venir s'installer à Atlanta. Au fil des années, la fortune familiale s'était réduite, mais elle savait que Rourke Kilpatrick possédait une Mercedes-Benz et habitait dans un manoir. Ces signes extérieurs de richesse indiquaient qu'il avait d'autres revenus qu'un simple salaire de procureur. Et n'était-ce pas étrange, comme le disaient certains, qu'il se soit présenté à ce poste, alors que, avec son diplôme en droit de l'université de Géorgie, il aurait pu gagner des millions en travaillant dans le privé ?

Rourke Kilpatrick avait d'abord été nommé par le gouverneur de l'Etat pour remplacer l'ancien procureur décédé en cours de fonction. Au terme de son mandat, un an plus tard, Kilpatrick avait créé la surprise en remportant les élections. Il n'était pas courant, en effet, qu'une personne nommée à ce poste rassemble autant de suffrages au scrutin suivant.

Cependant, Becky n'avait pas suivi la campagne électorale et n'avait pas prêté une grande attention au procureur jusqu'à présent. Ses fonctions ne requérant pas qu'elle soit présente au tribunal et ses tâches ménagères l'accaparant trop pour qu'elle regarde les infos, elle ne connaissait Kilpatrick que de nom.

Après avoir laissé derrière elle un quartier résidentiel aux rues bordées de chênes, Becky arriva dans une zone rurale où de vieilles fermes en piteux état témoignaient de l'orgueil têtu des Géorgiens qui s'étaient accrochés à leur bien de génération en génération quoi qu'il leur en coûte.

L'une de ces fermes appartenait à Granger Cullen, le troisième du nom à en hériter depuis la guerre de Sécession. A force d'expédients, les Cullen avaient réussi à conserver cette exploitation d'une cinquantaine d'hectares, mais, aujourd'hui, les dépendances étaient délabrées, et la maison d'habitation à clin ne valait guère mieux. Il y avait la télévision, mais pas le câble, parce que cela coûtait trop cher. La ferme était raccordée au réseau d'alimentation en eau de la ville — Dieu merci ! —, mais la tuyauterie avait tendance à geler en hiver, et il semblait ne jamais y avoir assez de fioul dans la cuve pour chauffer la maison jusqu'à ce qu'on ait mis suffisamment d'argent de côté pour en faire livrer.

Becky se gara sous l'appentis réservé à cet effet, coupa le contact et resta un moment dans la voiture à contempler le paysage qui l'entourait. Le grillage des clôtures, rouillé depuis belle lurette, s'affaissait, et les piquets qui le soutenaient pourrissaient. Les champs étaient envahis de mauvaises herbes. Il faudrait les labourer avant les semis et les plantations de printemps, mais Becky ne savait pas conduire le tracteur et Clay était trop irascible, depuis quelque temps, pour qu'on puisse compter sur lui pour quoi que ce soit. Bien sûr, il y avait suffisamment de fourrage dans la grange pour nourrir les deux vaches qu'ils gardaient pour le lait, assez de pâtée pour les poules et de maïs pour agrémenter la ration quotidienne des animaux. Et, grâce aux efforts sans relâche de Becky, le gros congélateur était plein de légumes et le garde-manger regorgeait de conserves diverses et variées. Mais tout cela serait consommé d'ici à l'été et devrait être remplacé. Elle grimaça en songeant à tout le travail qui l'attendait. Que ce soit ici ou au bureau, elle ne faisait que ça : travailler. Elle ne sortait jamais ; elle ne portait jamais de vêtements de soie ou bien de parfum coûteux ; elle n'était jamais allée chez le coiffeur ni chez la manucure, et n'irait sans doute jamais. Elle vieillirait en s'occupant de sa famille, tout en rêvant qu'elle partirait bientôt.

Soudain, Becky se sentit honteuse de s'apitoyer ainsi sur son sort. Elle aimait son grand-père et ses frères, et elle ne pouvait pas les blâmer pour son manque de liberté. De toute façon, à quoi cela lui servirait-il de sortir ? Elle ne pouvait pas coucher à droite et à gauche, parce que ce n'était pas dans sa nature. Elle ne pouvait pas boire d'alcool, parce que même un petit verre l'endormait. Elle ne pouvait pas fumer, car cela la faisait tousser. Décidément, se dit-elle en descendant de voiture, en matière de rapports sociaux, elle était nulle.

— Je ne suis pas faite pour vivre à notre époque, dit-elle

aux poules qui picoraient dans la basse-cour. J'aurais dû naître il y a cent ans et entrer au couvent.

— Papy ! Becky parle encore aux poules ! cria alors Mack qui sortait de la grange, un grand sourire aux lèvres.

Assis sous la véranda, sur une chaise cannée, le grand-père profitait des derniers rayons de soleil. Bien qu'on ne soit encore qu'en février, il faisait très doux, et il ne portait qu'une chemise écossaise sous sa salopette. Becky nota avec plaisir qu'il avait l'air d'aller mieux que ces dernières semaines.

— Tant que les poules ne répondent pas, il n'y a pas à s'en faire, Mack, répliqua-t-il.

— As-tu fait tes devoirs ? demanda Becky à son petit frère.

— Mais je viens juste de rentrer ! protesta-t-il. Il faut d'abord que je nourrisse ma grenouille.

— Mille excuses, dit Becky. Et où est Clay ?

Pour toute réponse, Mack disparut prestement dans la grange. Tout en secouant la tête, Becky grimpa les marches de la véranda et s'aperçut que son grand-père évitait son regard.

— Qu'est-ce qui ne va pas ? lui demanda-t-elle d'un ton affectueux.

Le vieil homme baissa la tête, présentant à Becky son crâne dégarni où restaient quelques cheveux gris. Il était grand et mince, mais il s'était voûté depuis son infarctus. Des taches de vieillesse marquaient le dos de ses mains, et des rides profondes sillonnaient son visage à la peau tannée par des années de travail en plein air. Il n'avait que soixante-six ans mais en paraissait dix de plus. Il faut dire que la vie n'avait pas été tendre avec lui, songea tristement Becky. Sa femme et lui avaient perdu deux enfants lors d'une inondation, et un autre avait été emporté par la maladie. De leurs quatre garçons, seul Scott, le père de Becky et de ses frères, avait survécu, et il avait toujours été une source de tourments pour ceux qui l'entouraient, y compris son épouse. Officiellement, elle était morte d'une pneumonie, mais Becky était persuadée qu'elle avait tout simplement cessé de lutter. Elle était déjà de santé fragile, et les frasques de son mari, joueur invétéré et coureur de jupons, lui avaient fait perdre le goût de vivre.

— Clay est sorti avec les Harris, marmonna enfin le grand-père de Becky.

— Sony et Bubba ? s'affligea Becky.

Ils s'appelaient en réalité Dick et Bill, mais, comme beaucoup de garçons du Sud, ils étaient affublés de surnoms qui n'avaient pas grand-chose à voir avec leurs prénoms. Les deux frères étaient à peine plus âgés que Clay, mais ils consommaient de la drogue, et on disait même que Sony en vendait. Ce dernier avait laissé tomber l'école à seize ans. Il possédait une grosse Corvette bleue et semblait dépenser sans compter. Becky avait dit à Clay qu'elle ne voulait pas qu'il fréquente les Harris, mais, à l'évidence, son frère se moquait bien de ses desiderata. Apparemment, il appréciait la compagnie de ces voyous.

— Je ne sais plus quoi faire, avoua le vieil homme. J'ai essayé de lui parler, mais il n'a pas voulu m'écouter. Il m'a dit qu'il était assez grand pour s'occuper de ses affaires, et que ce qu'il faisait ne me regardait pas. Quelle honte ! Un gamin de dix-sept ans qui envoie promener son grand-père !

— Cela ne lui ressemble pas, observa Becky. En fait, ce n'est que depuis Noël que son comportement s'est détérioré. C'est-à-dire, depuis qu'il fréquente les Harris.

— Il n'est pas allé à l'école ces deux derniers jours, ajouta son grand-père. Le lycée a appelé pour connaître le motif de son absence. J'ai appris que, depuis la rentrée de janvier, il accumulait les mauvaises notes. S'il ne se reprend pas, il n'aura pas son examen de fin d'année. Que fera-t-il, alors ? demanda-t-il d'une voix lasse. Il tournera mal, exactement comme son père.

— Seigneur ! soupira Becky.

Elle s'assit lourdement sur une marche de la véranda. La situation dégénérait de semaine en semaine, et elle se sentait impuissante à y faire face.

Jusqu'à très récemment, Clay n'avait jamais posé de problème, mais, en quelques semaines, il avait changé du tout au tout. Ses notes avaient chuté. Il était souvent replié sur lui-même, et on ne savait plus par quel bout le prendre. Il rentrait si tard que, parfois, il ne pouvait pas se lever pour aller au lycée. Ses yeux étaient souvent injectés de sang, et il était rentré, un soir, en riant bêtement à propos de tout et de rien — des effets symptomatiques de la cocaïne, avait appris Becky. Et, bien qu'elle ne l'ait jamais surpris en flagrant délit, elle était certaine, malgré ses dénégations, qu'il fumait aussi du haschisch, parce qu'elle l'avait senti sur ses vêtements.

Et, maintenant, Clay ne supportait plus qu'elle lui pose des questions sur ses activités nocturnes. Elle n'était que sa sœur, lui avait-il fait observer avant-hier soir. Elle n'avait aucun droit sur lui, et il n'était plus question qu'elle lui dicte sa conduite. Il en avait assez de ne jamais avoir d'argent. Que cela plaise ou non à Becky, il allait se faire une place au soleil.

Elle ne pouvait plus qu'espérer qu'il ne devienne pas toxicomane. Certes, il existait des lieux où l'on traitait l'accoutumance, mais ils étaient destinés aux riches. Clay, lui, ne pourrait envisager au mieux qu'un centre de réinsertion subventionné par l'Etat. Mais, même en admettant qu'il veuille bien y aller, son grand-père s'y opposerait. Il était trop fier pour accepter tout ce qui ressemblait de près ou de loin à de la charité.

Voilà donc où ils en étaient, se dit Becky en contemplant d'un regard morne la propriété familiale : endettés jusqu'au cou, et avec un Clay qui se dirigeait tout droit vers de sérieux ennuis. A cause de l'homme de l'ascenseur, la journée n'avait pas très bien débuté, mais elle se terminait sous des auspices purement et simplement catastrophiques.

Chapitre 2

Après s'être changée et avoir réuni ses longs cheveux auburn en queue-de-cheval, Becky entreprit de préparer le dîner. Pendant que le poulet et la purée cuisaient, elle mit au four une tarte aux cerises tout en se demandant si Clay rentrerait assez tôt pour manger. Elle n'avait pas perdu tout espoir de le raisonner, mais elle ne savait plus comment s'y prendre. Lui parler ne changerait rien. Elle avait déjà essayé, mais il refusait d'écouter ou, pire, s'énervait et injuriait Becky.

Si encore elle avait eu quelqu'un avec qui partager ses soucis… Mais elle ne voulait pas embêter Maggie avec ses problèmes familiaux, et elle avait perdu de vue ses amies de lycée. Peut-être pourrait-elle se confier à M. Malcolm. Elle ne voyait que lui pour la conseiller.

Becky mit le couvert et appela son frère et son grand-père. Ils commencèrent à manger en écoutant Mack se plaindre de son instituteur et de l'école en général.

— Je n'apprendrai pas ma leçon de maths, conclut-il d'un ton ferme, défiant sa grande sœur de ses yeux verts.

Becky ne cilla pas. Elle se dit que Mack était grand pour un gamin de dix ans, et qu'il prenait plus d'assurance de jour en jour.

— Si, tu l'apprendras, répliqua-t-elle. Un jour ou l'autre, il faudra que tu aides à tenir les comptes. Je ne serai pas toujours là.

— Ne dis pas ça ! maugréa son grand-père.

Puis il baissa les yeux et soupira tristement, avant de reconnaître :

— Encore que je comprenne que tu aies envie de t'enfuir, de temps en temps. Avec tout le travail que nous te donnons, les uns et les autres…

— Tais-toi, je t'en prie, coupa Becky. Tu sais bien que je vous aime, tous les trois, sinon, je ne resterais pas. Allons, mange donc ta purée. Ensuite, il y a une tarte aux cerises.

— Miam ! fit Mack, soudain tout réjoui. C'est le dessert que je préfère.

— Et tu pourras en manger autant que tu voudras. Après que tu auras appris tes maths, précisa Becky avec un grand sourire.

Mack fit la grimace et croisa les bras, l'air boudeur.

— J'aurais dû aller avec Clay. Il m'a dit que je pouvais.

— Si jamais tu sors avec lui, je confisquerai ton ballon de basket, prévint-elle.

Son frère était passionné de basket. La menace le fit pâlir.

— Ça va, Becky ! marmonna-t-il. Je disais ça pour rigoler.

— Je l'espère bien, rétorqua-t-elle. Clay a de mauvaises fréquentations. Il me donne assez de souci sans que tu viennes y mettre du tien.

Mack reprit sa fourchette.

— D'accord. J'éviterai Sony et Bubba, promit-il. Mais, toi, ne touche pas à mon ballon.

Becky réprima un soupir de soulagement.

— Marché conclu, acquiesça-t-elle.

Le repas terminé, pendant que Mack et le grand-père regardaient la télévision, elle fit la vaisselle, donna un coup de balai dans la salle à manger et mit en route une machine de linge. Ensuite, elle aida Mack à faire ses devoirs, lui fit réciter sa leçon, et quand son frère fut au lit, elle alla s'occuper de son grand-père. Elle venait de prendre une douche et s'apprêtait à aller se coucher, quand Clay entra en titubant dans le salon. Il empestait la bière et paraissait très content de lui.

L'odeur écœurante de malt fit grimacer Becky. Elle fixa Clay d'un regard accablé, consciente qu'il devait son état à l'absence de leur père. Il était à un âge où il avait besoin d'un homme pour le guider, d'un exemple à suivre. Il cherchait un modèle et, au lieu de se tourner vers son grand-père, il avait trouvé les frères Harris.

— Oh, Clay, soupira-t-elle.

Il lui ressemblait tant avec ses cheveux qui tiraient sur le roux et ses yeux noisette…

— Ne crains rien, je ne vais pas vomir, se glorifia-t-il avec une sorte de rictus. J'ai fumé un joint avant de me soûler, je ne risque pas d'être malade.

Puis il s'appuya conte le canapé et annonça :

— J'ai décidé de laisser tomber les études, Becky. L'école, c'est bon pour les chiffes molles et les attardés mentaux.

— Il n'en est pas question, rétorqua-t-elle. Je ne me tue pas à la tâche pour que tu ailles traîner dans les rues avec des voyous. Les Harris ne t'apporteront rien, si ce n'est des problèmes.

Clay la toisa de son regard vitreux.

— Ce sont mes amis et, que cela te plaise ou non, je continuerai à les voir.

Mais, bien qu'il ait affirmé le contraire, il n'était pas dans son assiette. Il avait aussi fumé du crack, et sa tête était près d'éclater. Tant qu'il planait, c'était sublime, mais l'effet de la drogue se dissipant, il se sentait de plus en plus déprimé.

— J'en ai assez de ne jamais avoir un rond, marmonna-t-il.

— Eh bien, tu n'as qu'à te trouver un job, dit sèchement Becky. C'est ce que j'ai fait, quand j'étais au lycée. Ensuite, j'ai travaillé dans trois entreprises différentes avant de décrocher mon poste actuel. Et, pour cela, j'ai dû suivre des cours du soir.

— Et c'est reparti ! s'exclama-t-il. Sainte Becky ! Tu travailles, d'accord. Et alors ? Ça ne nous empêche pas de manquer de tout. Et maintenant que grand-père est malade, les choses ne vont pas s'arranger.

Becky sentit son cœur se serrer. Ce que disait Clay était vrai, bien sûr, mais qu'il le lui jette ainsi à la figure la blessait profondément.

— Tu n'es qu'un égoïste, lui lança-t-elle d'un ton amer. Je ne te reconnais plus, Clay. Je ne te croyais pas aussi ingrat.

Clay vacillait sur ses jambes. Le cerveau embrumé, il s'effondra sur le canapé. Les reproches de sa sœur étaient sans doute fondés, mais il était trop défoncé pour s'en soucier.

— Désolé de te décevoir, bougonna-t-il en s'allongeant. Et maintenant, laisse-moi tranquille.

— Tu as pris autre chose que de la bière et de la marijuana, n'est-ce pas ? devina-t-elle.

— Un peu de crack, répondit-il, déjà à moitié endormi. Tout le monde en fume, de nos jours… Bon sang, comme j'ai sommeil !…

Il bâilla à s'en décrocher la mâchoire et ferma les yeux. Deux secondes plus tard, il dormait. Becky le contempla, l'estomac noué par l'angoisse. Du crack ! Elle n'en avait jamais vu, mais elle savait ce que c'était : un dérivé fumable de la cocaïne, parfaitement illégal, et, surtout, violemment toxique. Il fallait à tout prix qu'elle persuade Clay d'arrêter avant qu'il s'accoutume à ce poison. La première chose à faire était de l'arracher à l'influence des Harris. Elle ne voyait pas comment elle pourrait s'y prendre, mais elle devait trouver un moyen.

Becky couvrit son frère avec une couverture, parce qu'il était plus simple de le laisser dormir ici. Clay mesurait déjà un mètre quatre-vingts et était trop lourd pour qu'elle le transporte dans sa chambre. Elle songea à l'adolescent sans problème qu'il était il y avait encore quelques mois de cela. Qu'il ait pris du crack l'anéantissait. Mais, bon, avec un peu de chance, il ne recommencerait pas. Elle parviendrait à lui faire entendre raison.

Le moral en berne, Becky alla se coucher avec l'impression d'être vieille avant l'âge. Elle eut encore le temps de penser que tout s'arrangerait peut-être demain, avant de sombrer dans un sommeil sans rêve.

Mais, au matin, Clay refusa de se lever pour aller au lycée. Cachant son impuissance sous une apparence de fermeté, Becky déclara :

— Il faudra que nous discutions, toi et moi, quand je rentrerai. En tout cas, il n'est pas question que tu revoies ces garçons.

— Tu veux parier ? rétorqua-t-il en la provoquant du regard. Essaie donc de m'en empêcher. Je serais curieux de savoir ce que tu peux faire.

— Eh bien, tu verras, répliqua-t-elle.

Mais ce n'étaient, hélas, que paroles en l'air.

Une fois au bureau, Becky continua de broyer du noir, tant et si bien que Maggie finit par s'en apercevoir.

— Ça n'a pas l'air d'aller, dit-elle discrètement. Est-ce que je peux faire quelque chose pour toi ?

— J'ai bien peur que non, répondit Becky avec un sourire. Mais je te remercie de ta compassion.

— Tu ferais la même chose à ma place, observa Maggie. Quoi qu'il t'arrive, il faut laisser passer l'orage. Ne dit-on pas qu'après la pluie vient le beau temps ?

— J'essaierai de m'en souvenir, promit Becky.

Et, rassérénée par l'attention de son amie, Becky y parvint assez bien. Jusqu'à ce que, en début d'après-midi, elle reçoive un coup de fil du juge des enfants l'informant que Clay avait été appréhendé pour détention de stupéfiant. M. Gillen, le magistrat, précisa qu'il avait contacté le procureur et qu'ils avaient tous deux discuté avec Clay. A la suite de quoi il avait été transféré provisoirement au centre de détention pour mineurs délinquants, le temps de décider s'il serait ou non inculpé. Clay était en état d'ivresse et en compagnie des frères Harris quand la police l'avait arrêté dans les faubourgs de la ville. En le fouillant, les policiers avaient découvert un sachet de crack dans sa poche.

La décision de le poursuivre en justice dépendait du procureur, conclut M. Gillen. Et Becky, effondrée, fut prête à parier que Kilpatrick n'hésiterait pas à faire condamner Clay. L'homme ne plaisantait pas avec ce genre d'affaire.

Becky remercia le juge des enfants de l'avoir prévenue personnellement, puis elle se rendit immédiatement dans le bureau de Bob Malcolm pour solliciter son avis.

— Que puis-je faire ? demanda-t-elle d'un ton proche du désespoir après lui avoir relaté les faits. Clay avait plus de quarante grammes sur lui. On pourrait l'inculper de trafic de drogue.

— Becky, c'est votre père qui devrait se charger de ça, fit valoir son patron.

— Il n'est pas à Curry Station, en ce moment.

Becky ne mentait pas. Son père avait quitté la ville voilà deux ans et n'y était plus revenu depuis.

— Et mon grand-père ne va pas bien, ajouta-t-elle. Il a des problèmes cardiaques.

Bob Malcolm secoua la tête en soupirant.

— Très bien. Je vais appeler le procureur et voir s'il peut nous recevoir. Nous pourrons peut-être le fléchir.

— Fléchir le procureur ? s'étonna Becky. Mais ne disiez-vous pas qu'il était inflexible ?

— Tout dépend de l'ampleur du délit et des preuves que Kilpatrick possède. Il n'aime pas gaspiller les deniers publics, et s'il est sûr de perdre un procès, il ne l'intentera pas. Nous verrons bien.

Sur ce, il appela la secrétaire du procureur, qui lui dit que Rourke Kilpatrick avait justement quelques minutes de libres maintenant.

— Nous montons tout de suite, assura Malcolm. Allons-y, Becky, fit-il en raccrochant.

— J'espère qu'il est de bonne humeur, murmura-t-elle.

Elle jeta un coup d'œil dans le miroir. Sa coiffure était impeccable, et son léger maquillage pastel ne dissimulait pas la pâleur de son teint. Mais sa robe écossaise et son chemisier blanc étaient usés, et ses mains, bien que fines, portaient le témoignage des travaux qu'elle devait accomplir à la ferme. En bref, Becky n'était pas rentière, et cela se voyait. Elle avait l'air de ce qu'elle était : une femme de la campagne submergée de travail et de responsabilités, pas sophistiquée pour un sou. Mais peut-être cette simplicité jouerait-elle en sa faveur ?

La secrétaire de M. Kilpatrick était une grande brune au comportement très professionnel. Elle les reçut avec un sourire chaleureux.

— M. Kilpatrick vous attend, dit-elle en désignant le bureau de son patron.

— Merci, Daphné, répondit Malcolm. Courage, Becky. Le procureur ne vous mangera pas.

Il frappa un coup à la porte et ouvrit, cédant le passage à Becky. Elle fit un pas dans la pièce, mais se figea sur place à la vue de l'homme assis derrière le bureau couvert de documents officiels.

— Vous ! s'exclama-t-elle involontairement.

L'homme posa le cigare qu'il était en train de fumer et se leva. Il ne sourit pas devant la surprise manifeste de Becky et ne prit même pas la peine de la saluer. Il avait l'air aussi intimidant que dans l'ascenseur, et tout aussi glacial.

— Ce n'était pas la peine de vous faire accompagner par votre secrétaire, marmonna-t-il à l'intention de Bob Malcolm. Elle n'aura pas à prendre de notes ; je m'en tiendrai à ce que je vous dirai après avoir entendu les faits. Asseyez-vous.

— Il s'agit de l'affaire Cullen.

— Le mineur, opina Kilpatrick. Les garçons qu'il fréquente sont des vauriens. Le cadet des Harris vendait de la drogue au lycée entre les cours. Son frère est aussi un dealer — du crack à l'héroïne, tout lui est bon pour amasser de l'argent —, et il a déjà été inculpé pour tentative de vol. Cette fois-là, il s'en est sorti à cause de son âge, mais il est majeur, maintenant. Si je lui remets la main dessus, je l'enverrai derrière les barreaux.

Becky avait écouté cette tirade clouée sur sa chaise. D'une voix timide, elle demanda :

— Et Clay Cullen ?

Kilpatrick la considéra d'un air sévère.

— C'est à Me Malcolm que je m'adresse, pas à vous.

— Vous ne comprenez pas, fit-elle d'un ton las. Clay Cullen est mon frère.

A ces mots, le procureur lui décocha un regard qui lui donna envie de rentrer sous terre.

— Cullen est un nom qui ne m'est pas inconnu, déclara-t-il. Un certain Scott Cullen a comparu devant moi, voilà quelques années, pour un vol avec voies de fait. La victime ayant refusé de témoigner, cet homme s'en est tiré. S'agit-il de l'un de vos parents ?

— Mon père, avoua Becky.

Kilpatrick ne fit pas de commentaire. Mais le regard qu'il fixa sur Becky lui dit exactement ce qu'il pensait de sa famille. « Vous vous trompez, voulut-elle protester. Nous ne sommes pas tous comme ça. » Mais avant qu'elle ait pu prononcer un mot, il s'était tourné vers Malcolm.

— Je présume que vous représentez votre secrétaire et son frère ?

— Non..., commença Becky en songeant aux honoraires dont elle ne pourrait jamais s'acquitter.

— Oui, coupa son patron. Il s'agit d'un premier délit. Ce garçon n'est pas un voyou endurci.

— Mais il est en bonne voie de le devenir, répliqua le procureur. Je lui ai parlé, et il s'est montré arrogant et grossier.

Becky grimaça à part soi.

— Il n'a pas un mauvais fond, plaida-t-elle. Il s'est laissé entraîner par ses fréquentations. Je vous en prie, monsieur. Je ferai de mon mieux pour le raisonner...

— Il suit l'exemple de son père, et ce n'est pas vous qui changerez cela, rétorqua Kilpatrick. Ce serait une erreur de remettre ce garçon en liberté. Il recommencerait aussitôt ses bêtises.

— Avez-vous un frère, monsieur Kilpatrick ? demanda Becky en regardant l'homme droit dans les yeux.

— Pas que je sache, mademoiselle Cullen.

— Eh bien, c'est fort dommage, parce que si vous en aviez un, vous comprendriez sans doute ce que je ressens. C'est la première fois que Clay agit ainsi. Le priver de liberté, ce serait comme jeter le bébé avec l'eau du bain.

— Le bébé en question était en possession de stupéfiant. De cocaïne, plus précisément. Et sous sa forme la plus dangereuse, le crack.

Le procureur se pencha en avant pour ajouter :

— Ce gamin a besoin de repères. Mais, à l'évidence, votre père et vous êtes incapables de lui en donner.

— C'est un coup bas, procureur, protesta Malcolm.

— Allons, vous savez bien que j'ai raison, répliqua Kilpatrick. A cet âge, on ne change pas sans y être aidé. Le jeune Cullen n'a pas eu l'éducation à laquelle il avait droit, et il est peut-être déjà trop tard pour qu'il remonte la pente.

— Mais..., s'indigna Becky.

— Votre frère a une sacrée chance de ne pas avoir été pris en train de vendre ce poison dans la rue, coupa le procureur. Je n'ai aucune sympathie pour les revendeurs de drogue. En règle générale, je fais tout pour qu'ils soient lourdement condamnés.

Becky était consternée par l'hostilité de cet homme. Au bord des larmes, elle lança :

— Mais Clay n'est pas un dealer !

Rourke marqua une pause. Il n'avait pas éprouvé de compassion depuis bien des années, et le sentiment qu'il sentit monter en lui devant la détresse de Mlle Cullen ne lui plut pas. Il détourna les yeux.

— Pas *encore* un dealer, objecta-t-il.

Puis il poussa un soupir irrité et regarda tour à tour la jeune femme et son avocat.

— Très bien. M. Gillen, le juge des enfants, est prêt à accepter ma décision, quelle qu'elle soit. Le garçon ne reconnaît pas la détention de drogue. Il prétend qu'il ignore comment ce sachet s'est retrouvé dans sa poche, et les seuls témoins sont les frères Harris. Ces derniers, bien évidemment, corroborent sa version des faits.

— En d'autres termes, intervint Bob Malcolm avec un petit sourire, vous n'avez pas grand-chose contre lui.

— En effet, acquiesça Kilpatrick. Pour cette fois, j'abandonnerai donc les poursuites.

Un soulagement d'autant plus vif que son angoisse avait été cuisante submergea Becky.

— Puis-je aller le voir ? demanda-t-elle d'une voix nouée par l'émotion.

— Oui. Je demanderai au directeur du centre de détention pour mineurs délinquants, M. Brady, de parler à votre frère, et sa libération sera soumise à condition. Maintenant, je vous prie de me laisser. J'ai du travail par-dessus la tête.

— Nous partons, dit Malcolm en se levant. Merci, procureur.

Rourke se leva à son tour. Il fourra une main dans sa poche et observa Mlle Cullen avec des sentiments mêlés. Il se demandait pourquoi son père ne l'avait pas accompagnée... Malgré lui, il se sentait désolé pour elle. La tristesse qui se lisait sur ses traits le perturbait, et cela ne manquait pas de le surprendre. Il s'était cru plus endurci. Mlle Cullen n'était plus la jeune femme pleine de repartie avec qui il avait fait plusieurs trajets en ascenseur. Aujourd'hui, elle semblait totalement désespérée.

Il raccompagna ses visiteurs et revint dans son bureau sans un mot pour sa secrétaire, plongé qu'il était dans ses pensées.

Pendant ce temps, Becky et son patron entraient dans l'ascenseur.

— Eh bien, c'est arrangé, se félicita Bob Malcolm en pressant le bouton du sixième. Vous partirez plus tôt pour aller chercher votre frère. C'est curieux, mais Kilpatrick s'est montré moins pugnace que je pensais.

— Il m'a glacé le sang, avoua Becky.

— Je reconnais qu'il n'est pas tendre, mais c'est sans doute le meilleur procureur que ce comté ait eu depuis longtemps. Non pas que ceci fasse notre bonheur, à nous autres, avocats…

Becky esquissa un sourire.

— Je vous comprends.

Quand Becky arriva au centre de détention, elle dut attendre un bon quart d'heure dans le parloir avant que l'on y amène son frère. Clay avait visiblement perdu de sa superbe, mais cela ne l'empêcha pas de jouer les durs à cuire.

— Salut, Becky, lança-t-il avec un sourire effronté en s'asseyant en face d'elle. Ne fais pas cette tête, on ne m'a pas passé à tabac ! Et, tu sais, ils ne peuvent rien contre moi. Je me suis fait deux copains qui connaissent la loi. Ils m'ont dit que je ne risquais rien parce que je suis mineur. J'aurai droit à un sermon, voilà tout.

Devant tant d'égoïsme, Becky se raidit.

— Je te remercie de la considération dont tu fais preuve vis-à-vis des sentiments de ton grand-père et des miens. Que tu salisses notre nom ne t'émeut pas outre mesure, apparemment.

Clay changea aussitôt d'attitude. Ses épaules s'affaissèrent et il baissa les yeux.

— A présent, raconte-moi ce qui s'est passé, exigea Becky, au moment où Tom Brady, le directeur du centre, entrait discrètement dans la pièce.

— On ne te l'a pas dit ? s'étonna Clay.

— Si. Mais je veux l'entendre de ta bouche.

Son frère la considéra pendant quelques instants, puis haussa les épaules en un geste fataliste.

— J'étais soûl, commença-t-il en se triturant nerveusement les doigts. Les autres m'ont fait fumer du crack, et je suis tombé comme une masse sur le siège arrière. J'ai émergé quand un policier m'a secoué. Ils avaient arrêté la voiture pour nous contrôler, et ils ont découvert un sachet de crack dans ma poche. Je ne sais pas comment il s'est retrouvé là. Je te jure que c'est vrai, Becky, insista-t-il.

Clay n'aimait personne, à part sa sœur, son frère et son grand-père. Il s'en voulait à mort de ce qu'il avait fait, mais il était trop fier pour l'admettre.

— J'ai vraiment dessoûlé pour de bon quand Kilpatrick est venu me parler, conclut-il avec une grimace.

— La simple détention de stupéfiant pourrait te valoir jusqu'à dix ans de prison, si le procureur décidait d'engager des poursuites, intervint Brady.

— Il ne peut pas. Je suis mineur.

— Tu as dix-sept ans. S'il juge que l'affaire est assez grave, le procureur a toute autorité pour te poursuivre comme un adulte.

Clay déglutit péniblement.

— Mais il ne le fera pas, n'est-ce pas ?

— Pas cette fois, répondit Brady. Mais tu aurais tort de le sous-estimer. Ton père a fait preuve d'arrogance quand il a échappé à son inculpation pour vol, ce pourquoi M. Kilpatrick ne tient pas ta famille en très grande estime. C'est un homme à principes. Il n'aime pas les délinquants, et tu ferais bien de t'en souvenir. Il est convaincu, encore aujourd'hui, que ton père a menacé la victime pour que cette personne ne témoigne pas.

— Papa a été arrêté ? demanda Clay, les yeux arrondis par la surprise.

— Ce n'est pas le sujet, répliqua sèchement sa sœur.

Clay la dévisagea. Il remarqua ses traits tirés, sa tristesse et éprouva un accès de conscience.

— Je ne te le dirai pas deux fois, poursuivit Brady. Tu as l'occasion de te reprendre. Si tu ne la saisis pas, personne ne pourra plus t'aider — pas plus ta sœur que moi. Si tu ne laisses pas tomber la drogue, tu te retrouveras inévitablement derrière les barreaux. Je voudrais que tu comprennes bien ce que cela veut dire. Nos prisons sont surpeuplées et sont un véritable enfer pour les jeunes délinquants. Tu servirais de fiancée à plus costaud que toi.

Clay s'empourpra brusquement.

— Ça m'étonnerait ! Je me battrais, et…

— Tu perdrais, termina Brady. Réfléchis-y, mon garçon. Pour t'aider, nous avons prévu quelques rendez-vous avec un psychologue, auxquels tu seras tenu de te rendre. M. Kilpatrick y tient beaucoup, et il vérifiera périodiquement. Je ne te conseille pas de jouer au plus fin avec lui.

— Qu'il aille donc se faire pendre, maugréa Clay.

— Ce genre d'attitude ne te mènera à rien, déclara Brady d'un ton calme. Le procureur peut être ton pire ennemi ou ton meilleur ami, c'est à toi de décider. Mais tu regretterais de l'avoir pour ennemi.

Clay tiqua mais ne dit rien. Il semblait détester la terre entière.

Becky comprit ce que son frère ressentait. La gorge nouée, elle crispa les mains pour les empêcher de trembler…

— Bon, dit alors Brady. Tu peux partir avec ta sœur, pour cette fois. Nous aurons l'occasion de nous revoir.

— Très bien, fit Clay d'un air tendu.

Il se leva et serra de mauvaise grâce la main que l'homme lui tendait. Puis il se tourna vers Becky et dit :

— Allons-y. J'ai hâte de rentrer.

Becky se borna à opiner du chef. Elle alla jusqu'à la voiture comme un zombie, se mit au volant et, la mort dans l'âme, attendit à peine que Clay ait refermé sa portière pour démarrer.

— Je suis vraiment désolé de m'être fait prendre, déplora-t-il au bout d'un moment. Toi qui es déjà obligée de t'occuper de grand-père, de Mack, de moi… Je m'en veux de te donner encore plus de soucis.

— Je ne suis pas *obligée*, corrigea Becky. Je le fais parce que je vous aime, tous les trois.

— Peut-être, mais l'amour ne devrait jamais transformer l'existence des gens en prison, affirma Clay.

Il se tut un instant, jeta un regard en coin à sa sœur, et reprit :

— Tu sais, Becky, je ne savais pas dans quoi je m'embarquais, je te jure.

— Je suis sûre que tu l'ignorais, répondit-elle, toujours prête à tout lui pardonner. Mais je t'avoue que j'ai passé un mauvais quart d'heure, à cause de toi. Le procureur n'a pas mâché ses mots.

— Je déteste ce type, dit Clay d'un ton hargneux.

Quand il est venu me parler, il m'a menacé de m'envoyer en maison de redressement.

— Mais ce n'était qu'une menace, le rassura Becky. Si tu te conduis bien, tu n'as rien à craindre de lui.

Clay garda le silence un moment. Puis, affectant le détachement, il suggéra :

— Becky, je pourrais gagner de l'argent, moi aussi. Trouver un job après les cours ne devrait pas...

— Mon salaire nous suffit, coupa-t-elle. J'ai réfléchi : il est inutile que tu cherches un job. Tu travailleras quand tu auras fini tes études. C'est ta dernière année de lycée, tu n'en as que pour quelques mois.

— Mais enfin, j'ai dix-sept ans ! Je suis assez grand pour me prendre en charge, tu ne crois pas ? J'en ai marre de ne jamais avoir d'argent de poche. Il y a cette fille qui me plaît et elle m'ignore. Tu ne veux même pas que j'aie une voiture, bon sang !

— Ne me parle pas sur ce ton !

— Laisse-moi sortir ou je saute.

Clay posa la main sur la poignée et lui jeta un regard de défi.

— Je vais le faire, prévint-il. Arrête cette voiture et laisse-moi sortir.

Craignant qu'il passe à l'acte, Becky s'exécuta.

— Où vas-tu ? demanda-t-elle tandis que Clay descendait de voiture.

— A un endroit où je peux faire ce qui me plaît, répondit-il d'un ton rude. Je ne suis pas ton fils, Becky, je suis ton frère. Ça, tu as du mal à l'admettre, n'est-ce pas ? J'en ai assez que tu me traites comme un gamin. Je suis un homme, il est grand temps que tu t'en rendes compte.

Une vague de lassitude submergea Becky. Elle se tassa sur son siège, ne sachant plus à quel saint se vouer.

— Oh, Clay, dit-elle d'une voix brisée par le chagrin, que vais-je faire de toi ?

Devant la réaction de sa sœur, Clay hésita. Il n'avait pas eu l'intention de la peiner, mais il avait du mal à se contrôler, depuis quelque temps. Il était sujet à des sautes d'humeur de plus en plus fréquentes.

Avec un soupir, il remonta dans la voiture et ferma la portière. En regardant Becky, les larmes qui coulaient sur ses joues, il se sentit soudain empli de honte. Il n'aurait jamais dû ajouter à son fardeau en se comportant comme il l'avait fait.

— Becky, je t'en prie, arrête de pleurer. Tu verras, tout va s'arranger.

— Quand grand-papa apprendra la nouvelle, il ne le supportera pas, murmura sa sœur.

Elle prit un mouchoir dans son sac et sécha ses larmes.

— J'ai une idée, dit alors Clay, un sourire aux lèvres. Nous devrions aller nous installer à Savannah et nous lancer dans la construction de yachts. Nous deviendrions riches en un rien de temps.

Cette plaisanterie remonta un peu le moral de Becky.

— Je ne crois pas. Papa saurait aussitôt que nous avons de l'argent et viendrait jouer les tapeurs.

— Est-ce que tu savais qu'il avait été arrêté ? demanda Clay.

Elle acquiesça d'un hochement de tête.

Clay se laissa aller contre son dossier et contempla distraitement l'animation de la rue.

— Becky, pourquoi nous a-t-il quittés à la mort de maman ?

— Il nous avait quittés bien avant ça. Tu ne t'en souviens pas, mais il passait beaucoup plus de temps avec ses copains qu'à la maison. Il n'était jamais là quand nous avions besoin de lui. Maman a fini par lâcher prise.

— Toi, je ne veux pas que tu lâches prise, affirma Clay avec ferveur. Je vais prendre les choses en main, ne t'inquiète pas.

Il réfléchissait déjà aux moyens de gagner assez d'argent pour soulager Becky d'un peu de son fardeau. Les Harris avaient fait deux ou trois suggestions qui ne manquaient pas d'intérêt. Il y avait une fortune à se faire pour quelqu'un qui, comme lui, n'avait pas froid aux yeux. Il suffirait qu'il invente une histoire pour que sa sœur ne se doute de rien et qu'il fasse attention à ne pas se faire pincer une deuxième fois.

— Très bien, dit Becky.

Elle s'engagea sur le chemin de la ferme en se demandant comment elle allait annoncer la nouvelle à leur grand-père — et comment elle ferait face à la situation au cas où celle-ci se détériorerait.

Car si elle espérait que Clay se tiendrait tranquille, désormais, elle n'y croyait pas trop…

A ce moment-là, comme si son frère lisait dans ses pensées, il demanda :

— A quoi penses-tu ?

— Au gâteau au chocolat que je vais faire pour dessert, prétendit-elle.

Et elle lui sourit. Mais d'un sourire qui lui demanda plus d'efforts que Clay ne le saurait jamais.

Chapitre 3

A la grande surprise de Becky, son grand-père avait pris la nouvelle de l'arrestation de Clay sans broncher. Mais le matin, comme il n'avait pas prononcé un mot depuis son réveil, Becky attendit que les garçons soient partis à l'école pour le sonder.

— Est-ce que ça va aller ? s'enquit-elle après lui avoir donné ses pilules. Veux-tu que je demande à Mme White de venir te tenir compagnie ?

— Je n'ai besoin de personne.

Puis il poussa un lourd soupir et demanda, l'air misérable :

— Où est-ce que j'ai failli dans l'éducation de ton père, Becky ? Et dans celle de Clay ? Mon fils et mon petit-fils ont enfreint la loi, et si Scott s'en est sorti, Clay n'aura pas cette chance, je le crains. Ce Kilpatrick ne le lâchera pas aussi facilement, c'est moi qui te le dis. Je connais sa réputation : c'est un homme sans cœur.

— Il ne fait que son métier, tempéra Becky. En tout cas, M. Malcolm l'estime beaucoup.

Son grand-père plissa les yeux et la fixa d'un regard soupçonneux.

— Mais pas toi, j'espère ?

— Bien sûr que non, s'offusqua-t-elle. Kilpatrick est notre ennemi.

— Tâche de ne pas l'oublier, déclara-t-il fermement. Cet homme a tout fait pour mettre Scott à l'ombre, et pourtant, ton père n'était pas un mauvais garçon. Il était juste un peu différent des autres. Ce n'était pas sa faute si la police le harcelait. Pas plus que ce n'est aujourd'hui celle de Clay.

Becky faillit lui dire que son père et son frère avaient tout de même leur part de responsabilité, mais elle se ravisa : elle ne tenait pas à se disputer avec lui. Au lieu de cela, elle se pencha vers lui et l'embrassa sur les deux joues.

— Clay s'en sortira, assura-t-elle. C'est un Cullen.

— Tu as raison, c'est un Cullen, approuva-t-il. Et toi aussi tu en es une. Est-ce que je t'ai déjà dit à quel point j'étais fier de toi ?

— Un bon millier de fois, répondit-elle en souriant. Bien, je dois partir travailler, maintenant. A ce soir.

Pendant le trajet, elle se crispa en songeant à l'épreuve qui l'attendait. Kilpatrick avait menacé d'envoyer Clay en maison de redressement, lui avait affirmé ce dernier, et cela ne manquait pas d'inquiéter Becky. Le procureur avait beau eu dire qu'il abandonnait les poursuites, elle voulait l'interroger sur ce point. Elle allait devoir oublier son orgueil et lui expliquer la situation familiale. Mais le simple fait de penser qu'elle allait se retrouver face à lui la terrifiait.

Arrivée au bureau, elle alla trouver Bob Malcolm et lui fit part de son désir d'aller parler à Kilpatrick. Son patron lui ayant accordé une heure, elle téléphona au bureau du procureur. Celui-ci s'apprêtait justement à descendre au snack. Il lui dit de le retrouver dans l'ascenseur, et qu'ils discuteraient en prenant un café.

Un peu rassérénée qu'il ait accepté de la rencontrer, Becky saisit son sac à main, lissa sa jupe à fleurs et son chemisier blanc et sortit en toute hâte du bureau.

Par bonheur, Kilpatrick était seul dans l'ascenseur avec son pardessus noir, son regard froid, ses épais cheveux aile de corbeau et son éternel et infernal cigare. Sans se gêner, il l'examina de la tête aux pieds, puis lança :

— Vous vouliez me parler, mademoiselle Cullen. Allons-y.

Il pressa le bouton du rez-de-chaussée et s'enferma dans son silence jusqu'à ce qu'ils arrivent au snack. Là, il lui commanda une tasse de café, en prit une pour lui-même ainsi qu'un croissant. Il en proposa un à Becky, mais elle était trop angoissée pour l'accepter.

Quand ils furent assis, Rourke l'étudia tout à son aise en sirotant son café. Comme à l'accoutumée, elle avait réuni ses cheveux auburn en chignon et s'était à peine maquillée. Elle avait l'air fatigué. Abattu.

— Vous ne me faites pas de remarques cuisantes à propos de mon cigare ? fit-il semblant de s'étonner. Pas de commentaires acerbes sur mes mauvaises manières ?

Elle le fixa de ses grands yeux noisette, comme si elle venait seulement de prendre conscience qu'il était là.

— Monsieur Kilpatrick, mon univers est en train de partir à vau-l'eau, répliqua-t-elle. Comprenez donc que je me soucie comme d'une guigne de la fumée de votre cigare et de vos manières.

— Mmm, je vois, fit-il. Quelle a été la réaction de votre père quand il a appris ce qui était arrivé à votre frère ?

Becky était lasse des faux-fuyants. Il était temps de jouer franc-jeu.

— Je n'ai pas eu de nouvelles de mon père depuis deux ans.

Le procureur haussa les sourcils.

— Et votre mère ?

— Elle est morte alors que mes frères étaient encore petits.

— Ah… Et qui s'occupe d'eux ? Votre grand-père ?

— Mon grand-père a le cœur malade, répondit Becky. Il ne peut pas prendre soin de lui-même, et encore moins de deux garçons. Mes frères et moi vivons avec lui, et nous faisons de notre mieux pour lui faciliter la vie.

— Si je comprends bien, dit-il alors Kilpatrick d'un ton sec, les trois autres membres de votre famille sont à votre charge.

Il arborait une mine si sévère qu'elle recula un peu.

— Oui.

— Seigneur ! Et vous ne vivez que sur votre salaire ?

— Mon grand-père possède une ferme, dit Becky, mal à l'aise. Nous cultivons des légumes. J'en congèle une partie et j'en mets aussi en conserve. Et, chaque année, nous engraissons un veau. L'un dans l'autre, nous nous en sortons à peu près.

— Quel âge avez-vous ? demanda inopinément Kilpatrick.

Elle le fusilla du regard.

— Cela ne vous regarde pas.

— Il fallait y penser avant de demander à me parler. Quel âge ?

— Vingt-quatre ans.

— Quel âge aviez-vous à la mort de votre mère ?

— Seize ans.

L'air pensif, il tira une bouffée de son cigare et rejeta la fumée de côté. Pas une fois il ne détourna les yeux de ceux de Becky, et elle se dit qu'elle savait exactement, maintenant, ce que ressentaient les témoins qu'il interrogeait à la barre. Il était impossible de cacher quoi que ce soit à cet homme. Ce regard perçant, cette voix autoritaire auraient arraché des aveux à un muet.

— Pourquoi votre père ne s'occupe-t-il pas de sa famille ?

— J'aimerais bien le savoir, répondit Becky. En fait, il ne s'est jamais intéressé à nous. Il vient seulement nous voir quand il n'a plus d'argent. Mais il doit en avoir suffisamment, maintenant, puisque nous ne l'avons pas revu depuis qu'il est parti pour l'Alabama.

Kilpatrick l'observa sans un mot. Elle songea distraitement que son costume bleu marine à fines rayures le faisait paraître encore plus grand et plus élégant que d'habitude. Ses origines indiennes dominaient dans ses traits, mais c'était sans doute à son ascendance irlandaise qu'il devait son fichu caractère…

— Je comprends mieux ces traits tirés et ce regard las que vous arborez quotidiennement, dit-il enfin. J'ai d'abord pensé que vous les deviez à un amant trop exigeant, mais je vois aujourd'hui que c'est tout simplement le surmenage qui vous épuise.

Becky piqua un fard. Furieuse, elle s'apprêtait à lui lancer une réplique bien sentie, mais il ne lui en laissa pas le temps.

— Pourquoi cet air outragé ? s'étonna-t-il. Vous m'avez dit vous-même que vous étiez la maîtresse de l'un de vos patrons.

— Vous savez très bien que je plaisantais, rétorqua-t-elle avec raideur. J'ai assez de problèmes comme ça sans y ajouter une conduite dissolue.

— Oh, je vois. Vous faites partie de ces femmes parfaites, celles que les mères mettent dans les jambes de leurs fils.

— En tout cas, j'espère que personne ne me mettra

dans les vôtres. Je ne voudrais pas de vous pour tout l'or du monde.

Le procureur haussa les sourcils.

— Pourquoi tant de haine ? fit-il avec un petit sourire ironique. Auriez-vous donc appris que j'ai du sang indien ?

— Mais ce n'est pas ça du tout ! protesta-t-elle. Seulement, vous êtes un homme très froid, monsieur Kilpatrick.

Qu'il soit si proche d'elle la rendait nerveuse. Son parfum exotique se mêlait à l'odeur de cigare, et la chaleur qui émanait de lui la troublait. Face à cet homme, elle se sentait faible, peu sûre d'elle, et elle avait du mal à voir en lui un ennemi.

— Je ne suis pas froid, je suis prudent, répondit-il, reprenant son sérieux. La prudence est une vertu cardinale, mademoiselle Cullen. Et pour en revenir au sujet qui nous préoccupe, votre frère ferait bien de ne pas l'oublier. Si vous ne le reprenez pas en main, il se perdra. Ce garçon manque singulièrement de repères. Il a besoin de s'identifier à un homme. Mais si c'est son père qu'il prend pour héros, il ne s'en sortira jamais.

— J'ignore quels sont les sentiments de Clay vis-à-vis de papa, répondit-elle avec franchise. Mon frère ne se livre pas facilement. Je voulais vous parler pour que vous compreniez notre situation familiale. Il est normal que vous sachiez dans quel contexte Clay évolue.

Kilpatrick prit le temps de finir son croissant avant de répondre.

— En d'autres termes, vous espériez parvenir à m'attendrir, asséna-t-il en plantant son regard dans celui de Becky. Malheureusement pour vous, je suis en partie indien. Il ne reste en moi aucune tendresse. Les préjugés en ont eu raison depuis fort longtemps.

— Mais vous êtes aussi à moitié irlandais, fit valoir Becky. Et vous êtes issu d'une famille aisée. Cela a dû vous faciliter les choses.

— Vous croyez ? fit-il d'un ton amer. J'étais unique, évidemment. Une vraie curiosité au sein de la bonne société. L'argent m'a sans doute un peu facilité la vie, mais il n'a pas supprimé les obstacles. D'autant que mon père et ma mère n'étaient pas mariés.

— Oh ! Vous êtes un…, commença Becky.

Elle s'arrêta net et rougit.

— Un enfant illégitime, oui, termina-t-il pour elle.

Puis Rourke la fixa des yeux, attendant l'une des réflexions sarcastiques dont elle avait le secret. Comme elle se taisait, il eut un petit rire sans joie.

— Vous ne dites rien ?

— Je ne me le permettrais pas, répliqua-t-elle.

Rourke haussa légèrement les épaules.

— Nous ne choisissons pas notre destin, dit-il avec philosophie.

Sur ce, il regarda sa montre et finit son café d'un trait.

— Je compte sur vous pour que votre frère se rende bien à ses rendez-vous avec le psychologue, dit-il en reposant sa tasse.

Et, lui effleurant la joue du revers de la main, il ajouta :

— Pardonnez-moi d'avoir tiré des conclusions un peu hâtives, à son sujet.

Ces excuses pour le moins inattendues de la part d'un homme tel que Kilpatrick émurent Becky plus qu'elle n'aurait su dire. Pour cacher les larmes qui lui montaient aux yeux, elle détourna le visage, honteuse de montrer ainsi sa faiblesse. Mais la réaction du procureur ne manqua pas de la choquer.

— Sortons d'ici, dit-il sèchement.

Avant qu'elle ait pu faire un geste, il la prit par le bras et la força à se lever. Puis, sans la lâcher, il sortit à grands pas du snack, traversa le hall et entra dans l'un des ascenseurs, vide à cette heure de la matinée.

Alors que la cabine avait entamé sa montée, il la stoppa soudain entre deux étages. Et là, il prit Becky dans ses bras. Becky qui fut effarée.

— Laissez-vous aller, murmura-t-il contre sa tempe. Vous vous retenez depuis que votre frère a été arrêté. Laissez couler vos larmes. Pendant ce temps, je vous tiendrai contre moi.

Becky n'était pas habituée à ce qu'on lui témoigne une quelconque compassion. De toute sa vie, personne ne l'avait jamais serrée dans ses bras pour la réconforter. C'était toujours elle qui consolait les autres, et si elle avait beaucoup donné, elle avait peu reçu. Pas même son grand-père ne s'était rendu compte à quel point elle était vulnérable. Mais Kilpatrick, lui, avait su voir sous son armure.

Tandis qu'elle laissait libre cours à ses larmes, il se mit à murmurer des paroles apaisantes tout en la berçant doucement dans ses bras puissants. Comme il était bon, pour une fois, de pouvoir assumer sa faiblesse et sa féminité ! Se repaissant de la force virile de Kilpatrick, Becky s'abandonna contre lui, jusqu'à ce qu'une sensation étrange la submerge. Maintenant, il lui semblait que son sang se transformait en lave. Au plus profond d'elle, une boule de feu naquit spontanément et se mit à irradier dans tout son corps.

Choquée par son brusque et importun désir pour ce quasi-inconnu, elle leva le visage et voulut s'écarter de lui. Mais il l'envoûta de ses yeux noirs rivés aux siens.

Pendant quelques secondes exquises, l'air qui les séparait

parut crépiter comme sous l'effet d'un courant électrique. Le souffle court, Becky se sentait attirée inexorablement dans le vortex du regard de cet homme, mais elle n'aurait su dire s'il éprouvait une émotion semblable.

En fait, Rourke était ébranlé, lui aussi. Le désir qu'il lisait dans les yeux de Mlle Cullen lui était familier, mais ce sentiment était nouveau pour elle, et il le savait. Cette jeune femme n'était qu'innocence, cela se voyait. Elle l'intriguait et l'excitait tout à la fois. Et n'était-ce pas bizarre, dans la mesure où elle était si totalement différente des créatures cyniques et sophistiquées dont il faisait son ordinaire ? Malgré les airs qu'elle se donnait, elle était vulnérable et féminine. Si féminine qu'il mourait d'envie de dénouer sa longue chevelure, d'ouvrir son chemisier et de lui montrer ce que pouvait éprouver une femme dans ses bras. Et c'est cette pensée qui le poussa à l'écarter avec douceur mais fermement de lui.

— Vous sentez-vous mieux ? demanda-t-il d'une voix calme.

— Oui. Je… Je suis désolée, dit Becky, flageolant sur ses jambes.

Il l'avait repoussée, et c'était comme si on l'avait brusquement amputée d'une part d'elle-même. Sans doute la nouveauté, essaya-t-elle de se convaincre. Elle écarta les mèches qui s'étaient échappées de son chignon, et remarqua les traces sombres sur le manteau de Kilpatrick.

— J'ai taché votre pardessus en pleurant.

— Ça séchera, répondit-il. Tenez.

Elle prit le mouchoir que Rourke lui tendait, et il la regarda essuyer ses pleurs. Il admirait sa volonté et son courage. Cette jeune femme assumait plus de responsabilités que la plupart des hommes, et y faisait face sans se plaindre.

— Merci, fit-elle en lui rendant le mouchoir.

Puis elle esquissa un sourire.

— Nous devrions peut-être redémarrer l'ascenseur ?

— Il vaudrait mieux, oui, acquiesça-t-il. Sinon, on va penser qu'il est en panne et envoyer un technicien.

Il regarda l'heure à sa montre, et ajouta :

— Et je dois être au palais dans une heure.

Sur ce, Kilpatrick pressa le bouton du sixième. Il avait l'air préoccupé, maintenant.

— Vous devez être redoutable dans un tribunal, murmura Becky.

— Je ne m'en sors pas trop mal, admit-il.

A ce moment-là, l'ascenseur s'arrêta à l'étage de Becky. Le procureur l'observa un instant et lui dit :

— Et cessez de broyer du noir si vous ne voulez pas avoir de rides.

— De toute façon, personne ne les remarquerait, soupira-t-elle. Merci encore, monsieur Kilpatrick.

Pour toute réponse, il hocha brièvement la tête. Becky attendit que les portes se referment, puis elle se dirigea vers le cabinet d'avocats, encore abasourdie par ce qui venait de se passer. La gentillesse du procureur était tout bonnement incroyable. Elle devait rêver, se dit-elle. Elle n'allait pas tarder à se réveiller.

Becky n'était pas la seule à être perturbée. Rourke ne cessa de penser à elle de toute la journée, et il se demanda comment elle avait pu s'insinuer en lui aussi facilement. Il avait trente-cinq ans, et une mauvaise expérience amoureuse lui avait servi de leçon, du moins le croyait-il. Les femmes allaient et venaient dans sa vie, mais son cœur était imprenable — jusqu'à ce qu'il rencontre cette jeune femme ordinaire dans l'ascenseur. En fait, il en était venu à attendre avec une certaine impatience leurs joutes verbales, appréciant son style direct, son ironie, et la façon dont ses yeux pétillaient les rares fois où elle riait.

D'ailleurs, il était étonnant qu'elle trouve encore la force de rire, avec les responsabilités qui l'accablaient. Cela le fascinait. Et quand il repensa à la douce chaleur de son corps contre lui pendant qu'elle pleurait, des sentiments qu'il croyait à jamais disparus revinrent se rappeler à lui.

Ce qui lui plaisait tant en Mlle Cullen, c'était sa fraîcheur d'âme. Si Rourke était certain d'une chose, c'est qu'elle n'avait rien d'une allumeuse. Sa franchise et sa compassion innées étaient garantes du fait qu'elle ne tenterait jamais délibérément de porter atteinte à l'orgueil d'un homme. Il grimaça en se souvenant de la femme avec qui il s'était fiancé à vingt ans, de cette Barbara qui se plaisait à l'exciter de ses caresses sans jamais vouloir lui céder, et qui se moquait de sa faiblesse. Le bruit avait couru qu'elle était partie en Amérique du Sud avec un autre, foulant aux pieds leurs fiançailles. En réalité, Rourke l'avait surprise au lit avec sa soi-disant meilleure amie, et c'est alors qu'il avait compris le plaisir qu'elle prenait à le tourmenter. Elle avait avoué qu'elle haïssait les hommes et qu'elle n'avait fait que se jouer de lui, savourant sa frustration plus que tout au monde.

A l'époque, Rourke ignorait que de tels monstres existaient. Cette expérience lui avait brisé le cœur et lui avait appris à garder ses distances dans les nombreuses liaisons qu'il avait eues depuis. Barbara avait su réduire à néant sa fierté de mâle. Il ne pouvait plus s'offrir le luxe de reperdre à ce point le contrôle de soi, de désirer une femme au-delà de toute raison.

Il n'en restait pas moins que Becky Cullen le tracassait. Il ne se rendit compte qu'il fronçait les sourcils que lorsque le témoin qu'il interrogeait se mit à cracher des détails qu'il n'avait même pas demandés. Le pauvre homme avait cru que le froncement de sourcils lui était destiné et n'avait pas voulu prendre de risques. Rourke interrompit son monologue, mais un peu tard. L'avocat de la défense, Lincoln Davis, cachait son sourire derrière un dossier. Cet Afro-Américain était le meilleur avocat de la région, un adversaire des plus redoutables.

Après que le jury se fut prononcé, il vint voir Rourke pour lui demander :

— Que vous a-t-il pris, tout à l'heure ? Vous avez embrouillé ce pauvre homme, et c'était votre témoin principal !

Rourke esquissa un sourire, et répondit :

— J'avais l'esprit ailleurs.

— Eh bien, c'est un jour à marquer d'une pierre blanche ! s'exclama Davis. A demain.

Rourke hocha distraitement la tête. C'était la première fois qu'il perdait sa concentration au cours d'un procès. Et cela, à cause d'une petite secrétaire à la crinière auburn !

Il ferait mieux de se préoccuper du frère. Une longue discussion avec l'un de ses enquêteurs, à midi, lui avait appris qu'il y avait des rumeurs d'assassinat dans le milieu de la drogue. Rourke travaillait sur une affaire de trafic de crack. Il avait deux témoins, et il craignait que ce soit eux qui constituent la cible des tueurs. Son enquêteur lui avait dit par ailleurs qu'il était presque certain que Clay Cullen était impliqué dans le trafic, à cause de ses relations avec les frères Harris. Dans la mesure où le garçon avait sur lui une importante quantité de crack, il était possible, en effet, qu'il se soit lancé dans la revente.

S'il devait inculper Cullen, cela ne le gênerait pas, se dit Rourke. Puis l'image de Becky s'imposa à lui, et il soupira. Comment réagirait-elle si son frère allait en prison à cause de lui ? Mais ce genre de pensée ne le mènerait à rien. Il était payé pour empêcher les criminels de nuire, et ses sentiments personnels n'avaient rien à faire là-dedans. Il ne restait plus que quelques mois avant la fin de son mandat ; il devait faire en sorte qu'ils comptent.

Au bureau, Becky était en train de taper un texte sur le clavier de son ordinateur, mais elle aussi avait l'esprit ailleurs. Comme elle s'inquiétait au sujet de son grand-père, elle avait téléphoné à Mme White, pendant la pause déjeuner, pour lui demander de passer voir si tout allait bien. Mme White, qui était veuve et sans enfants, était toujours prête à rendre service. De plus, c'était une infirmière à la retraite, et Becky remerciait le ciel d'avoir une voisine aussi efficace et dévouée.

Si seulement Clay parvenait à se reprendre, se dit-elle. Il était déjà assez dur d'essayer d'élever les garçons sans avoir en plus à les sortir de prison. Mack adorait son frère. Si Clay ne s'arrangeait pas, ce n'était peut-être qu'une question de temps avant que Mack lui emboîte le pas.

Sa journée de travail terminée, Becky passa sa veste, saisit son sac à main et lança un au revoir à la cantonade. Dans le couloir, elle songea que l'ascenseur serait bondé, à cette heure. Tandis qu'elle s'en approchait, son cœur se mit à battre la chamade, mais elle tenta de se raisonner. De toute façon, elle ne tombait jamais sur Kilpatrick, quand elle sortait du bureau. Il travaillait toujours plus tard qu'elle.

Mais pas aujourd'hui, visiblement ! Quand elle entra dans l'ascenseur, il s'y trouvait déjà, et il lui sourit. Elle ignorait que sa présence n'était pas due au seul hasard. Connaissant les horaires de Becky, il avait terminé plus tôt, espérant bien la rencontrer. C'était une conduite ridicule, il en était conscient, mais il n'y pouvait rien.

Becky lui retourna son sourire. Et si son cœur fit un bond dans sa poitrine, cela n'avait rien à voir avec le mouvement de l'ascenseur.

Au rez-de-chaussée, il sortit avec elle et resta en sa compagnie comme s'il n'avait rien de mieux à faire.

— Avez-vous passé une bonne journée ? demanda-t-il en lui tenant la porte qui donnait sur la rue.

— Oui, merci, répondit-elle.

Elle ne s'était jamais sentie aussi intimidée de toute sa vie. Levant les yeux vers lui, elle rougit comme une adolescente.

Ce signe révélateur n'échappa pas à Rourke. Son moral remonta d'un coup.

— J'ai perdu une affaire, aujourd'hui, observa-t-il distraitement. Les jurés ont cru que je harcelais délibérément un témoin, et cela a fait pencher leur décision en faveur de la défense.

— Et vous ne le harceliez pas ?

Il ne put s'empêcher de sourire.

— Non. J'avais l'esprit ailleurs, j'ai dû grimacer, et cet homme a pris cela pour une menace.

Le pauvre témoin avait dû paniquer, se dit Becky.

— Je suis navrée que vous ayez perdu, dit-elle sans le penser vraiment.

Rourke s'arrêta brusquement sur le trottoir et la contempla pensivement. Il souhaitait l'inviter à sortir quelque part, un de ces soirs, mais il hésitait, sachant très bien quelle réaction en chaîne cela entraînerait. Puis il se dit qu'il devait avoir perdu la raison pour envisager ne serait-ce qu'un instant cette éventualité. Il ne pouvait pas se permettre d'avoir une liaison avec cette jeune femme.

— Comment votre grand-père a-t-il pris la nouvelle ? demanda-t-il finalement.

Becky fut déçue. Elle s'attendait à une autre question, mais, manifestement, elle avait pris ses désirs pour des réalités. D'ailleurs, pourquoi Kilpatrick l'aurait-il invitée à passer une soirée avec lui ? Elle savait très bien qu'elle n'était pas son genre. Sans compter que son grand-père en aurait sauté au plafond…

Elle haussa légèrement les épaules, et répondit :

— Il a encaissé bravement. Les Cullen sont des durs à cuire, vous savez.

— Je n'en doute pas. Mais assurez-vous tout de même que votre frère ne traîne pas dans les rues, ces jours prochains, conseilla-t-il. Selon nos informations, quelque chose de grave se prépare, dans le milieu de la drogue — sans doute un assassinat. Actuellement, deux bandes rivales semblent se disputer le secteur de Curry Station, et, bien entendu, les frères Harris sont impliqués dans cette histoire. S'ils se servent de votre frère, fût-ce à son insu, il risque fort d'y laisser des plumes.

A ces mots, Becky tressaillit.

— J'ai l'impression de marcher sur une corde raide, avoua-t-elle. Je me suis toujours sentie responsable de mes frères, mais je n'avais jamais pensé qu'on en viendrait à la drogue et au meurtre.

Elle resserra sa veste autour de son torse et leva vers lui un regard que la lassitude emplissait de tristesse.

— La vie est si dure, parfois, soupira-t-elle.

— Avez-vous jamais eu une vie normale ? demanda Rourke, ému par sa détresse.

— Quand j'étais petite, répondit-elle avec un sourire nostalgique. Ensuite, maman a commencé à avoir des problèmes de santé, et j'ai dû m'occuper de la maison.

— Vous ne sortiez jamais, je suppose ?

— Il y a toujours eu quelque chose pour m'en empêcher — un virus, les oreillons, la varicelle. Les problèmes cardiaques de mon grand-père... De toute façon, les garçons ne se sont jamais pressés à ma porte.

Baissant les yeux, elle ajouta modestement :

— Mais je ne regrette rien. Ma famille a besoin de moi, et cela donne un sens à ma vie.

Rourke comprit ce qu'elle voulait dire. Il éprouvait un sentiment semblable dans sa fonction de procureur. Son travail était nécessaire et le satisfaisait. Du moins s'en satisfaisait-il jusqu'ici, car quelles émotions réelles lui apportait-il, en dehors de la colère et de l'indignation ? Certainement pas de l'amour. Son expérience professionnelle tout entière était basée sur la justice, la protection des honnêtes gens et la condamnation des coupables. Une tâche noble, sans doute, mais une vocation solitaire. Et, jusqu'à très récemment, il n'avait pas pris toute la mesure de l'étendue de cette solitude.

— Je vois très bien ce que vous voulez dire, murmura-t-il distraitement.

Il était fasciné par les lèvres de Becky. Légèrement entrouvertes, elles formaient un arc parfait, d'un rose très pâle, et il se demandait quel goût elles avaient.

Un peu gênée par l'insistance de son regard, Becky s'éclaircit la voix.

— Ce ne sont que des taches de rousseur, murmura-t-elle.

Il arrondit les yeux et sourit.

— Je vous demande pardon ?

— Vous fronciez les sourcils. J'ai cru que vous n'aimiez pas les taches de rousseur.

— C'est tout le contraire. J'adore les taches de rousseur, assura-t-il.

Puis, revenant au présent, il jeta un coup d'œil à sa montre.

— Je dois rentrer. L'orchestre symphonique d'Atlanta joue du Stravinski, ce soir, et je ne veux pas manquer ça.

— *L'Oiseau de feu* ? avança-t-elle.

— En fait, oui, dit-il en souriant. La plupart des gens n'aiment pas cette œuvre.

— Pour ma part, je l'aime beaucoup, affirma Becky. J'en ai deux versions, chez moi, une traditionnelle et une moderne. Mais je dois mettre un casque quand je veux les écouter. Mon grand-père n'aime que les vieux disques de Hank Williams, et mes frères ne jurent que par le hard rock.

— Aimez-vous l'opéra ?

— Et comment ! *Madame Butterfly, Turandot, Carmen...* Et j'adore Plácido Domingo et Luciano Pavarotti.

— J'ai vu *Madame Butterfly* à New York, l'an dernier, lui apprit-il avec flamme. Et il existe un film de *Carmen* avec Domingo. D'ailleurs, je l'ai chez moi.

— Est-ce qu'il est bon ?

— Si l'on est amateur d'opéras, il est excellent, répondit Rourke.

Il la sonda du regard, étonné d'avoir tant de mal à s'arrêter de parler et à lui dire bonsoir. Il est vrai qu'il la trouvait craquante avec ses airs timides et son sourire charmant. Avec elle, chose exceptionnelle, il se sentait le cœur léger.

Sous le regard brûlant de cet homme, Becky sentit ses jambes fléchir. L'attirance qu'elle éprouvait pour lui la surprenait par sa rapidité et son intensité. Mais, en même temps, elle savait que toute relation avec lui lui était interdite. Il était l'ennemi. Vis-à-vis de lui, elle ne pouvait se permettre la moindre faiblesse. Elle devait se souvenir que Kilpatrick avait l'œil sur son frère. Ce serait trahir les siens que de céder à ses sentiments. Mais son cœur combattait cette logique. Elle était seule, solitaire, et elle avait sacrifié une grande partie de sa jeunesse à sa famille. Ne méritait-elle pas enfin un peu de bonheur ?

— Vous êtes perdue dans vos pensées, remarqua-t-il d'une voix où perçait une sourde sensualité.

Becky suspendit son souffle. Le désir qu'elle lisait dans ses yeux n'était pas le fruit de son imagination, elle en aurait juré. Et ce regard lui fit battre le cœur, l'excita — et l'effraya tout à la fois.

Parce que lui aussi avait peur, ce fut la crainte de la jeune femme que Rourke perçut d'abord. Il n'avait pas plus l'intention qu'elle de s'engager dans une relation, et mieux valait s'arrêter là.

— Je dois partir, dit-il. Pensez à tenir votre frère à l'œil.

— Je n'y manquerai pas, promit-elle. Merci de m'avoir prévenue.

Kilpatrick haussa les épaules. Puis il sortit un cigare de sa poche et l'alluma tout en s'éloignant, son large dos aussi impénétrable qu'un mur.

Une fois seule, Becky se demanda pourquoi il avait pris la peine de discuter aussi longuement avec elle. Etait-il possible qu'il s'intéresse vraiment à une femme comme elle ?

En se dirigeant vers l'entrée du parking souterrain où

elle avait laissé sa voiture, elle surprit son image dans une vitrine. Bien sûr ! se dit-elle ironiquement à la vue du visage las, amaigri, qui la scrutait. Elle était exactement le type de femme qui rendrait dingue un homme au charme aussi ravageur.

Becky fit les gros yeux à son reflet et passa son chemin, abandonnant ses rêves sans espoir derrière elle.

Chapitre 4

En ce premier jour de printemps, la matinée était superbe. Accoudé à l'une des fenêtres de son manoir en brique rouge situé dans l'une des rues les plus tranquilles de Curry Station, Rourke se sentait un peu coupable de passer ce samedi chez lui plutôt qu'à son bureau. Mais il avait travaillé tard, cette nuit, pour boucler quelques dossiers, et, surtout, Gus, son berger allemand, avait grand besoin d'exercice.

A ce moment précis de ses pensées, le chien aboya. Rourke se redressa et se tourna vers lui, un sourire aux lèvres.

— Tu es impatient de sortir, n'est-ce pas ? Nous n'allons pas tarder. Laisse-moi finir de m'habiller.

Pour tout vêtement, en effet, il ne portait qu'un jean. Il venait de terminer son petit déjeuner — un soda et un beignet rassis — en se demandant s'il avait bien fait de limoger sa gouvernante quand il avait appris qu'elle donnait à la presse des informations sur les affaires qu'il traitait. Matilda était à la fois la meilleure cuisinière et la pire commère qu'il ait jamais connue. Mais, depuis qu'elle n'était plus là, la maison paraissait bien vide, et la cuisine bien fade.

Rourke passa un sweat blanc, mit ses tennis et coiffa ses

épais cheveux noirs. Reposant son peigne, il considéra son reflet avec une moue, et fut satisfait de ce qu'il voyait. Il ne remporterait pas un concours de beauté, mais il avait toujours un corps de vingt ans. Non pas que cela lui serve à grand-chose, songea-t-il. Ces temps-ci, son travail l'accaparait tant qu'il n'avait pas une minute à consacrer aux femmes. Il pensa soudain à Becky Cullen et essaya de l'imaginer dans son lit. Mais c'était ridicule. D'abord, elle était très certainement vierge et, ensuite, sa famille avait toutes les raisons de s'opposer à ce qu'ils se voient. Oui, il devait faire une croix sur cette jeune fille. Mais il lui restait encore à s'en persuader…

En descendant au rez-de-chaussée, il s'arrêta quelques instants dans l'escalier pour contempler le vaste salon richement meublé, une ébauche de sourire aux lèvres. Il avait beau avoir vécu ici la majeure partie de sa vie, il s'étonnait encore que lui, fils illégitime d'un Irlandais et d'une Cherokee, ait fini par aboutir dans une maison aussi somptueuse. Et cela grâce à son oncle, Sanderson Kilpatrick, qui avait eu le culot d'imposer Rourke au sein de la bonne société, sans se soucier des préjugés de ses semblables.

Au souvenir de cet oncle qu'il respectait tant, une bouffée d'affection l'envahit. En voyant le portrait du vieil homme digne et solennel accroché au-dessus de la cheminée, nul n'aurait soupçonné son humour décapant ni sa bonté d'âme. Rourke lui devait tout. La mort de ses parents, alors qu'il n'était encore qu'un gamin, l'avait traumatisé. Son enfance avait été un véritable cauchemar, et l'école en particulier. Mais son oncle l'avait toujours soutenu, lui avait inculqué la fierté de son héritage cherokee. Il lui avait aussi appris le sens des mots courage, détermination et honneur.

L'oncle Sanderson était un juge fédéral réputé pour son intégrité. Rourke avait suivi son exemple en choisissant d'étudier le droit pour combattre le crime, et il aimait à penser que, depuis qu'il était devenu procureur, les rues de la ville étaient plus sûres. Il s'était attaqué plus particulièrement aux trafiquants de drogue, et ses dossiers ne présentaient jamais de lacunes. C'était encore une chose qu'il avait apprise de son oncle : la nécessité d'une préparation sans faille. Et il ne l'avait jamais oubliée, au grand dépit des avocats qui ne parvenaient jamais à invoquer le vice de forme.

En prenant de l'âge, Rourke avait mieux compris d'où provenait le caractère si bien trempé du vieil homme. Le grand-père de Sanderson avait débarqué en Amérique sans un sou, et sa vie n'avait été qu'une longue succession de désastres et de tragédies. Son fils, Tad, avait mieux réussi. Le modeste magasin d'alimentation qu'il avait ouvert était à l'origine de la chaîne d'épiceries fines Kilpatrick. Tad avait eu deux fils, Sanderson et le père de Rourke.

Plus tard, Sanderson avait appris qu'il ne pouvait pas avoir d'enfants, et cela avait mis à mal son orgueil. Mais, au moins, son frère avait donné naissance à un héritier — Rourke —, qu'il avait adopté. La chaîne d'épiceries avait peu à peu sombré dans la faillite. L'oncle Sanderson avait mis assez d'argent de côté pour permettre à Rourke de bien vivre, mais il n'était pas millionnaire. La Mercedes-Benz et le manoir qu'il lui avait légués étaient les seuls vestiges d'un passé beaucoup plus prospère.

Gus se mit à aboyer juste avant que la sonnette retentisse. Sortant de ses pensées, Rourke finit de descendre l'escalier et traversa le salon pour aller ouvrir.

Sur le perron, Dan Berry, son meilleur enquêteur, lui sourit.

— Bonjour, patron, lança-t-il d'une voix enjouée. Avez-vous une minute à m'accorder ?

— Bien sûr, répondit Rourke. Je m'apprêtais justement à sortir le chien. Nous pourrons discuter en marchant.

Il considéra la silhouette quelque peu enrobée de l'homme et ajouta :

— Un peu d'exercice ne vous fera pas de mal.

— Votre humour ne se renouvelle pas, fit Berry avec une grimace. J'étais sûr que vous diriez cela.

Rourke ne fit pas de commentaire. Il mit sa laisse au berger allemand et sortit. A cette heure de la matinée, le fond de l'air était encore frais, et il fut parcouru d'un frisson. Les vieux érables qui bordaient la rue n'avaient encore que des bourgeons. Il faudrait deux bonnes semaines avant que les feuilles n'apparaissent.

Précédés par le chien, les deux hommes marchèrent un moment en silence, avant que Rourke ne se tourne vers son enquêteur.

— Alors, qu'y a-t-il de nouveau ?

— Plusieurs choses, dit Berry. D'abord, la mère de l'un des gamins de l'école primaire a appelé le bureau du shérif, hier soir, pour signaler que son fils avait vu l'un des revendeurs de marijuana se disputer avec Bubba Harris devant l'établissement.

A ces mots, Rourke s'arrêta brusquement.

— Vous voulez dire que les Harris tentent d'infiltrer ce territoire avec leur crack ?

— C'est ce que nous pensons, en effet, répondit Berry. Pour l'instant, nous n'avons pas de preuve, mais je vais interroger quelques élèves pour voir ce que je peux dégoter. Nous allons aussi fouiller les placards avec l'aide de la police municipale. Si nous trouvons du crack, nous saurons d'où il provient.

— Les parents vont être fous de joie, marmonna Rourke.

— Oui, je sais. Mais nous nous débrouillerons.

Comme ils se remettaient en route, Dan jeta un coup d'œil à son patron. Puis il reprit :

— Le jeune Cullen a été vu en compagnie des frères Harris dans un bar louche d'Atlanta. Apparemment, ces trois-là sont copains comme cochons.

Rourke se raidit.

— C'est ce qu'il semble, oui.

— Je sais que vous n'avez pas pu réunir assez de preuves pour l'inculper, poursuivit Berry. Mais, à votre place, je surveillerais ce garçon de près. Il pourrait nous permettre de faire tomber les Harris, si nous jouons serré.

Rourke était justement en train d'y penser. S'il se rapprochait de Becky, il pourrait plus aisément tenir son frère à l'œil. Puis il se demanda s'il ne cherchait pas simplement un prétexte pour la voir plus souvent… Il fallait qu'il réfléchisse à la question avant de prendre une décision.

— Il y a autre chose, déclara Dan Berry en fourrant les mains dans ses poches. Votre principal adversaire s'apprête à déclarer sa candidature au poste de procureur.

— Vous parlez de Lincoln Davis, n'est-ce pas ? devina Rourke.

Lui aussi avait entendu les rumeurs. Davis ne lui avait rien dit, au Palais, mais cela n'avait rien d'étonnant : le grand homme était un adepte des coups de théâtre. Rourke ébaucha un sourire.

— Il gagnera, pronostiqua-t-il. Ceux qui se voient déjà à ma place sont légion, mais Davis les croquera tous.

— D'ici là, il va massacrer votre bilan et critiquer toutes vos initiatives.

— Seulement pour faire la une des journaux, répliqua Rourke. De toute façon, je n'ai pas encore décidé si j'allais me représenter. Qu'il fasse donc ce que bon lui semble, je n'en ai strictement rien à faire.

Leur conversation terminée, Dan Berry partit de son côté, et Rourke poursuivit sa promenade avec Gus. Le maître n'avait pas besoin de marcher. Il allait au club de forme deux fois par semaine et jouait souvent au squash. Mais le chien avait dix ans et menait une vie sédentaire. Rourke travaillant six jours sur sept, le pauvre Gus manquait singulièrement d'exercice.

Repensant à ce que Berry lui avait appris, Rourke fit la moue. Il n'avait pas besoin d'une guerre des gangs en ce moment, avec le jeune Cullen au beau milieu de la scène. Il se souvenait parfaitement de son père, une canaille au regard fourbe. Il semblait incroyable qu'un type tel que lui ait pu donner naissance à une femme aussi charmante que Becky, avec son grand cœur et son doux regard. Et plus incroyable encore qu'il ait pu l'abandonner sans remords. Pauvre Becky, songea-t-il sombrement. Elle allait encore en baver pendant pas mal de temps, surtout avec les errements de son frère.

Préoccupé par ses pensées, il tira sur la laisse de Gus et prit le chemin du retour.

Il était presque minuit, le dimanche soir, mais Clay n'était pas encore rentré. Assis à l'arrière d'une voiture, il était en train de parler argent avec les frères Harris, et ce qu'il allait gagner lui donnait le vertige.

— C'est facile, assura Sony d'un air nonchalant. Tout ce que tu as à faire, c'est de donner un peu de crack aux gamins qui ont le plus de blé. Quand ils l'auront essayé, ils paieront n'importe quoi pour en avoir encore. C'est simple, non ?

— Oui, mais comment est-ce que je vais choisir les bons ? demanda Clay. Je veux dire, ceux qui ne risquent pas de me dénoncer ?

— Ton petit frère va bien à l'école primaire, non ? Tu n'as qu'à lui demander, répondit Sony avec un petit sourire. On pourrait même lui donner une part.

Cette idée le mettait mal à l'aise, mais Clay préféra garder cela pour lui. Il ne tenait pas à passer pour une poule mouillée et se faire expulser de la bande au moment où Jenna commençait à s'intéresser à lui. Jenna, la cousine des Harris, avec ses longs cheveux bruns et ses yeux bleus de velours… Elle plaisait beaucoup à Clay — au point qu'il était prêt à tout pour qu'elle le remarque. De toute façon, la drogue n'était pas si terrible que ça, essaya-t-il de se convaincre. Si seulement il ne sentait pas si coupable…

— J'en parlerai à Mack dès demain, promit-il.

— Une dernière chose, dit Sony en le fixant d'un regard froid. Fais bien attention que ta sœur ne se doute de rien. Elle travaille dans un cabinet d'avocats, et le bureau du procureur est dans le même immeuble.

— Je serai prudent, assura Clay.

— D'accord. Alors, à demain.

Clay sortit de la voiture. Il n'avait rien pris, ce soir, pour ne pas éveiller les soupçons de Becky. Il devait faire en sorte qu'elle le croie revenu sur le droit chemin, ce qui ne devrait pas poser trop de problèmes, se dit-il, puisqu'elle l'aimait et qu'elle ne demandait qu'à le croire.

Le matin, Clay attendit que Becky soit remontée s'habiller dans sa chambre pour parler à Mack.

— Tu veux te faire un peu d'argent de poche ? demanda-t-il à mi-voix.

— Comment ?

— Est-ce que tu as des copains qui se droguent ?

Son petit frère arrondit les yeux.

— Je ne sais pas.

— Oh…

Un peu déconcerté, Clay se demandait comment entrer dans le vif du sujet, quand il entendit les pas de sa sœur dans l'escalier.

— Nous en reparlerons plus tard, s'empressa-t-il de chuchoter. Surtout, ne dis rien à Becky.

En arrivant dans le salon, Becky trouva Mack étrangement calme, alors que Clay paraissait nerveux. Mais cela ne la troubla pas outre mesure : ses frères avaient bien droit à leurs humeurs. Elle se hâta de préparer le déjeuner de Mack, et finit juste à temps pour qu'il coure prendre le car.

Quand elle vit que Clay ne suivait pas son frère, Becky fronça les sourcils.

— Tu ne vas pas au lycée ? demanda-t-elle.

— Si. Mais Jenna, une amie, doit passer me prendre, répondit-il d'un air insouciant. Elle a une Corvette. C'est une sacrée bagnole, tu sais.

Une Corvette ? Comme Sony ? Becky lui lança un regard soupçonneux.

— J'espère que tu ne vois plus les Harris ?

— Bien sûr que non, feignit de s'offusquer Clay.

Il était plus facile de mentir à sa sœur que de se disputer avec elle, se dit-il en voyant qu'elle se détendait.

— Et tes rendez-vous avec le psychologue ?

— Je n'y vais plus. Je pense que…

— Je me moque de ce que tu penses, coupa-t-elle. Le procureur a dit que tu devais y aller, et tu dois obéir.

Clay crispa les poings. Elle commençait à lui courir sur le système. Mais il parvint à se dominer.

— D'accord, d'accord, maugréa-t-il. J'irai à mon rendez-vous de demain.

Soulagée, Becky soupira.

— C'est bien, Clay. C'est très bien.

Cette fois, il perdit son sang-froid.

— Arrête de me traiter comme un bébé, grinça-t-il. J'ai passé l'âge depuis longtemps.

Et, avant qu'elle ait pu répliquer, il sortit de la maison — au moment précis où Jenna arrivait. Il grimpa dans la voiture et ne pensa plus à sa sœur.

Quelques jours plus tard, Becky appela le lycée pour vérifier que Clay y allait bien. On lui répondit qu'il ne manquait plus un seul cours. Comme elle savait qu'il allait aussi à tous ses rendez-vous, désormais, elle se sentit le cœur léger. Plus d'un mois s'était écoulé depuis qu'on l'avait arrêté, et cela avait dû lui servir de leçon. Apparemment, il avait décidé de marcher droit.

Après avoir installé confortablement son grand-père, elle partit travailler en se demandant si elle tomberait sur Kilpatrick, aujourd'hui. Elle ne l'avait pas vu depuis trop longtemps. Peut-être s'était-il réinstallé au palais de justice…

Mais à midi, alors qu'elle allait déjeuner, elle l'aperçut qui traversait le hall et s'arrêta pour l'admirer. Quelle démarche étonnante, se dit-elle avec un brin de nostalgie. Malgré sa stature, il fendait la foule d'un pas léger, plein d'une élégance naturelle. Elle adorait sa façon de se mouvoir.

Ignorant que Becky avait les yeux fixés sur lui, Rourke sortit de l'immeuble et récupéra sa Mercedes dans un parking voisin. Ensuite, il se rendit au garage qui servait de couverture à Ernie Harris, le père, pour son trafic de drogue. La chose était de notoriété publique, mais le prouver était une autre histoire.

Harris frisait la soixantaine et avait un ventre de buveur de bière. Il était perpétuellement mal rasé, et son gros nez rouge de cocaïnomane ressortait comme celui d'un clown entre les cernes noirs qui soulignaient ses yeux. Il fixa Rourke d'un regard peu amène tandis que ce dernier se garait le long du trottoir.

— Quelle surprise ! lança-t-il d'un ton ironique alors que Rourke s'approchait. Vous cherchez quelque chose, procureur ?

— Si tel était le cas, je sais que je ne trouverais rien, répliqua Rourke.

Il s'arrêta devant Harris et alluma un cigare avec une lenteur délibérée. Puis il reprit :

— On m'a fait part de rumeurs qui ne me plaisent pas. Tellement pas que j'ai préféré venir les vérifier par moi-même.

— De quoi s'agit-il ?

— Il paraît que vous envisagez d'étendre votre territoire aux dépens de Morrely. Et que vous avez déjà abordé les gamins de l'école primaire pour leur fourguer du crack.

— Quoi ? feignit de s'indigner Harris. Ce ne sont que des calomnies ! D'ailleurs, les enfants sont sacrés, pour moi.

— C'est sans doute pour cela que vous chargez vos fils de cette sale besogne, rétorqua Rourke.

Il tira une bouffée de son cigare et souffla délibérément la fumée dans la figure de la fripouille qui lui faisait face. Puis il reprit d'un ton glacial :

— Voilà donc mon message, Harris. J'ai placé l'école sous surveillance et je vous ai à l'œil. Si l'on découvre ne serait-ce qu'une trace de coke sur un gamin, je vous démolis, vous et vos garçons. Ça prendra le temps qu'il faudra, mais je vous assure que je vous aurai. Je tenais à vous le dire moi-même.

— Merci de m'avertir, mais vous vous trompez de personne, insista Harris, un rictus aux lèvres. La drogue, ce n'est pas mon truc, je vous jure. Je suis garagiste, et je me contente de faire honnêtement mon métier.

Il regarda la Mercedes et hocha la tête d'un air approbateur.

— Belle voiture. Voulez-vous que je vérifie les niveaux ?

— Ce n'est pas la peine, je vous remercie. Mais je penserai à vous, le cas échéant.

— C'est parfait. Revenez quand vous voulez.

— Je n'y manquerai pas, promit Rourke.

Sur ce, il tourna le dos à Harris et regagna son véhicule.

Le soir même, Ernie Harris s'entretint avec ses deux fils.

— Kilpatrick ne va plus nous lâcher, dit-il sombrement. Nous ne pouvons pas nous permettre le moindre faux pas. Est-ce que vous êtes sûrs que ce Clay Cullen est digne de confiance ?

— Absolument, assura Sony.

Ernie contempla ce fils qui le dépassait en taille et qui était plutôt beau gosse, avec sa tignasse brune et ses yeux bleus. D'ailleurs, il avait beaucoup plus de succès auprès des filles que son frère cadet, trapu et rougeaud.

Revenant au sujet qui le préoccupait, Ernie marmonna :

— Une chose est sûre, il faudra sacrifier Cullen, si le procureur nous serre de trop près. Ça ne vous pose pas de problème, j'espère ?

— Bien sûr que non, répondit Sony avec un sourire retors. Pourquoi crois-tu qu'on lui a glissé un sachet de crack dans la poche quand les flics nous ont arrêtés ? Même s'ils ne l'ont pas inculpé, cette histoire restera dans son dossier. Si ça sent le brûlé, on pourra le charger ; il nous servira de fusible.

— C'est parfait, approuva Ernie. Mais arrangez-vous pour que ce garçon soit mouillé jusqu'au cou. En attendant, ajouta-t-il d'un air pensif, je crois qu'il est temps de s'occuper de Kilpatrick. Il vaudrait mieux lui régler son compte avant qu'il nous tombe dessus.

— Mike, le patron du Hayloft, connaît quelqu'un qui pourrait se charger du boulot, dit Sony.

— Très bien. Parle-lui-en dès ce soir, ordonna Ernie. Le mandat de Kilpatrick s'achève dans quelques mois. Il risque de mettre les bouchées doubles pour se faire réélire.

— D'après Cullen, il ne se représentera pas, intervint Bubba.

Ernie le gratifia d'un regard noir.

— Je n'y crois pas une seconde, maugréa-t-il. Bon... Comment est-ce que ça se présente, à l'école primaire ?

— L'affaire est en bonne voie, dit Sony. Justement, on a mis Cullen sur le coup. Son petit frère fréquente cette école.

— Mais le frère en question marchera-t-il avec nous ?

Sony esquissa un rictus.

— J'ai ma petite idée là-dessus. On va inviter Cullen à nous accompagner à une livraison pour que notre fournisseur puisse l'identifier, le cas échéant. Avec ça, on le tiendra, et on pourra le menacer de le donner aux flics s'il ne fait pas tout ce qu'il faut pour convaincre son frère.

— C'est une bonne idée, reconnut Ernie. Bien, assez discuté. Je suis sûr que vos clients vous attendent avec impatience.

— On y va, p'pa.

Peu de temps après, en rentrant du travail, Becky tomba sur ses frères qui discutaient avec animation. En la voyant, Mack se tut brusquement et quitta la pièce d'un pas furieux, tandis que Clay la regardait d'un air coupable.

Ils venaient sans doute de se disputer de nouveau, se dit-elle. Depuis quelques jours, ils étaient comme chien et chat. Mais elle préféra ne rien dire que de s'attirer une repartie désagréable.

Becky mit en route une machine de linge et commença à préparer le dîner, perdue dans ses rêves. Elle pensait à Rourke Kilpatrick et se voyait blottie dans ses bras, quand la voix de Clay la ramena brusquement au présent.

— Je pars à la bibliothèque, Becky ! lança-t-il de la pièce voisine.

— Crois-tu qu'elle est encore ouverte, à cette… ?

Le claquement de la porte d'entrée l'interrompit. Dehors, il y eut un bruit de portière, puis une voiture démarra en rugissant.

Elle se précipita à la fenêtre du salon, assez vite pour reconnaître les deux garçons qui étaient dans le véhicule avec Clay. Les frères Harris ! pesta-t-elle. Clay était censé ne plus les fréquenter, mais que devait-elle faire pour l'en empêcher ? Elle ne pouvait tout de même pas l'attacher ! Et elle ne pouvait pas demander conseil au grand-père : il avait eu une mauvaise journée et s'était couché tôt.

Broyant du noir, Becky retourna dans la cuisine. Mack s'y était installé pour faire ses devoirs, sans protester, pour une fois. Elle s'arrêta derrière lui et lui mit la main sur l'épaule.

— Est-ce que tu t'en sors ?

Il leva les yeux, puis les détourna aussitôt comme s'il cachait quelque chose.

— Oui, ça va.

Il joua un instant avec son stylo, et demanda :

— Becky, quand on sait que quelque chose de mal se prépare et qu'on n'en parle pas, est-ce qu'on est coupable, aussi ?

— A quoi penses-tu ?

— Oh, à rien de spécial, fit-il d'un air évasif.

Becky hésita.

— Eh bien, il ne faut pas jouer les rapporteurs pour n'importe quoi, mais, oui, si tu apprends que quelque chose de mal se prépare, il faut en parler.

— Je crois que tu as raison, acquiesça Mack.

Et il se replongea dans son devoir, laissant Becky s'interroger sur sa question.

Pendant ce temps, Clay accompagnait les Harris qui allaient prendre livraison d'une cargaison de crack. Il était plutôt fier de cette marque de confiance que lui témoignaient ses nouveaux amis, mais il est vrai qu'en trois semaines, Clay n'avait pas ménagé ses efforts. Il avait trouvé des clients, au lycée, parmi ceux de ses camarades qui avaient des problèmes familiaux, qui se sentaient mal dans leur peau ou qui se faisaient un devoir de transgresser les interdits. Il avait déjà vendu quelques doses, et il n'en revenait pas de gagner autant, même avec un petit pourcentage. Pour la première fois de sa vie, il pouvait jouer les richards, et Jenna lui faisait les yeux doux. Il s'était acheté des chemises et des jeans hors de prix, mais il les gardait dans son casier, au lycée, pour que Becky ne se doute de rien. Maintenant, il voulait une voiture, mais cela lui posait un problème. Comment faire pour la cacher à sa sœur ? Il pourrait peut-être la laisser aux Harris… Ou à Jenna. Enfin, il verrait bien.

L'image de son petit frère s'imposa soudain à l'esprit de Clay, et il crispa les poings. Il était encore furieux de sa réaction. Quand il lui avait demandé de l'aider à trouver des clients à l'école primaire, Mack s'était mis en colère et avait refusé tout net. Il avait même menacé de prévenir Becky, mais Clay l'avait défié de le faire. Il connaissait tous les petits secrets de Mack — comme ces magazines pour hommes que son frère cachait dans son armoire ou le couteau à cran d'arrêt qu'il avait échangé à l'école malgré l'interdiction de Becky. Mack avait promis de se taire, mais Clay n'était pas rassuré pour autant. Avec ces gamins, on ne savait jamais.

Ils venaient d'arriver au lieu de rendez-vous, un parking désert dans les faubourgs de la ville, et ils s'arrêtèrent à une vingtaine de mètres d'une jeep noire près de laquelle un homme attendait. Les frères Harris se conduisaient bizarrement, pensa Clay en remarquant le regard entendu qu'ils échangeaient. Et pourquoi laissaient-ils tourner le moteur ? Mais, avant qu'il ait pu se poser davantage de questions, Sony se tourna vers lui et lui dit :

— C'est toi qui vas faire l'échange. Sois tranquille, tu ne risques rien. On est toujours prudents, au cas où les flics seraient dans le secteur, mais, ce soir, il n'y a pas de danger. Contente-toi de marcher calmement jusqu'à la jeep et donne l'argent à ce type.

Clay hésita. Jusqu'ici, il s'était borné à écouler de petites quantités de cocaïne. Mais là, il serait étiqueté comme trafiquant, et cela pouvait lui valoir des années de prison, si jamais il se faisait prendre. Pendant quelques instants, il paniqua. Puis il parvint à reprendre son sang-froid et saisit le sac de sport qui contenait l'argent. Il ne se ferait pas prendre, se rassura-t-il. Les Harris avaient une longue expérience, ils savaient ce qu'ils faisaient. Et ce fournisseur ne le dénoncerait pas, en cas de pépin, parce que Clay pourrait témoigner contre lui.

Le temps qu'il franchisse la distance qui le séparait de la jeep, Clay avait regagné toute sa confiance. Sans un mot, il donna l'argent — que l'homme recompta — et prit un autre sac en échange. Dans les films qu'il avait vus à la télé, les trafiquants goûtaient toujours la marchandise mais, dans la vie réelle, la qualité était manifestement garantie. Clay salua le fournisseur d'un hochement de tête et retourna à la voiture des Harris, le cœur battant la chamade et dans un tel état d'excitation qu'il ne pouvait s'empêcher de sourire. C'était vraiment le pied de surmonter sa peur et de côtoyer le danger ! Il arriva à la voiture les yeux brillants de fierté.

— Tu as été super ! le félicita Sony. Maintenant, tu es des nôtres.

Le sourire goguenard des Harris le déconcerta.

— Vraiment ? fit-il d'un ton mal assuré.

— Oui. Tu es un trafiquant, exactement comme nous. Et si tu décidais de nous lâcher, Bubba et moi jurerions que tu es le cerveau de la bande, et que c'est toi qui as organisé cette transaction.

— Le fournisseur connaît la vérité, fit valoir Clay.

Sony éclata de rire.

— Ce n'est pas un fournisseur, c'est l'un des hommes de notre père, répliqua-t-il, tandis que Bubba démarrait.

Pourquoi crois-tu qu'on ne t'ait pas demandé de goûter la came ?

— Un des hommes de votre père ? répéta Clay en essayant de comprendre.

— Il y avait deux flics planqués de l'autre côté de la rue. Tu peux être sûr qu'ils t'ont identifié. Ils n'ont pas essayé de t'arrêter parce qu'ils n'avaient pas le temps d'appeler des renforts, et qu'ils savaient que tu t'enfuirais. Mais ils ont filmé la transaction. Tout ce qui leur manque pour te boucler, c'est la déposition d'un témoin oculaire. Le pseudo-fournisseur passera volontiers quelques années à l'ombre, avec ce qu'il touchera en sortant. Et puis, quelques pots-de-vin raccourciront la durée de sa peine. Mais toi, bien sûr, tu ne bénéficieras pas de la même considération.

Clay se raidit.

— Je croyais que vous aviez confiance en moi.

— C'est une simple précaution, assura Sony. On veut que ton frère prospecte pour nous à l'école primaire. S'il coopère, tu n'as pas à te faire de mouron.

L'estomac de Clay se noua.

— Mais Mack a déjà dit non ! s'écria-t-il.

— Alors, il vaudrait mieux que tu le fasses changer d'avis, dit Sony en plissant les yeux. Sinon, tu vas croupir dans une cellule pendant de très, très longues années.

Effondré, Clay se réfugia dans le silence. Comment avait-il pu être aussi bête ? se désola-t-il. Il ne pouvait pas savoir qu'il n'y avait jamais eu de flics, de l'autre côté de la rue. Ni que si Jenna était si gentille avec lui, c'était à la demande des Harris. Ces deux-là tenaient Clay, et il ignorait encore avec quelle poigne.

Chapitre 5

Becky se demandait si elle n'allait pas devenir folle. Depuis une bonne demi-heure, elle essayait de satisfaire à la fois Maggie en faisait les photocopies que celle-ci lui avait demandées, et Jessica en tapant les conclusions d'une affaire dont sa collègue avait besoin de toute urgence. Elle était d'autant plus énervée que ces derniers jours avaient été pénibles. Clay s'était montré particulièrement agressif, et Mack s'était replié sur lui-même, évitant son frère et refusant d'expliquer pourquoi à Becky. La maison était devenue un véritable champ de bataille. Le grand-père était à cran, et Becky aussi. Elle partait au travail les nerfs à vif, et souhaitait chaque jour trouver la force de s'enfuir sans un seul regard en arrière.

— Est-ce que tu peux te dépêcher, Becky ? la supplia Jessica pour la centième fois. Je dois être au palais à 13 heures, et il me faut bien une demi-heure pour y aller. Si tu ne te presses pas, je n'aurais pas le temps de déjeuner.

— Mais je me dépêche, je t'assure, répondit Becky en essayant en vain d'accélérer son rythme.

— Je vais finir mes photocopies moi-même, intervint alors Maggie.

En passant, elle tapota l'épaule de Becky et murmura :

— Calme-toi, ma chérie. Tu te débrouilles très bien.

Devant sa gentillesse, Becky faillit éclater en sanglots. Elle serra les dents, redoubla d'énergie, et parvint à terminer dans les délais.

— Merci ! lança Jessica avec un sourire radieux. Je te dois un repas, c'est promis.

Becky se borna à hocher la tête, puis elle se laissa aller contre son dossier avec un soupir.

— Tu as l'air exténuée, remarqua Maggie. Quelque chose ne va pas, n'est-ce pas ? Veux-tu m'en parler ?

— Ça ne changerait rien, affirma Becky. Mais merci quand même. Et merci d'avoir fait les photocopies.

— C'était avec plaisir. Mais n'essaie pas de vouloir trop en faire, d'accord ? Tu es la dernière arrivée, ici, et cela te place parfois dans une position délicate. N'aie pas peur de dire non si tu es surchargée de travail. Tu n'en vivras que plus longtemps.

Sur ce conseil, Maggie regarda sa montre. Il était presque midi.

— Va déjeuner, dit-elle. Moi, j'irai tout à l'heure. Tu as bien besoin de faire une pause.

Elle contempla Becky d'un œil soucieux. Sa jeune collègue paraissait encore amaigrie, dans la robe-chemisier rose qu'elle portait aujourd'hui. Ses cheveux étaient en désordre, et son maquillage avait disparu depuis longtemps.

— Mais tu devrais d'abord t'arranger un peu, ma chérie, ajouta-t-elle. On dirait un épouvantail à moineaux.

— Ce n'est pas grave. Il n'y a pas de moineaux au snack, que je sache.

— Je vois que tu as retrouvé ton humour, marmonna Maggie.

Becky éclata de rire. Maggie lui remontait toujours le moral. Dommage qu'elle ne puisse pas la mettre dans une bouteille et l'emporter, le soir, à la maison, regretta-t-elle.

Après un détour par le cabinet de toilette, elle descendit au snack, et eut la surprise d'y trouver Kilpatrick en train de faire la queue.

— Bonjour, procureur, dit-elle en essayant de dissimuler son émoi.

Il parut content de la voir.

— Bonjour, mademoiselle Cullen. Où vous cachiez-vous donc ? L'ascenseur a perdu tout son charme, depuis que je ne vous y croise plus.

— Vous devriez essayer l'escalier, conseilla-t-elle. Cela aurait l'avantage de vous faire faire un peu d'exercice.

Kilpatrick haussa les sourcils.

— Je fais assez de sport, et je n'ai pas besoin de maigrir, répliqua-t-il. Vous non plus, d'ailleurs, nota-t-il en l'examinant. On ne peut pas dire que vous ayez grossi, depuis notre dernière rencontre.

Puis il demanda inopinément :

— Comment va votre frère ?

Becky se sentait tout intimidée quand il la fixait de ce regard perçant. Elle avait l'impression qu'il pouvait lire dans ses pensées.

— Il va bien, mentit-elle néanmoins.

— J'espère qu'il se tient à carreau, dit-il posément. Les Harris se préparent de sérieux ennuis. S'il continuait à les voir, votre frère pourrait se mettre dans un pétrin dont vous auriez du mal à le tirer.

— Est-ce que vous l'enverriez en prison ?

— S'il enfreint la loi, je n'hésiterai pas. C'est pour cela

que je suis payé. Et vous devez savoir ce que je pense des revendeurs de drogue.

— Mon frère n'est pas un dealer, monsieur, affirma-t-elle avec ardeur. C'est un gentil garçon. Seulement, il s'est laissé entraîner par des voyous.

— Il n'en faut pas plus, vous savez. Les prisons sont pleines de gentils garçons qui n'ont pas su se reprendre à temps. Souvenez-vous de ce que je vous ai dit : quelque chose de grave se prépare, peut-être un assassinat. Ne l'oubliez pas, mademoiselle Cullen. Arrangez-vous pour que votre frère ne sorte pas le soir.

— Mais comment ? demanda-t-elle avec un geste d'impuissance. Il est plus fort que moi, et il ne m'écoute même plus.

Ses épaules s'affaissèrent et elle soupira :

— Si vous saviez comme je suis lasse de tenir le monde entier à bout de bras !

Brusquement, Kilpatrick la prit par la taille.

— Sortons, fit-il.

Au grand effarement de Becky, il la fit sortir de la queue et l'entraîna vers la sortie. Elle protesta :

— Mais je n'ai pas mangé !

— Ne vous en faites pas, nous irons ailleurs.

Dehors, il lui tint la portière de sa Mercedes. Becky n'était jamais montée dans une voiture aussi luxueuse. Elle resta bouche bée devant les sièges en cuir et le tableau de bord incrusté de bois.

— Vous avez l'air d'être en état de choc, remarqua-t-il en mettant le contact.

— Le moteur est vraiment silencieux ! s'extasia-t-elle. Et c'est du vrai cuir sur les sièges, n'est-ce pas ? Est-ce une boîte automatique ?

— La réponse est oui pour vos deux questions, dit-il

avec un sourire indulgent. Et vous, qu'avez-vous comme voiture ?

— Un véritable char d'assaut — en tout cas, c'est l'impression qu'elle me donne tôt le matin, quand il fait froid.

Elle lui sourit et ajouta :

— Vous n'êtes pas obligé de m'emmener déjeuner. Vous allez vous mettre en retard.

— Non, ça va. J'ai le temps, assura-t-il.

Puis, de but en blanc, il insista :

— Etes-vous bien sûre que votre frère n'est pas un dealer, mademoiselle Cullen ?

Becky en perdit son sourire.

— Absolument !

— Très bien, fit-il en se glissant dans le flot de la circulation. Mais, encore une fois, faites en sorte qu'il se tienne à l'écart des Harris. Je me suis promis de les épingler avant la fin de mon mandat, et j'y parviendrai, vous pouvez me croire. Qu'ils vendent leur cochonnerie dans la rue, c'est une chose. Mais qu'ils s'attaquent à l'école primaire, cela m'est tout bonnement insupportable.

— Vous n'êtes pas sérieux ! s'exclama Becky, horrifiée. Ils n'oseraient pas proposer de la drogue à des gosses !

— Nous avons trouvé du crack dans le casier d'un élève, répliqua Kilpatrick. Il n'a que dix ans, mais il en vend déjà.

Remarquant la moue sceptique de Becky, il secoua la tête.

— Dieu, que vous êtes naïve ! Ne savez-vous donc pas que des centaines d'élèves du primaire se font taper sur les doigts, chaque année, pour avoir vendu de la drogue ? Ni qu'un enfant sur quatre, en Géorgie, a des parents toxicomanes ?

— Je l'ignorais, avoua Becky.

Elle contempla distraitement les magasins qui défilaient et soupira.

— Où sont donc passés les enfants qui aimaient aller à l'école, qui faisaient des courses de grenouilles et qui jouaient à la marelle ?

— C'était une autre génération. De nos jours, les gamins de dix ans font fumer les grenouilles et boivent trop de bière pour pouvoir sauter à cloche-pied. S'ils n'aiment plus l'école, c'est parce qu'on leur bourre le crâne avec des sujets que les gens de mon âge n'abordaient qu'au lycée. On nomme cela l'apprentissage accéléré, mademoiselle Cullen. Nous voulons que nos bambins grandissent au plus vite pour leur épargner les traumatismes de l'enfance, mais tout ce que nous produisons, ce sont des adultes miniatures qui manquent cruellement de repères.

— Et vous-même, vous n'avez pas d'enfant, n'est-ce pas ? demanda Becky.

Kilpatrick était entré dans le parking d'un fast-food. Tout en se garant, il répondit :

— Non. Je suis sans doute vieux jeu, mais je crois qu'il faut être marié pour avoir des enfants.

Becky approuva d'un hochement de tête. Ils descendirent de voiture et s'arrêtèrent un instant devant le panneau des menus.

— Qu'allez-vous prendre, chili con carne ou hamburger ? voulut savoir le procureur.

— Chili con carne, répondit-elle immédiatement. Avec beaucoup de Tabasco.

— J'étais sûr que vous aimiez le piment, observa-t-il avec une lueur amusée dans les prunelles.

Sur ce, Rourke la prit par la main et se réjouit intérieurement du petit hoquet d'émotion qui échappa à la jeune femme. Avant d'entrer dans le restaurant, il la regarda de nouveau et nota le plaisir timide qui s'affichait sur les traits de mademoiselle Cullen, et dans ses yeux noisette constellés de paillettes d'or. Leurs mains étaient brûlantes, et elle paraissait tout aussi étonnée que lui-même par le fluide mystérieux qui passait entre eux, envahissant leurs corps, les emplissant d'une émotion inattendue.

Impulsivement, il approcha la main de la jeune femme de ses lèvres et lui embrassa l'intérieur du poignet.

— Monsieur Kilpatrick ! s'exclama-t-elle en piquant un fard.

Il sourit.

— Pardonnez-moi, mais je me suis laissé emporter par mon côté irlandais. Si j'avais cédé à mon côté cherokee, bien sûr, je vous aurais enlevée sur mon cheval et nous galoperions, à présent, vers le soleil couchant.

— Les Cherokee avaient des chevaux ?

— Oui. Il faudra que je vous parle de leur mode de vie, un de ces jours.

Quand il lia les doigts aux siens et l'entraîna dans le fast-food, Becky se demanda si elle n'était pas en train de rêver.

Ils choisirent leurs plats et allèrent s'installer à une table d'angle. Becky dégusta lentement son chili, pendant que Kilpatrick engloutissait deux cheeseburgers et une double portion de frites.

— Seigneur, je meurs de faim ! lança-t-il entre deux bouchées. Je ne trouve plus le temps de manger, depuis quelque temps. Je dois travailler nuit et jour pour traiter mes dossiers.

— Je pensais que vous aviez des assistants ?

— J'en ai, en effet, mais pas en nombre suffisant, expliqua-t-il. Des innocents restent en détention préventive pendant des mois en attendant que leur affaire puisse être programmée. Il n'y a pas assez de tribunaux, ni assez de juges — ni assez de prisons, d'ailleurs.

— Ni assez de procureurs ? avança-t-elle.

En attaquant son milk-shake au chocolat, Kilpatrick lui sourit.

— Ni assez de procureurs, confirma-t-il.

Ses yeux noirs se rivèrent à ceux de Becky. Et tandis que leur regard se faisait plus intime, son sourire s'effaça lentement.

— Je ne veux pas m'engager avec vous, mademoiselle Cullen, murmura-t-il de but en blanc.

Son franc-parler surprit Becky. Elle déglutit péniblement.

— Vrai... vraiment ?

— Vous êtes encore vierge, n'est-ce pas ?... J'en étais sûr, affirma-t-il en la voyant rougir. Eh bien, il est hors de question que je vous déshonore, ma conscience me l'interdit.

Becky se tortilla malaisément sur sa chaise. Elle se demandait s'il était sérieux ou s'il plaisantait...

— De toute façon, je ne couche pas avec n'importe qui, déclara-t-elle pour se donner une contenance.

— Mais je ne suis pas n'importe qui ! fit-il semblant de s'offusquer. Je suis un notable, nos concitoyens m'ont élu.

Elle ne put s'empêcher de sourire, conquise par ce regard qui la faisait frémir. Le procureur était un homme très sensuel. Il était en train de s'emparer de son cœur sans qu'elle n'y puisse rien.

— Je ne suis pas ce qu'on appelle une femme libérée, avoua-t-elle. Au contraire, je suis très conventionnelle. Ma mère m'a donné une éducation très stricte, contre les vœux de mon père, et je respecte les commandements de l'Eglise. Mais cela doit vous paraître bien archaïque…

— Pas du tout, assura Kilpatrick. Mon oncle Sanderson, qui m'a élevé, était diacre de l'église baptiste. J'ai reçu le baptême à dix ans, et je suis allé à l'école du dimanche jusqu'à dix-huit ans. Vous voyez, vous n'êtes pas la seule à être archaïque.

— Peut-être. Mais vous, vous êtes un homme.

— Je l'espère bien ! s'exclama-t-il. Sinon, j'ai dépensé une fortune en vêtements que je ne pourrais jamais porter.

Becky éclata de rire.

— Je me demande qui est le véritable Rourke Kilpatrick, dit-elle. L'homme plein d'humour qui est assis en face de moi ou celui d'humeur maussade que j'ai rencontré dans l'ascenseur ?

— J'avais des raisons d'être maussade, rétorqua-t-il. On m'avait privé de mon bureau confortable pour m'installer dans une cage à lapin, on m'avait inondé de procédures d'appel — bien sûr que je broyais du noir. Et, pour couronner le tout, je tombais chaque jour sur cette femme agaçante qui ne cessait de m'insulter.

— C'est vous qui avez commencé, observa-t-elle.

— Je ne faisais que me défendre, prétendit-il.

— Moi aussi.

Dans le silence qui s'établit alors, il jeta un coup d'œil à sa montre et fronça les sourcils.

— Je suis désolé de vous brusquer ainsi, mais il nous faut partir. Je dois être au palais dans une demi-heure.

— C'est moi qui suis désolée, fit Becky en se levant d'un bond. Je ne m'étais pas rendu compte qu'il était aussi tard.

— Le temps passe trop vite en votre compagnie, soupira Rourke.

Il s'écarta pour la laisser passer et lui emboîta le pas. Dehors, il faisait un peu frais. La jeune femme resserra sa veste.

Comme il avait les yeux fixés sur elle, il remarqua que ses vêtements n'étaient plus de la première jeunesse et que ses chaussures à talons étaient éraflées. Qu'elle ait si peu pour vivre le troubla profondément. Et, pourtant, elle était si gaie, en général — c'est-à-dire, quand on ne parlait pas de son frère ! Rourke avait connu des femmes fortunées qui critiquaient tout et tout le monde, mais Becky, qui était le sans le sou, semblait aimer la vie et les gens.

— Je vous trouve ragaillardie, lui dit-il quelques minutes plus tard, tandis qu'il la reconduisait à son travail.

— Tout le monde a des problèmes, répondit-elle d'un ton léger. J'essaie de ne pas me laisser submerger par les miens. Après tout, ils ne sont pas pires que ceux des autres, conclut-elle avec un sourire. L'un dans l'autre, la vie que je mène me plaît, monsieur Kilpatrick.

— Vous pouvez m'appeler Rourke, l'invita-t-il. C'est un prénom irlandais.

— Vraiment ? fit Becky.

— En fait, ma mère se nommait Irene Tally. Son père était irlandais et sa mère cherokee. Donc, je ne suis pas à demi cherokee, mais seulement un quart. Notez bien que ça ne change rien : je suis fier de mes origines amérindiennes.

— Ces temps-ci, Mack, mon petit frère, harcèle son grand-père pour qu'il avoue contre toute évidence qu'il a du sang indien, dit Becky. A l'école, il étudie l'histoire et les coutumes du peuple cherokee, et il rêve d'apprendre à se servir de la sarbacane qu'ils utilisaient pour chasser.

— En tout cas, vous pouvez lui dire qu'ils n'enduisaient

pas leurs fléchettes de curare. Seuls les Indiens d'Amérique du Sud connaissaient ce poison.

— Je ne manquerai pas de lui transmettre l'information, promit Becky.

Elle baissa les yeux sur son sac et ajouta :

— Vous plairiez à Mack.

— Vous croyez ?

Il mourait d'envie de l'inviter à sortir, un de ces soirs, et de mieux connaître sa famille. Cela aurait d'autant plus d'intérêt que Clay fréquentait les Harris, quoi que sa sœur en dise, et que, grâce à lui, Rourke pourrait peut-être glaner quelques informations. Mais il ne voulait pas faire de mal à Becky, et c'est ce qui se produirait si elle en venait à penser qu'il se servait d'elle. Mieux valait donc laisser tomber l'idée — pour le moment.

— Voilà. C'est ici que je vous laisse, dit-il en s'arrêtant le long du trottoir.

Pendant qu'il descendait pour lui ouvrir sa portière, Becky fit de son mieux pour ravaler sa déception. Après tout, il l'avait invitée à déjeuner, ce n'était déjà pas si mal. Elle n'avait pas à lui en vouloir parce qu'il ne lui proposait pas un banquet. Elle sortit de la Mercedes, et, prenant sur elle, parvint à adresser à Rourke un sourire radieux, alors qu'elle avait envie de pleurer.

— Merci pour le repas, murmura-t-elle.

— Tout le plaisir était pour moi, assura-t-il.

Du bout des doigts, il lui effleura la joue, tout en soulignant du pouce sa lèvre inférieure en un geste plein de douceur et de sensualité. Puis il affirma à mi-voix :

— Si nous n'étions pas dans un lieu public, Becky, je vous embrasserais jusqu'à ce que vous en ayez les jambes en coton.

Sous son regard de braise, Becky retint son souffle. Ces

yeux noirs l'hypnotisaient ; il fallait qu'elle fasse quelque chose, avant de tomber à genoux devant lui et de le supplier de faire exactement ce qu'il disait.

— Les cheeseburgers vous font toujours cet effet ? demanda-t-elle.

Rourke haussa les sourcils. Puis il éclata de rire et écarta sa main.

— Quelle sacrée bonne femme vous faites !

Becky était assez fière d'elle-même. Elle avait réussi à reprendre son sang-froid sans trop entamer l'orgueil du procureur.

— Merci encore pour le repas et pour l'épaule secourable, dit-elle. Je ne suis pas souvent déprimée, mais, ces derniers temps, l'ambiance a été plutôt lourde, chez moi.

— Vous n'avez pas à vous justifier, répondit-il d'un ton affectueux.

Elle lui donnait envie de la protéger, un sentiment auquel il n'était pas habitué.

— Je dois y aller, fit-elle au bout d'un moment de silence.

— Oui.

Pendant un instant, leurs regards se rivèrent l'un à l'autre, et le temps parut suspendre son vol. Rourke vibrait littéralement du désir de prendre Becky dans ses bras et de l'embrasser avec passion. Il se demanda distraitement si elle éprouvait la même envie. Mais il savait bien que oui…

— Eh bien…, à bientôt.

Il hocha la tête.

Becky réussit à se mettre en mouvement, mais il lui sembla, en se dirigeant vers l'immeuble, que ses pieds ne touchaient pas le sol. Elle ignorait qu'un regard curieux l'avait vue partir avec Kilpatrick et revenir en sa compagnie.

*
**

— Ta frangine a mangé avec le procureur à midi, Cullen. Elle a l'air d'être très copine avec lui, dit Sony à Clay le soir du même jour. Seulement, cette situation ne peut pas durer. Il pourrait remonter jusqu'à nous par l'intermédiaire de ta sœur.

— Arrête tes bêtises ! répliqua Clay. Kilpatrick n'intéresse pas Becky, ça j'en suis sûr.

— Tant mieux pour elle, parce qu'il commence à nous serrer d'un peu trop près. Il va peut-être falloir qu'on se débarrasse de lui, déclara Sony d'un air sombre. On doit réceptionner une grosse livraison dans les semaines qui viennent. On ne peut pas se permettre le moindre problème.

Clay s'esclaffa. Il fallait toujours que Sony exagère.

— Tu ne crois pas qu'il y en aurait, des problèmes, si on tuait le procureur ? fit-il remarquer.

— Pas si quelqu'un d'autre était accusé du meurtre.

Clay haussa les épaules.

— En tout cas, tu peux me rayer de la liste : je suis trop mauvais tireur.

Sony le regarda droit dans les yeux.

— En fait, on pensait à quelque chose de plus sûr. Piéger sa voiture, par exemple.

Devant l'air dubitatif de Clay, il sourit.

— Je sais que tu es un as en chimie et en électronique, Clay. L'an dernier, dans le journal du lycée, tu as écrit un article sur les explosifs et leurs détonateurs, tu t'en souviens ? Un bon flic n'aurait pas à creuser beaucoup pour tomber dessus.

Il lui donna une tape sur l'épaule et conclut :

— Alors je te conseille de filer droit, Clay, et de convaincre ton petit frère. Sinon, on mettra une bombe dans la voiture du procureur et on te fera porter le chapeau.

— Mais Mack ne veut rien entendre, se lamenta Clay.

Ceci étant, il se demandait si tout cela était sérieux. Sony avait fumé du crack. Dans son état, il pouvait dire n'importe quoi. Non, tenta-t-il de se rassurer, il voulait simplement lui faire peur. Il n'était pas stupide au point de tuer le procureur.

— Mack a intérêt à se bouger, dit alors Sony d'une voix menaçante. Tu m'entends, Clay ? Il a intérêt à se bouger, et vite. On veut l'école primaire, et on l'aura. Sinon, c'est toi qui trinqueras.

Quand Becky rentra du travail, elle était encore sur son petit nuage, la tête pleine de Rourke Kilpatrick. Toute à ses pensées, elle embrassa distraitement son grand-père qui regardait la télévision et ne remarqua même pas que Clay et Mack n'étaient pas dans le salon.

Elle commençait à préparer le repas, quand Mack entra dans la cuisine, pâle comme un linge. En voyant Becky, il détourna les yeux et marmonna qu'il n'avait pas faim, puis il ressortit aussitôt de la pièce.

Inquiète, elle le suivit dans sa chambre et lui demanda ce qui n'allait pas. Il leva les yeux, commença une phrase, mais se tut brusquement lorsque Clay entra dans la pièce.

— Tout va très bien, n'est-ce pas, Mack ? répondit son frère à sa place.

Puis, se tournant vers Becky, il demanda d'un air décontracté :

— Qu'est-ce qu'on mange, ce soir ?

— Tu dînes avec nous ? fit Becky. Quelle surprise !

Clay haussa les épaules.

— Je n'ai rien d'autre à faire — pas ce soir, en tout cas. D'ailleurs, je vais proposer à papy de faire une partie de dames.

— Il en sera ravi, dit Becky.

Elle retourna dans la cuisine accompagnée de Clay. Pendant qu'elle vérifiait la cuisson de la tarte qu'elle avait mise au four, son frère tira une chaise et s'assit.

— Comment s'est passée ta journée ?

— Oh, très bien, répondit-elle, un peu étonnée de l'intérêt qu'il lui portait. M. Kilpatrick m'a invitée à déjeuner.

A ces mots, le visage de Clay s'assombrit.

— Tu es copine avec le procureur ?

— Cela ne te regarde pas, dit-elle d'un ton ferme. C'est un homme très sympathique, quand on le connaît un peu. Et ce n'était qu'un déjeuner.

— Kilpatrick, sympathique ? la railla-t-il. C'est la meilleure de la journée ! Il a tout fait pour que papa aille en prison, et maintenant, c'est moi qu'il essaie de coincer. Mais, à part ça, c'est un homme sympathique.

Becky s'empourpra de colère.

— Mais, bon sang, j'ai quand même le droit de prendre un peu de bon temps ! fulmina-t-elle. Je fais tout, dans cette maison, et je travaille pour payer les factures. Et je devrais me priver d'aller déjeuner avec un homme ? J'ai vingt-quatre ans, Clay, et je ne sors jamais. Tu n'as…

— Je suis désolé, coupa-t-il. Pardonne-moi, Becky. Je sais combien tu travailles dur pour nous tous.

Clay baissa les yeux, tout honteux. Il y avait tant de choses qu'il ne pouvait dire à sa sœur ! Il aurait voulu ramener de l'argent pour arrondir les fins de mois, mais s'il le faisait, Becky lui demanderait où il l'avait trouvé.

Oui…, il s’était mis dans un pétrin dont il ne voyait pas comment il sortirait.

Sony Harris l’avait à sa merci, se dit Clay amèrement. S’il voulait éviter la prison, il n’avait d’autre issue que de lui obéir. Il soupira et se tourna vers la fenêtre, le regard perdu dans le vague. Peut-être pourrait-il convaincre un autre gamin de l’école primaire — un gamin qui aurait moins de scrupules que son petit frère.

Clay contempla Becky qui lui tournait le dos. Apparemment, elle aimait bien le procureur. Et dire que les Harris parlaient de l’assassiner…

Seigneur ! Dans quel guêpier s’était-il fourré ? songea Clay. En retournant dans le salon, il se dit qu’il pourrait toujours appeler Kilpatrick pour le prévenir. Mais s’il ne s’agissait que d’une plaisanterie ? Le sens de l’humour de Sony était souvent plus que douteux. Peut-être n’y avait-il rien de réel dans cette histoire. D’ailleurs, où trouverait-il un tueur à gages ? C’était une bonne question, parce que sans assassin, il n’y aurait pas d’assassinat.

Clay se détendit. Ce n’était qu’une mauvaise blague : Sony n’entreprendrait rien contre le procureur. Il s’était fait avoir comme un bleu, et les Harris devaient bien rigoler, à l’heure qu’il était.

Soulagé, il se força à sourire et s’adressa à son grand-père.

— Que dirais-tu d’une partie de dames après le repas ?

Ce soir, Becky n’était pas d’humeur à supporter les caprices des uns et des autres. Elle expédia le dîner et alla se coucher aussitôt après, fermement décidée à ne pas remarquer le mutisme de Mack, l’entrain si peu naturel de Clay et la morosité du grand-père. Il était grand temps qu’elle pense un peu à elle. Elle ne pouvait pas continuer à se sacrifier jusqu'à la fin des temps. Fermant les yeux, elle imagina les lèvres de Rourke sur les siennes… Elle n'avait jamais été attirée par un homme au point de devoir choisir entre lui et sa propre famille. Mais, aujourd'hui, Becky était prête à se battre contre les siens pour connaître enfin un peu de bonheur.

Chapitre 6

Gus venait de grimper dans la Mercedes pour en ressortir aussitôt d'un bond. Il fallut à Rourke cinq bonnes minutes de patientes suppliques pour convaincre le berger allemand de rester sur la banquette. Pestant sourdement, il se demanda pourquoi, bon sang, il avait eu l'idée de prendre un chien. Il était déjà en retard, et il devait encore faire un détour par le chenil pour y laisser Gus entre les mains d'un spécialiste du dressage correctif qui devait apprendre au chien à obéir. A cette allure, maugréa Rourke intérieurement, il risquait fort de ne pas arriver au bureau avant la pause de midi.

— On dirait que tu le fais exprès, reprocha-t-il à Gus.

Le berger allemand poussa un aboiement. Il ne tenait pas en place, comme s'il sentait quelque chose d'anormal. Mais il n'y avait personne dans les environs immédiats.

Rourke voulut prendre un cigare mais ne trouva pas son étui. Avec un soupir énervé, il redescendit de voiture pour aller le chercher en prenant garde que le chien reste à l'intérieur. Comme il atteignait le perron, la bombe explosa, transformant sa belle Mercedes en un amas de tôle tordue et de cuir carbonisé.

*
* *

Quand Becky entendit les sirènes, elle sentit son estomac se nouer. Elle se précipita à la fenêtre et vit des hommes casqués qui entraient en courant dans l'immeuble, tandis que d'autres voitures de police arrivaient en trombe.

— Sais-tu ce qui se passe ? demanda-t-elle à Maggie.

Elles étaient seules dans le bureau. Tous les autres étaient partis déjeuner.

Maggie la rejoignit à la fenêtre et observa l'agitation en bas de l'immeuble.

— Non, mais il y sûrement un problème, répondit-elle. Là, c'est la brigade de déminage. Je reconnais le véhicule.

Elle se tourna vers Becky, la mine perplexe.

— Mais je ne vois pas ce que les démineurs viendraient faire ici…

A ce moment-là, Bob Malcolm entra en coup de vent dans le bureau. Il paraissait à la fois agité et inquiet.

— Ont-ils déjà visité les lieux ? demanda-t-il.

Maggie haussa les sourcils.

— Mais de qui parlez-vous ?

— Des hommes de la brigade de déminage, bien sûr. Ils s'assurent qu'il n'y a pas de bombe dans l'immeuble, répondit-il. Vous n'êtes pas au courant ? Quelqu'un a essayé de tuer le procureur, ce matin. Sa voiture avait été piégée.

A ces mots, Becky blêmit et dut s'appuyer au mur pour ne pas tomber.

— Est-il… mort ? demanda-t-elle d'une voix blanche.

— Non, il est sain et sauf, dit Malcolm en la gratifiant d'un regard curieux. Mais son pauvre chien n'a pas eu cette chance.

Il secoua la tête d'un air désolé, puis il se dirigea vers son bureau en lançant :

— J'ai deux coups de fil à passer. Surtout, ne vous inquiétez pas inutilement ; je suis sûr que les démineurs ne trouveront rien. Mais, enfin, mieux vaut prévenir que guérir, n'est-ce pas ?

— Oui, bien sûr, acquiesça Maggie.

Elle attendit que Bob Malcolm ait disparu dans son bureau pour prendre Becky par l'épaule en un geste plein d'affection.

— Alors, fit-elle avec un sourire complice, tu as donc un faible pour le procureur ?

— Je ne le connais pas très bien, esquiva Becky. Mais il s'est montré compréhensif envers mon frère, et je l'ai... croisé deux ou trois fois dans l'immeuble.

Maggie lui témoigna son amitié d'une légère pression de la main, avant de s'écarter d'elle.

— Kilpatrick est indestructible, tu sais, assura-t-elle. Allons, va donc te refaire une beauté.

— Oui, d'accord.

Encore secouée par la nouvelle, Becky se rendit au cabinet de toilette, et y resta pendant que les démineurs passaient le bureau au peigne fin. Comme l'avait prévu Bob Malcolm, ils ne trouvèrent rien. Ensuite, Maggie proposa à Becky de venir déjeuner avec elle, mais Becky prétexta qu'elle n'avait pas faim. Dès que sa collègue fut partie, elle monta à l'étage du dessus et entra dans le bureau du procureur sans prendre la peine de frapper.

Rourke était en train de discuter avec son meilleur enquêteur, mais quand il remarqua la pâleur de Becky et son regard anxieux, il demanda à Dan Berry de l'excuser, la prit par le bras, et, sans un mot, alla s'enfermer avec elle dans son cabinet de travail.

Sans se soucier des conséquences, Becky se précipita aussitôt dans ses bras et s'agrippa à lui avec un long frisson rétrospectif. Elle n'éclata pas en sanglots, ne versa même pas quelques larmes de soulagement. Elle se contenta de le tenir serré contre elle, les bras sous sa veste, les yeux clos, et de respirer son parfum exotique dans le silence qui les unissait.

Pour une fois, Rourke était à court de paroles. Le comportement spontané de Becky l'emplissait d'humilité. Resserrant ses bras autour d'elle, il ne songea qu'à la rassurer.

— Je m'en suis sorti sans une égratignure.

— C'est ce qu'on m'a dit, mais je voulais en être sûre, répondit Becky. Je suis vraiment navrée pour votre chien.

Rourke serra les dents.

— Moi aussi. C'était un enquiquineur de première, mais il va beaucoup me manquer.

Il se pencha pour effleurer le cou de Becky de ses lèvres, puis demanda :

— Pourquoi êtes-vous venue ?

— Je me suis dit… que vous pourriez avoir besoin de soutien, murmura-t-elle. C'était sans doute un peu présomptueux de ma part, et je m'excuse d'avoir fait intrusion dans…

— Vous n'avez pas à vous excuser pour votre compassion, coupa-t-il. Seigneur ! Il y a si longtemps que personne ne s'est inquiété pour moi…

Il grimaça et lui écarta une mèche égarée sur son front. Puis il ajouta :

— Et je ne suis pas sûr que cela me plaise.

— Pourquoi ?

— Je suis solitaire par nature, répondit-il. Je ne veux pas m'attacher à qui que ce soit.

Becky sourit tristement.

— Et moi, je ne le peux pas, dit-elle. Ma famille passe avant tout. Mais je suis désolée pour votre chien, et je suis heureuse que vous soyez indemne.

— Ce sont ces cigares que vous détestez tant qui m'ont sauvé la vie, expliqua-t-il avec un sourire amer. Quand je me suis aperçu que je les avais oubliés, je suis retourné les chercher, et la bombe a explosé à ce moment-là. Apparemment, ce n'est pas un expert qui avait piégé ma voiture. Il y avait un faux contact sur le minuteur.

— Oh ! La bombe n'était donc pas reliée à la portière ou à l'accélérateur ?

Rourke la dévisagea en fronçant les sourcils.

— Vous n'y connaissez rien en matière d'explosif et de minuteur électronique, n'est-ce pas ?

— En fait, non, avoua Becky. Comme je n'ai jamais haï quelqu'un au point de vouloir le tuer, je me suis dispensée d'apprendre.

— Très drôle, marmonna Rourke.

La bouche de Becky lui parut soudain irrésistible. Impulsivement, il se pencha et l'embrassa avec passion. Mais avant qu'elle ait eu le temps d'y prendre goût, il mit fin au baiser et la repoussa d'un geste ferme.

— Partez, maintenant. J'attends les agents du FBI d'une minute à l'autre.

— Les agents du FBI !

— Oui. Il y a eu un acte terroriste. Cela relève de la juridiction fédérale. Je vous expliquerai tout ça un jour, quand j'aurai un peu plus de temps.

— Je m'en vais, dit Becky. J'espère que je ne vous ai pas

plongé dans l'embarras, en surgissant dans votre bureau comme je l'ai fait.

— Pas du tout, rétorqua-t-il. Ma secrétaire a l'habitude de voir des blondes hystériques forcer la porte pour m'agresser sexuellement.

C'était la première fois qu'il trouvait la force de plaisanter depuis ce matin, de surmonter le sentiment de tristesse et d'angoisse qu'avait laissé en lui la mort de Gus.

Le chagrin n'avait pas disparu, mais il sourit à celle qui, par sa douceur et sa gentillesse, lui avait mis un peu de baume au cœur.

— Retournez travailler, petite princesse au cœur tendre. Je ne suis pas à l'épreuve des bombes, mais je suis persuadé que le ciel me protège.

— J'aurais plutôt tendance à acquiescer, dit Becky.

A contrecœur, elle se décida à partir.

— A bientôt, lança-t-elle en sortant.

— Merci d'être venue, dit Rourke d'un ton bourru.

Il tourna le dos à la porte avant qu'elle ait fini de la refermer. La sollicitude dont Becky avait fait preuve envers lui l'avait touché plus que de raison. Jamais une femme ne s'était souciée de lui à ce point. Et cette révélation lui donna à réfléchir.

Il était encore perdu dans ses pensées, quand Dan Berry entra et referma la porte derrière lui.

— C'est bien la sœur de Cullen qui sort de votre bureau, n'est-ce pas ? demanda-t-il. Elle est venue voir si son frère avait fait mouche ?

Rourke se figea.

— Que voulez-vous dire, exactement ?

— Il se trouve que Clay Cullen est très doué en électronique, répondit Berry. L'an dernier, dans le journal de son lycée, il a écrit un article sur les explosifs à retardement.

Je présume que les frères Harris l'ont aidé à fabriquer la bombe qui a pulvérisé votre voiture.

En plein désarroi, Rourke alluma un cigare et s'appuya contre son bureau. Se pouvait-il que Berry dise vrai ? Clay avait-il fait des confidences à sa grande sœur ? Etait-elle impliquée dans cette affaire d'une façon ou d'une autre ?

Il leva les yeux vers son enquêteur.

— Qu'avez-vous découvert, jusqu'à présent ?

— Le câblage était l'œuvre d'un amateur, c'est un fait acquis. Si nous avions eu affaire à un professionnel, vous ne seriez plus de ce monde, à l'heure qu'il est. Le mécanisme était mal ficelé. Il n'aurait même pas dû fonctionner.

Rourke aspira la fumée de son cigare et la rejeta par le nez. Les yeux plissés, il considérait pensivement Berry.

— Faites équipe avec les gars du FBI et voyez s'ils peuvent déterminer de quel genre d'explosif il s'agit, ordonna-t-il enfin. Quant à Cullen, je ne veux pas qu'on le perde de vue.

— Vous voulez mettre son portable sur écoute ?

Rourke émit un soupir irrité.

— Nous n'avons pas la moindre preuve, concernant ce garçon, seulement des soupçons. Nous n'obtiendrions pas l'autorisation de le mettre sur écoute.

— Alors, que faisons-nous ?

— Laissons les agents fédéraux se charger de l'affaire, répondit Rourke à contrecœur.

— Ils sont déjà surchargés de travail, observa Berry. Je les vois mal prendre un gamin en filature sans être sûrs du résultat.

— Eh bien, je trouverai une autre solution, marmonna Rourke.

Berry le contempla quelques instants comme s'il avait une idée en tête.

— Dommage que vous n'éprouviez pas quelque attirance pour la sœur de Cullen, déclara-t-il enfin. Elle pourrait nous fournir des informations de première main — surtout si elle en pinçait pour vous en retour.

— Vous feriez mieux de retourner au boulot, maugréa Rourke.

Berry obtempéra sans demander son reste. Une fois seul, Rourke alla s'asseoir pesamment dans son fauteuil. Lui-même avait envisagé de se servir de Becky, mais la méthode était sournoise et malhonnête, en totale opposition avec le code de conduite qu'il s'était donné. La fin justifiait-elle les moyens ? se demanda-t-il. Avait-il le droit de soutirer à Becky des renseignements qui pourraient conduire son frère en prison ?

Le simple fait de songer à cette éventualité l'écœura. Il abattit le poing sur son bureau avec un juron de dégoût.

Becky avait passé l'après-midi à se ronger les sangs. Puisque quelqu'un avait attenté à la vie de Rourke, pourquoi ne récidiverait-il pas ? n'avait-elle cessé de se répéter. Aussi rentra-t-elle chez elle, le soir, dans un état d'inquiétude extrême.

Au cours du repas, sa mine préoccupée n'échappa ni à son grand-père ni à ses frères.

— Qu'est-ce qui ne va pas ? finit par demander Clay.

— Quelqu'un a essayé d'assassiner M. Kilpatrick, ce matin. On avait piégé sa voiture, répondit-elle sans réfléchir.

A ces mots, Clay blêmit. Prétextant un problème d'estomac, il sortit précipitamment de table et quitta la pièce. Figé sur sa chaise, Mack le suivit des yeux.

— Je peux comprendre que ses ennemis veuillent se

débarrasser de lui, marmonna le grand-père, mais, là, ce sont des méthodes de couard.

— Oui, répondit distraitement Becky.

Elle regarda en direction de la porte par laquelle son frère avait disparu et murmura avec une lenteur délibérée :

— Je me demande ce qu'a Clay. Il n'a pas l'air dans son assiette.

— Je suis sûr que si, assura Mack en se levant d'un bond. Je vais voir où il est passé.

— Mack ! Tu n'as pas mangé tes épinards, lança Becky.

Mais le chenapan n'était déjà plus là.

Elle se tourna vers son grand-père. Il paraissait totalement désillusionné.

— Il faudrait trouver une solution pour que Clay ne voie plus les Harris, dit-il d'un ton malheureux.

— Oui, mais laquelle ? Nous ne pouvons pas l'attacher à son lit, soupira Becky.

De guerre lasse, elle posa sa serviette et se prit le visage entre les mains.

— Tu n'aurais pas un faible pour Kilpatrick, par hasard ? demanda soudain son grand-père en la fixant d'un regard soupçonneux. Tu avais l'air toute retournée par ce qui lui est arrivé.

Becky releva brusquement la tête. Cette réflexion était la goutte d'eau qui faisait déborder le vase !

— J'ai tout à fait le droit d'avoir un faible pour qui me plaît, répliqua-t-elle. Si j'apprécie M. Kilpatrick, cela ne regarde que moi.

Son grand-père toussota et détourna les yeux.

— Peux-tu me passer le maïs ? demanda-t-il. Il est fichtrement bon.

Becky écarta la bouffée de culpabilité qui menaçait de la

submerger. Jusqu'à présent, elle avait donné sans compter ; il était temps que l'on respecte sa liberté. Grâce à Rourke, une énergie nouvelle bouillonnait en elle. Elle se sentait prête à tout, et, pour une fois, elle se moquait bien de ce que les autres pensaient de son comportement.

Chapitre 7

Clay était encore au lit, le lendemain matin, quand Becky monta dans sa chambre pour l'avertir que Mack aurait mangé toutes les crêpes s'il ne descendait pas bientôt. Mais Clay, visiblement, n'était pas décidé à se lever. Il marmonna qu'il avait mal au ventre et tourna le dos à Becky.

— Veux-tu que j'appelle le médecin ? demanda-t-elle sans se formaliser.

— Non, ça ira. Et papy est là, en cas de besoin.

Becky soupira. Leur grand-père était là, oui, mais il pouvait à peine se déplacer tout seul de sa chambre dans le salon. Il ne serait pas très efficace, « en cas de besoin ». Enfin, mieux valait ne pas discuter...

— Eh bien, prends soin de toi, dit-elle d'un ton ferme.

Et elle redescendit dans la cuisine en regrettant de ne pas mieux comprendre les garçons adolescents.

Mack venait de finir de déjeuner. Juste à temps pour ne pas être en retard.

— Dépêche-toi, lui dit-elle. Tu vas rater ton car.

Au moment de sortir, son petit frère hésita.

— Comment va Clay ? demanda-t-il d'un ton inquiet.

— Il a mal au ventre, répondit Becky. Mais ça va aller.

Mack hésita de nouveau, faillit dire quelque chose. Puis il haussa les épaules et partit.

Son attitude, liée à l'indisposition de Clay, tourmenta Becky toute la matinée. Maggie l'avait observée à plusieurs reprises, et alors que la pause de midi approchait, elle lui demanda avec sa gentillesse coutumière ce qui la tracassait.

— Mon frère me pose des problèmes, depuis quelque temps, répondit Becky. Il n'a que dix-sept ans, mais il traîne avec des voyous et j'ai bien peur qu'il tourne mal. Je ne suis plus quoi faire. C'est vraiment un garçon difficile.

— Tous les garçons sont difficiles, à cet âge, assura sa collègue de travail. Les deux miens n'ont pas fait exception à la règle, mais ils ont fini par se ranger. Ils sont tous les deux mariés, maintenant, et ont des métiers qui leur plaisent. Tu verras, ton frère finira par s'en sortir, lui aussi.

— C'est mon vœu le plus cher, soupira Becky.

Après un instant de silence, Maggie lui sourit.

— L'immeuble est bien calme, aujourd'hui. Heureusement que nous n'avons pas tous les jours une alerte à la bombe.

Becky opina du chef. Machinalement, elle tourna les yeux vers le sac en papier posé sur son bureau, qui contenait le quatre-quarts au citron qu'elle avait fait pour Rourke. Elle s'était dit qu'il avait besoin d'être un peu gâté après ce qu'il avait enduré hier, mais, maintenant, elle se demandait si elle trouverait le courage d'aller lui offrir ce gâteau.

— Il n'est que midi moins dix, mais tu devrais aller déjeuner, lui dit Maggie à ce moment-là. Moi, j'irai manger un peu plus tard. J'ai rendez-vous au restaurant avec l'une des sœurs de mon ex-mari. C'est incroyable que je m'entende aussi bien avec sa famille après toutes ces années. Dommage que je ne me sois pas entendu avec lui…

— Je serai de retour à 13 heures, promit Becky.

Quant au quatre-quarts, décida-t-elle, elle le laisserait à la secrétaire de Rourke, ce serait plus simple ainsi.

— A tout à l'heure, fit Maggie.

Elle avait remarqué le sac en papier, mais elle ne dit rien. Elle regarda sortir Becky avec un sourire bienveillant.

A l'étage supérieur, Becky frappa et entra. La secrétaire de Rourke leva les yeux de son écran et lui sourit.

— Bonjour. Que puis-je pour vous ?

Becky avait l'impression d'être une gamine prise en faute. Rassemblant son courage, elle posa le sac sur le bureau en bafouillant :

— C'est… C'est un quatre-quarts. Pour lui.

Visiblement, la secrétaire comprit aussitôt de qui elle parlait.

— M. Kilpatrick n'est pas là, en ce moment, mais je ne manquerai pas de le lui donner. Je suis sûre qu'il sera ravi, ajouta-t-elle. Il adore les gâteaux. Cela dit, il voudra vous remercier.

— Oh, ce n'est pas la peine, assura Becky en reculant vers l'entrée. Je vous souhaite une bonne… Oups !

Elle venait de heurter quelqu'un. Des mains viriles lui saisirent les bras, et une voix chaude et profonde s'éleva dans son dos.

— Qu'avez-vous fait, encore ? Un hold-up ? Etes-vous venue pour plaider votre cause ?

— Oui, monsieur, dit la secrétaire avec un large sourire. Elle vous a apporté un quatre-quarts en guise de pot-de-vin. Au citron, si j'en juge par l'odeur délicieuse qui se dégage de ce sac. A votre place, je me laisserais fléchir.

— C'est un très bon conseil, mademoiselle Delancy,

approuva Rourke. Je vous place sous ma protection personnelle, mademoiselle Cullen. Nous allons discuter des détails autour d'un repas.

— Attendez..., commença Becky.

Mais à quoi bon protester ? Il l'entraînait déjà vers la porte d'entrée.

En franchissant le seuil, il lança à sa secrétaire :

— Je serai de retour à 13 heures, mademoiselle Delancy.

— Oui, monsieur.

Aujourd'hui, Rourke était vêtu d'un blouson fauve et d'un pantalon havane, et tandis qu'il la guidait vers l'ascenseur, son éternel cigare à la main, Becky se fit la réflexion qu'il paraissait encore plus grand que d'habitude.

— C'est très gentil de votre part de m'avoir apporté un gâteau, la remercia-t-il tout en pressant le bouton d'appel. Mais est-ce vraiment un pot-de-vin, ou pensez-vous simplement que je suis sous-alimenté ?

— Je me suis dit que vous deviez être gourmand, répondit Becky.

Elle était encore un peu tendue, mais être avec Rourke était comme faire un tour de grand huit dans une fête foraine. Elle resplendissait littéralement de plaisir.

— Mais vous êtes sans doute meilleur cuisinier que moi, avança-t-elle.

— Vous plaisantez ! C'est à peine si je sais faire bouillir de l'eau. J'achète des plats préparés que je réchauffe au micro-ondes, voilà la triste vérité. Je finirai par m'empoisonner, vous savez.

Pendant qu'ils attendaient, elle l'observa à la dérobée. Il avait l'air en forme. Cela paraissait incroyable, mais, visiblement, l'attentat d'hier ne l'avait pas impressionné.

— Avez-vous fait l'armée ? ne put-elle s'empêcher de demander.

Il haussa les sourcils de surprise.

— J'étais dans les marines, oui. Cela se voit tant que ça ?

Becky sourit.

— Apparemment, il en faut beaucoup pour vous faire perdre votre sang-froid.

Rourke planta son cigare dans sa bouche et contempla Becky.

— A vous aussi, en général, répliqua-t-il. Avec deux frères, vous avez sans doute appris à vous battre.

— En effet, acquiesça-t-elle. Avec Clay tout particulièrement.

Rourke dut se faire violence pour ne pas poser de questions. Heureusement, l'ascenseur arrivait. Il joua des coudes pour leur faire de la place car, à cette heure, la cabine était bondée, et attira Becky contre lui.

Becky tournait le dos à Rourke. Plaquée contre lui, elle le sentait respirer, sentait l'odeur mêlée de son cigare et de son parfum. L'émotion lui coupa les jambes, si bien qu'elle fut presque soulagée quand la cabine arriva au rez-de-chaussée.

— Est-ce que le snack vous conviendra, aujourd'hui ? demanda-t-il en lui prenant le bras. Sinon, nous pouvons aller déjeuner en ville.

— Le snack me va très bien, répondit Becky. De toute façon, vous n'avez plus de voiture.

Prenant soudain conscience qu'il avait échappé d'un cheveu à la mort, elle s'arrêta brusquement, leva les yeux vers lui et murmura :

— Je suis heureuse que vous fumiez le cigare, Rourke.

— Moi aussi, répondit-il.

Son regard se riva sur celui de Becky. Et puis, d'une voix sourde, il reprit :

— Vous avez les yeux les plus sexy du monde. Des yeux d'alcôve. De longs cils dorés et une façon de me regarder qui me donne envie de…

Mais là, il s'arrêta net et secoua la tête en marmonnant :

— Oubliez cela.

Rourke ne reprit la parole que lorsqu'ils arrivèrent au bout de la file d'attente qui se prolongeait jusqu'à l'extérieur du snack.

— Nous avons le choix entre poisson, foie et poulet rôti, dit-il d'un ton léger en parcourant le menu affiché contre la vitrine.

— Je déteste le foie, avoua Becky.

— Moi aussi.

Gênée par la fumée de son cigare, elle fit la grimace.

— Ne savez-vous pas qu'il est interdit de fumer dans les lieux publics ? demanda-t-elle.

— Bien sûr que si.

— Vous devriez montrer l'exemple.

— Mais c'est bien ce que je fais, rétorqua Rourke. Si certains de nos concitoyens ignorent ce que fumer veut dire, ils comprendront le sens du terme en me voyant.

Et il planta le cigare entre ses lèvres, visiblement très satisfait de soi.

Becky ne put que pouffer de rire.

— Vous êtes vraiment impossible, fit-elle avec un soupir résigné.

Mais juste avant d'entrer dans le snack, il éteignit tout de même le cigare. Et, malgré les protestations de Becky, il insista pour payer son repas.

— Vous n'auriez pas dû, affirma-t-elle tandis qu'ils s'asseyaient à l'une des rares tables libres.

— Taisez-vous et mangez, coupa-t-il plutôt cavalièrement. Je n'ai pas l'intention de me disputer avec vous.

— Cela tombe bien, dit Becky, attaquant son poisson. J'ai horreur des disputes.

Rourke allait engouffrer une feuille de salade. Incrédule, il suspendit son geste.

— Vous ?

— Oui, moi. Je me dispute assez à la maison, expliqua-t-elle avec un triste sourire.

Il se tut un instant. Puis il déclara, comme si c'était là la source de tous les problèmes :

— Il y a des moyens légaux d'obliger votre père à assumer ses responsabilités, vous savez.

— La présence de papa ne ferait que compliquer les choses, soupira lourdement Becky. Vous ne pouvez pas vous imaginer ce que ça fait de le voir surgir à l'improviste pour réclamer de l'argent. J'ai l'impression d'avoir passé ma vie à le sortir d'un pétrin ou d'un autre, jusqu'à ce qu'il parte en Alabama. Qu'il y reste est mon vœu le plus cher, ajouta-t-elle, avec un frisson rétrospectif. J'ai assez de problèmes comme ça en ce moment.

Rourke reposa sa fourchette sur le bord de son assiette.

— Il ne tient qu'à vous de les régler, affirma-t-il. Il existe des services sociaux qui…

Becky l'interrompit en posant une main sur la sienne.

— Je vous remercie de votre suggestion, mais mon grand-père a trop d'amour-propre pour accepter quelque aide que ce soit. Quant à mes frères, ils s'enfuiraient plutôt que d'aller vivre dans une famille d'accueil. Je sais que vos intentions sont louables, mais il n'y a qu'une façon de procéder et je l'ai déjà adoptée.

— En d'autres termes, asséna-t-il, vous êtes prise au piège.

Becky pâlit. Elle voulut retirer sa main, mais Rourke la retint.

— Cette expression ne vous plaît pas, n'est-ce pas ? observa-t-il. Pourtant, ce n'est que la stricte vérité. Vous ne disposez pas plus de votre vie que les criminels que j'envoie en prison.

— En effet, je suis prisonnière de mon orgueil, de mon sens de l'honneur et de ma loyauté envers les miens, convint-elle. Mon grand-père m'a appris que ces qualités étaient le fondement d'une éducation digne de ce nom.

— Et je ne peux pas lui donner tort, déclara Rourke. Mais la culpabilité ne les remplace pas.

Soudain mal à l'aise, elle se tortilla sur sa chaise.

— Ce n'est pas la culpabilité qui me pousse à rester à la ferme.

— En êtes-vous aussi sûre que cela ?

Il jouait avec la main de Becky, croisant et décroisant leurs doigts en un geste si intime qu'elle était parcourue de frissons.

— Vous êtes très attirante, assura-t-il. Vous pourriez vous marier et avoir des enfants, si vous le désiriez.

— Je ne…, commença-t-elle.

Mais le pouce de Rourke qui décrivait des cercles sensuels sur la paume de sa main lui fit oublier ce qu'elle voulait dire.

— Vous ne… quoi ? demanda-t-il de sa voix chaude.

Comme elle ne répondait pas, il fixa les lèvres de Becky, s'y attarda jusqu'à ce qu'elle perde pied.

— Donc, vous n'avez jamais eu d'amant, murmura-t-il enfin à brûle-pourpoint.

— Non.

Rourke plongea le regard dans celui de la jeune femme, y perçut l'éclat de la fièvre qu'il avait déclenchée en elle, de l'excitation mâtinée de crainte qui la faisait vibrer. Brusquement, une lame de désir le submergea, surprenant par son intensité. Becky était mince, mais, outre ses longues jambes au galbe délicat, elle avait une poitrine harmonieuse que mettait en valeur sa taille fine s'évasant sur des hanches parfaites. Il l'imagina sans vêtements, superbe dans sa nudité, et son imagination s'enflamma quand son regard se posa sur ses seins qui montaient et descendaient comme une vague au rythme de sa respiration.

— Rourke ! protesta-t-elle, toute confuse.

Il se força à la regarder dans les yeux.

— Quoi ?

D'un coup sec, Becky libéra sa main, et il la laissa faire à contrecœur. Puis elle piqua un morceau de poisson avec sa fourchette et faillit le laisser tomber en le portant à sa bouche.

En l'observant, Rourke sourit intérieurement. Il lui faisait perdre ses moyens, c'était évident. Elle était innocente autant qu'attirante ; il n'aurait aucun mal à gagner sa confiance.

Bien sûr, une partie de lui-même n'aimait pas l'idée de se servir d'elle pour atteindre son frère, et, à travers lui, les Harris. Mais une autre partie — celle qui désirait ardemment Becky — convainquit Rourke qu'il aidait la jeune femme à se libérer d'une vie par trop étouffante. Son entreprise ainsi justifiée, il fit taire son esprit critique.

— Nous pourrions de nouveau déjeuner ensemble,

demain, proposa-t-il en se laissant aller contre son dossier. Manger seul manque singulièrement d'agrément.

A ces mots, le cœur de Becky fit un bond dans sa poitrine. Qu'un homme tel que Rourke la remarque, qu'il apprécie sa compagnie la transportait de joie. Elle était bien trop entichée de lui pour s'interroger sur ses intentions. Qu'il s'intéresse à elle, voilà tout ce qui comptait.

— J'en serais ravie, répondit-elle. Mais êtes-vous bien sûr de le vouloir vraiment ?

Rourke haussa les sourcils.

— Quelle drôle de question ! Doutez-vous à ce point qu'un homme normal puisse vous trouver attirante ?

— Eh bien..., je ne le suis pas vraiment, n'est-ce pas ? fit-elle avec un sourire timide.

— Vous avez des cheveux et des yeux magnifiques, un corps de déesse, et j'aime votre sens de l'humour, assura-t-il. En outre, j'ai une faiblesse pour le quatre-quarts au citron.

— Oh, je vois, répliqua-t-elle, heureuse de pouvoir alléger l'atmosphère. Vous êtes tout prêt à vous faire soudoyer.

— Exactement, acquiesça Rourke. On ne peut pas m'acheter avec de l'argent, mais les pâtisseries sont une autre histoire. Et maintenant, soyez gentille : mangez votre dessert.

Becky s'exécuta, mais elle n'aurait pu dire ce qu'elle ingurgitait. Elle était bien trop fascinée par Rourke pour s'en préoccuper.

De retour au bureau, elle laissa flotter ses pensées une bonne partie de l'après-midi. Maggie s'en aperçut et ne manqua pas de la taquiner, mais Becky s'en moquait. Qu'un homme l'ait remarqué était si nouveau pour elle qu'elle avait du mal à croire qu'elle ne rêvait pas.

Quand elle rentra chez elle, Becky se promit bien de ne pas prononcer le nom de Rourke. Elle voulait éviter les histoires car Clay et son grand-père ne portaient pas le procureur dans leur cœur. Son seul allié éventuel serait Mack, mais il ne faisait pas le poids. Elle gémit intérieurement en se demandant comment elle pourrait à la fois conserver Rourke et sa raison.

L'esprit ailleurs, Becky alla nourrir les poules. Pour la première fois de sa vie, elle se permettait de rêver.

Le vrombissement d'un moteur la ramena brusquement au présent. Elle se retourna au moment où une voiture de sport s'arrêtait au bout du chemin. Clay en descendit, claqua la portière et fit un geste d'adieu au conducteur. A la conductrice, plutôt, rectifia Becky… Apparemment, son frère n'avait plus mal au ventre. Elle sentit une bouffée de colère l'envahir.

Clay se dirigeait vers la maison, quand il aperçut sa sœur. Il hésita une seconde, puis bifurqua vers elle.

Becky fronça les sourcils en remarquant la chemise et le pantalon hors de prix que portait Clay.

— Je vois que tu vas mieux, fit-elle d'un ton glacial. Et peux-tu me dire d'où tu sors ces vêtements ?

— Ces vêtements ? répéta Clay.

« C'est pas vrai ! » pesta-t-il à part soi. Il avait oublié de se changer ! En fait, ça s'était si bien passé, entre Jenna et lui, qu'il avait oublié tout le reste. Mais, maintenant, Becky allait lui passer un savon. Et lui faire la morale parce qu'il avait encore sauté les cours.

— Des vêtements de marque ! se désespéra-t-elle. Oh, Clay !

Il cogita à toute vitesse pour trouver une explication.

— Je, euh…, les ai achetés à crédit, lança-t-il. Depuis quelque temps, je travaille à temps partiel dans une épicerie de nuit, à Atlanta. Je voulais te faire la surprise.

Becky le considéra avec une incrédulité manifeste.

— Vraiment ? fit-elle. Et où se trouve cette épicerie, exactement ?

Clay ne sut que répondre. Il se demanda si Mack avait craché le morceau et se dit que non ; si tel était le cas, elle l'aurait déjà assommé. Il avait eu peur, un moment, que son petit frère le trahisse, parce qu'il lui avait vraiment mis la pression. Mais comme Mack ne cédait pas d'un pouce, Clay avait fini par trouver un autre contact. Grâce à lui, les Harris avaient pu s'implanter à l'école primaire — et Clay s'arrangeait avec sa conscience. Après tout, que ce soit ou non par son intermédiaire, les gamins se seraient vu proposer du crack. Et ce n'était pas comme s'il dealait vraiment : il se bornait à fournir la came aux revendeurs. Ainsi, il ne risquait pas de trop gros ennuis, du moins l'espérait-il.

— Qu'est-ce que ça peut bien te faire de savoir où elle est ? rétorqua-t-il d'un ton hostile. Au moins, maintenant que je peux m'offrir ce genre de vêtements, j'ai une copine.

A ces mots, Becky se raidit.

— Il n'y a pas de quoi en être aussi fier, cingla-t-elle. A ta place, je me méfierais d'une fille qui s'intéresse au prix de tes habits avant de regarder ce qu'il y a dessous.

— Tu dis n'importe quoi ! s'emporta Clay. Les filles sont sensibles à la façon dont on s'habille. Jenna ne s'adressait jamais à moi, avant, et maintenant, elle veut que je sorte avec elle.

— Jenna, c'était la demoiselle dans la voiture de sport ? s'informa Becky.

— Ça ne te regarde pas, mais oui, c'était bien elle, si tu veux tout savoir.

— Ça ne me regarde pas ? s'offusqua-t-elle. Mais qui t'a évité la prison, à ton avis ? Tant que tu vivras ici, tout ce que tu feras me regarde. Et, pour commencer, je veux que tu m'en dises plus sur ce prétendu job.

— Alors là, j'en ai vraiment marre ! Je vais faire mon sac et je me tire d'ici.

— Mais vas-y, je t'en prie ! grinça Becky. Je dirai au procureur à qui tu avais promis de marcher droit que tu as manqué à ta parole, et tu t'expliqueras avec lui.

Les yeux de Clay faillirent sortir de leurs orbites. Où était donc passée la douce Becky qui lui pardonnait tout ?

— J'en ai par-dessus la tête de ton comportement, poursuivit-elle avec une hargne qui semblait s'accroître de seconde en seconde. Je vous ai tout donné, à toi, à papy et à Mack. Et qu'est-ce que j'en retire ? Un frère qui saute les cours pour se pavaner avec des voyous, un autre qui croit que les devoirs sont inutiles, et un grand-père qui veut régenter ma vie privée ! Sans même parler d'un père qui n'a aucun sens de l'honneur.

— Becky ! s'exclama Clay. Tu ne…

— Eh bien, tu peux aller au diable ! coupa sa sœur. Toi et tes bons à rien de copains, vous pouvez aller croupir en prison, ça ne me fait ni chaud ni froid.

De grosses larmes ruisselaient sur ses joues, et Clay se sentait à la fois impuissant et coupable. Ne sachant que dire, il poussa un juron et partit vers la maison d'un pas furibond.

— Où est-ce que tu vas ? voulut savoir Becky.

Clay ne répondit pas.

Tremblant de rage, Becky jeta le bol en grès qu'elle tenait à la main. Elle en avait plus qu'assez ! Quand elle pensait que la situation s'améliorait, les problèmes revenaient en force. Et maintenant, l'attitude de Clay allait irriter leur grand-père, et elle devrait passer la soirée à l'écouter râler ! Pourvu qu'il ne fasse pas un autre infarctus en s'énervant… Si seulement elle pouvait tout laisser tomber et partir ! soupira-t-elle. Malheureusement, la vie n'était pas aussi simple. Bien sûr, elle n'aurait pas dû agresser Clay comme elle l'avait fait, mais elle s'était laissé emporter. Il n'avait pas à sauter les cours, à faire le beau avec des filles dans des voitures de sport, ni à porter des vêtements de marque quand elle pouvait à peine acheter des habits d'occasion pour le reste de la famille avec son salaire. Clay avait des goûts de luxe, et elle allait se ronger un peu plus les sangs, maintenant, en se demandant où il trouvait l'argent pour les satisfaire.

Becky ramassa le bol qu'elle avait jeté par terre, surprise qu'il soit encore entier. Dans l'humeur où elle était, elle regrettait presque de ne pas avoir réussi à le briser. Peut-être cela l'aurait-il calmée… Si seulement elle avait quelqu'un vers qui se tourner, se répéta-t-elle. Quelqu'un qui pourrait lui dire comment elle devait s'y prendre avec Clay pour lui faire entendre raison avant qu'il ne soit trop tard.

Mais elle avait quelqu'un ! se dit-elle soudain. Rourke l'aimait bien, ou, en tout cas, il appréciait sa compagnie. Ce qui voulait dire, sans doute, qu'il l'écouterait d'une oreille attentive si elle lui exposait ses problèmes. Il s'était déjà occupé de jeunes en difficulté, et il n'hésiterait pas à lui dire le fond de sa pensée.

Bien entendu, elle n'abuserait pas de sa bienveillance, se promit Becky, déjà rassérénée. Et si les conseils de Rourke ne plaisaient pas à Clay, ce serait tant pis pour lui. Il était temps que son frère se montre un peu plus responsable de lui-même.

Pendant que Becky préparait le dîner, elle entendit la porte claquer. Clay était sorti sans dire où il allait. Au cours du repas, personne ne parut enclin à parler de Clay, et donc, la conversation évita le sujet. Quand vint l'heure de se coucher, Clay n'était pas revenu. Becky tarda à s'endormir : elle craignait qu'il soit déjà trop tard. Puis elle se dit que son frère n'était rentré ni soûl ni drogué, ces derniers temps. Et que cela était plutôt rassurant.

Chapitre 8

Le lendemain, quand Rourke passa prendre Becky à son bureau, il provoqua une curiosité non dissimulée parmi les collègues de travail de la jeune femme. Notant sa confusion, il lui adressa un sourire de soutien. Avec sa chevelure qui cascadait librement sur ses épaules et l'éclat de ses joues rosies par l'embarras, elle paraissait plus jeune et jolie que jamais.

— Il n'est pas si facile de garder son naturel dans ce genre de situation, n'est-ce pas ? dit-il à mi-voix en rendant son regard à l'une des secrétaires qui les observait ouvertement. Je n'ai pas de compagne attitrée, voyez-vous. En conséquence, quand je commence à inviter une femme à déjeuner, les gens le remarquent.

Becky ne fit pas de commentaire. Elle s'était demandé s'il avait une maîtresse officielle mais n'avait pas osé lui poser la question. Et, maintenant, elle était toute surprise de découvrir à quel point elle était heureuse que ce ne soit pas le cas.

Elle s'en réjouissait encore quand ils s'assirent à une table du snack avec leurs plateaux. Elle contemplait Rourke à la dérobée, impressionnée par sa beauté virile, quand il surprit son regard et lui sourit.

— Comment allez-vous, aujourd'hui ? demanda-t-il.

— Très bien, mentit Becky.

Ce matin, elle avait décidé que, en définitive, elle ne lui parlerait pas de Clay. Elle ne voulait pas que Rourke s'imagine que l'intérêt qu'elle lui portait cachait une arrière-pensée, qu'elle tentait de le séduire pour protéger son frère. Leur relation était encore trop fragile pour qu'elle s'aventure à lui demander conseil.

— Et vous ? reprit-elle. Avez-vous découvert qui a, euh..., essayé de vous tuer ?

Rourke plissa les yeux.

— Pas encore, dit-il. Mais ça ne saurait tarder.

En pensant qu'il avait bien failli perdre la vie, Becky ne put s'empêcher de frémir. Rourke perçut son frisson, mais il crut qu'elle réagissait à ce qu'il venait de dire et se demanda si son frère s'était confié à elle à propos de l'attentat. Mais, bien entendu, il ne pouvait pas lui poser la question directement.

— Le quatre-quarts était fameux, déclara-t-il de but en blanc. Je pensais qu'il durerait au moins quelques jours, mais je l'ai terminé hier soir.

— Vous avez déjà tout mangé ! s'exclama Becky.

Sa surprise amusa Rourke.

— En tout cas ce qu'il en restait, précisa-t-il. Ma secrétaire et l'un de mes enquêteurs n'ont pu résister à l'envie d'y goûter, pendant que j'étais au palais. Eux aussi l'ont trouvé excellent.

— Je suis heureuse qu'il leur ait plu, affirma Becky.

Elle joua un instant avec sa salade, avant de demander d'une voix mal assurée :

— Est-ce que vous ne risquez plus rien, maintenant ? Ils ne vont pas recommencer ?

— Je ne crois pas, répondit-il. Cette affaire a fait beaucoup de bruit, dans les médias, et les tueurs n'aiment pas la publicité. A mon avis, ils se tiendront tranquilles pendant un certain temps.

— J'espère que vous les attraperez avant qu'ils récidivent, dit-elle avec ferveur.

— Vous vous souciez de mon sort, Becky ?

— Oui. Mais vous êtes prudent, au moins ?

— Rassurez-vous, je ne suis pas suicidaire.

— Tout de même, faites bien attention à vous. Les trafiquants de drogue n'ont pas l'air de plaisanter.

— En effet, opina Rourke. D'autant qu'ils sont plutôt nerveux, ces temps-ci. Le gang des dealers de crack est en train de s'emparer du territoire des revendeurs de marijuana, et je ne vous cache pas que la tension est vive.

— Seigneur ! soupira Becky.

— Mais parlons d'autre chose, d'accord ? Je ne voudrais pas vous couper l'appétit.

Becky ébaucha un sourire.

— D'accord.

Ils commencèrent à manger. Mais à peine avait-il attaqué sa viande que Rourke grimaça.

— Ce bœuf a dû mourir de vieillesse, assura-t-il.

Il piqua son steak avec sa fourchette et prit Becky à témoin.

— Vous voyez : il ne réagit pas.

Elle se borna à secouer la tête en souriant. Au départ, elle l'avait cru sombre et austère, mais elle se trompait. En fait, il était pince-sans-rire et paraissait aimer la vie. Elle se sentait bien en sa compagnie, et même mieux qu'avec qui que ce soit d'autre.

*
* *

Les jours suivants, Becky déjeuna régulièrement avec Rourke. Elle n'avait jamais été aussi heureuse de sa vie. Il n'y avait qu'une ombre au tableau : elle ne pouvait partager sa joie avec les membres de sa famille. La seule fois où elle l'avait fait lui avait servi de leçon.

Clay n'était presque plus jamais à la maison. Le soir, il disait qu'il allait travailler, et il passait la majeure partie du week-end avec Jenna. Becky avait remarqué que son frère n'invitait jamais la jeune fille à entrer, sans doute parce qu'il avait honte du linoléum craquelé et de la peinture des murs qui s'écaillait. Mais Jenna le conduisait à son travail et le ramenait, et c'était toujours ça de gagné, se disait Becky. Au moins, Clay ne faisait pas le forcing pour acheter une voiture. Et il continuait à rentrer sobre à la maison.

Becky lui avait de nouveau demandé où il travaillait, mais avec aussi peu de succès que la première fois. Elle n'avait pas insisté, parce qu'elle ne voulait pas savoir s'il mentait. Pour sa tranquillité d'esprit, elle préférait croire qu'il s'était rangé, que l'intérêt qu'il portait à Jenna l'avait enfin mûri. Cela étant, le fait qu'une fille aussi jeune possède une voiture de sport ne manquait pas de tracasser Becky, surtout depuis qu'elle avait appris par hasard que ses parents étaient de simples ouvriers.

De son côté, Mack s'était assagi tout d'un coup. Il faisait ses devoirs sans rechigner, et cela aurait ravi Becky si son petit frère n'avait en même temps perdu une bonne partie de son entrain.

Mais, enfin, elle faisait de son mieux pour faire semblant de croire que tout allait bien. Elle commençait à peine à vivre vraiment, et elle ne voulait pas que son bonheur naissant soit gâché par quoi que ce soit. Si elle ne tenait pas compte des problèmes, se disait Becky, c'était comme s'ils n'existaient pas.

Ces jours-ci, Rourke s'était mis à la regarder d'une façon qu'elle trouvait délicieusement excitante. Ses yeux noirs s'attardaient de plus en plus souvent sur la poitrine et sur les lèvres de Becky, et même le timbre de sa voix avait changé, lorsqu'il s'adressait à elle.

— Quand il te parle, on dirait qu'il ronronne, lui avait dit Maggie ce matin avec un sourire malicieux. Quand il a appelé pour te dire de le retrouver sur le parking, j'ai entendu changer sa voix à l'instant même où je t'ai passé la communication. Oh, tu l'intéresses, il n'y a aucun doute là-dessus. Et qui aurait cru que notre Becky si candide séduirait le beau procureur ?

Becky pouffa de rire.

— Arrête ! protesta-t-elle. Je n'ai encore séduit personne. Mais je lui ai fait un gâteau, tu sais.

— Oui, tout le monde est au courant, l'informa Maggie. Les gens à qui Kilpatrick n'en a pas parlé l'ont appris par sa secrétaire. D'ailleurs, je m'étonne qu'une équipe de télé ne soit pas encore venue t'interviewer pour connaître tes secrets culinaires.

— Vas-tu t'arrêter, à la fin ! marmonna Becky tout en cliquant sur sa souris.

— Attention, tu te trompes de programme, l'avertit Maggie. Et si j'étais toi, j'irais faire les magasins, ce soir. Je sens que tu vas bientôt avoir besoin d'une tenue de soirée.

Becky repoussa ses cheveux en arrière. Elle les laissait libres depuis que Rourke lui avait dit qu'il les préférait ainsi.

— Une tenue de soirée ? répéta-t-elle, perplexe.

— Ces temps-ci, Kilpatrick est invité à droite et à gauche

par tout ce que notre comté compte de notables, expliqua Maggie. Ils essaient de le convaincre de se présenter pour un troisième mandat. Je suis sûre qu'il ne va pas tarder à te demander de l'accompagner.

— Je ne suis pas assez sophistiquée pour ce genre de soirée.

— Qui te parle de sophistication ? Contente-toi d'être toi-même, ma chérie. Les gens t'aiment parce que tu n'essaies pas de te donner de grands airs. Ne t'en fais pas, tu seras parfaite.

— Tu le penses vraiment ? demanda timidement Becky.

— Mais oui ! assura Maggie. Et, maintenant, repoudre-toi le nez et va déjeuner. Il ne faut pas que le procureur s'impatiente alors que nous avons plusieurs grosses affaires en cours de jugement, ajouta-t-elle avec un sourire complice.

— Tu as raison, acquiesça Becky.

Mue par un élan de tendresse, elle étreignit Maggie, puis elle s'empressa de partir pour ne pas être en retard.

Quand elle aperçut Rourke, il était appuyé contre le capot d'une Ford noire, les bras croisés, en train de siffloter. Il portait un pantalon gris, une chemise blanche et un blouson, avec une cravate rouge vif. Sa vue suffit pour que le cœur de Becky se mette à battre la chamade.

Tandis qu'elle s'approchait, il se tourna vers elle et lui sourit. D'un seul regard, il embrassa son tailleur blanc, sa blouse rose, ses longues jambes et ses chaussures blanches à talons hauts. Avec son visage radieux qu'encadraient ses cheveux auburn, elle était rien moins que craquante. Il le lui dit, et éclata de rire en la voyant rougir.

— Où m'emmenez-vous ? demanda-t-elle.

— C'est une surprise, répondit Rourke.

Il ouvrit la portière et dit :

— La municipalité m'a prêté une voiture. Ce n'est pas une Mercedes, mais c'est mieux que de marcher. Montez donc, Becky.

Quand elle fut assise, il fit le tour du capot et s'installa côté conducteur. Il s'apprêtait à mettre le contact mais, en voyant la mine de Becky, il s'arrêta net.

— J'ai tout vérifié, assura-t-il. Je vous donne ma parole que cette voiture n'est pas piégée.

Penaude, Becky se cacha le visage dans ses mains.

— Excusez-moi, Rourke. Je suis stupide de réagir ainsi.

— Mais non, vous êtes tout simplement humaine, répliqua-t-il. Et si ma secrétaire ne nous observait pas de la fenêtre, là-haut, je vous embrasserais jusqu'à ce que vous demandiez grâce.

A ces mots, Becky sentit ses joues s'enflammer, et son regard se fixa involontairement sur les lèvres sensuelles de Rourke. Elle se remémora l'unique baiser qu'il lui avait donné, et ce qu'elle avait ressenti — la douceur sans mélange qui avait envahi son corps. Elle était plus que prête à renouveler l'expérience, mais elle préférait qu'il ne le sache pas.

— J'aime bien votre secrétaire, dit-elle pour briser la tension.

Rourke ne fut pas dupe. Sa tentative de diversion l'amusa.

— Moi aussi, fit-il. Allons-y, je crois qu'il vaut mieux.

Et, joignant le geste à la parole, il démarra.

Le restaurant dans lequel il l'emmena était une crêperie. Comme elle s'extasiait devant le menu, Rourke s'étonna.

— N'avez-vous donc jamais mangé dans une crêperie ?

— Eh bien non, avoua Becky. Mon budget ne me permet pas de fréquenter ce genre d'endroit. Il faudrait que j'y vienne en famille, et cela me coûterait trop cher. A lui seul, Mack pourrait engloutir ce que vous et moi allons prendre et sortir de table en se plaignant d'avoir encore faim.

Rourke lui sourit affectueusement.

— Est-ce que votre petit frère vous ressemble ? demanda-t-il.

— Oh oui ! dit Becky. Il adore m'aider à jardiner, et, à vrai dire, il n'y a plus que lui pour me prêter main-forte. Mon grand-père n'en a plus la force, et Clay… a trouvé du travail, conclut-elle d'un air embarrassé.

Rourke haussa un sourcil.

— Voilà une bonne nouvelle, approuva-t-il.

— Il a aussi trouvé une petite amie, mais je n'ai pas eu l'occasion de la rencontrer, jusqu'ici, ajouta-t-elle sans dissimuler sa contrariété. Il ne la fait jamais entrer dans la maison.

— Becky, les garçons de cet âge ont leur jardin secret. Ils ne tiennent pas à ce que les adultes se mêlent de leurs affaires de cœur, raisonna Rourke. L'attitude de Clay n'a rien de surprenant.

Becky médita ces paroles. Clay était-il gêné de lui présenter la jeune fille avec qui il partageait ses premiers émois ? La réponse était évidente. Sachant à quel point elle était vieux jeu, il était normal qu'il ne veuille pas qu'elle rencontre Jenna.

— C'est donc ça ! murmura-t-elle pensivement. Et moi qui croyais qu'il avait honte de nous.

— Qu'il avait honte de vous ? fit Rourke. Pourquoi cela ?

Becky marqua un temps. S'expliquer la gênait, mais enfin, elle n'allait pas mentir à Rourke.

— La maison tombe en ruine, et notre intérieur n'a rien de luxueux. Clay ne tient peut-être pas à ce que son amie découvre que nous vivons si pauvrement.

— Je suis sûr que votre maison est toujours impeccable, rétorqua-t-il. Et je n'imagine pas qu'on puisse avoir honte de vous.

Touchée, Becky lui sourit.

— Merci.

Rourke l'étudia pendant un long moment, avant de lui proposer ce qu'il remettait depuis trop longtemps.

— J'aimerais que nous sortions ensemble, samedi soir. Si vous êtes libre, cela va de soi.

Becky arrondit les yeux. Elle n'était pas sûre d'avoir bien entendu.

— Co… comment ?

— Je vous invite à dîner, samedi, reprit-il patiemment. Ensuite, nous pourrions aller voir un film ou danser, comme vous préférez. Alors, qu'en pensez-vous ?

Le cœur de Becky fit un bond dans sa poitrine.

— J'en serais ravie.

— Donc, je passerai vous prendre à 19 heures, dit Rourke en souriant de son excitation. Mettez quelque chose de sexy.

— Je n'ai rien de sexy à mettre, avoua Becky. Mais, poursuivit-elle avec malice, je trouverai quelque chose d'ici samedi.

— Eh bien, c'est parfait.

Il finit son café d'un trait et suggéra :

— Et maintenant, que diriez-vous d'un autre dessert ?

*
* *

Le reste de la semaine passa avec la rapidité de l'éclair. Becky alla en ville en compagnie de Maggie pour trouver la robe adéquate. Elles finirent par la découvrir dans une petite boutique, soldée à moitié prix, et Becky eut du mal à croire qu'elle était désormais l'heureuse détentrice d'une robe de soirée aussi fantastique.

Elle était noire, courte, avec des bretelles ultrafines et un décolleté plongeant. Rourke voulait quelque chose de sexy. En la matière, se dit Becky, on ne faisait pas mieux !

— J'ai une paire de chaussures qui ira très bien avec cette robe, décréta Maggie. Nous chaussons la même pointure, toi et moi. Je te les prêterai, ce sera toujours ça d'économisé.

Becky hésita.

— Je ne voudrais pas abuser…

— Je te prêterai aussi un sac à main assorti, poursuivit son amie sans tenir compte de sa remarque. Est-ce que tu as des bijoux ?

— Oui, une croix en or que ma mère m'a léguée.

— C'est on ne peut plus approprié, observa Maggie avec un sourire complice. Cette croix tiendra Kilpatrick à distance.

— Oh ! Tu es un vrai démon ! pouffa Becky.

— Ce n'est pas moi le démon, c'est Kilpatrick. Tâche de ne pas l'oublier. Même le meilleur des hommes prendra ce que tu lui offres. Ne te laisse pas envoûter par quelques mots tendres murmurés sous la lune.

— Je m'en souviendrai, promit Becky, mais sans grande conviction.

Ensuite, Maggie l'emmena chez elle et sortit de son armoire une paire de chaussures noires à talons aiguilles et un sac de soirée de la même couleur. Elle vivait dans un appartement spacieux situé en plein centre d'Atlanta, qui dominait l'hôtel Hyatt Regency.

— J'aime beaucoup la vue que l'on a de chez toi, assura Becky avec une pointe d'envie. Mais, ajouta-t-elle avec une grimace en se tournant vers le vivarium installé dans le salon, j'aime beaucoup moins ton bébé python !

— Il est inoffensif, la rassura Maggie. Mais, tu sais, tu devrais prendre un appartement, toi aussi. Tu serais enfin indépendante, et ça te ferait le plus grand bien.

— Mais mon grand-père serait incapable de s'occuper des garçons, objecta Becky. Et je ne pourrais pas rétribuer une auxiliaire de vie, si je devais payer un loyer. Non, je dois rester avec eux, soupira-t-elle. Ils constituent mon unique famille, et je les aime.

— L'amour peut se transformer en prison, répliqua Maggie avec une brusque amertume. Crois-moi, je parle d'expérience. Il faudra que je te raconte, un de ces jours.

Elle avait l'air si tourmenté, soudain, que Becky ressentit un élan d'affection pour cette femme qui lui donnait tant sans rien réclamer en retour.

— Pourquoi es-tu si gentille avec moi ? demanda-t-elle.

Maggie sortit de ses noires pensées et lui sourit.

— Parce qu'il m'est impossible de ne pas être gentille avec une personne aussi douce que toi, ma chérie. Je ne me lie pas facilement, je suis trop indépendante pour cela. Mais, toi, tu es spéciale. Je t'aime beaucoup.

— Moi aussi, dit Becky. Et pas seulement à cause des chaussures et du sac que tu me prêtes.

— C'est bon à savoir, pouffa Maggie. Bien ; je crois qu'il est temps que je te reconduise au parking pour que tu récupères ta voiture. Mais il faut que tu réserves un samedi pour venir faire les boutiques avec moi. Je te montrerai celles où l'on fait vraiment des affaires.

— Cela me plairait beaucoup, répondit Becky.

Vingt minutes plus tard, Maggie la déposait à l'entrée du parking, et Becky rentra chez elle à contrecœur. Mais elle avait jusqu'à demain soir pour apprendre à son grand-père et à ses frères que Rourke l'avait invitée à sortir. D'ici là, espéra-t-elle, elle aurait rassemblé assez de cran pour leur en parler.

Clay n'était pas à la maison. Elle attendit d'être assise à table pour demander s'il était parti travailler. Son grand-père plissa le front comme s'il ne comprenait pas la question, et Mack se borna à hausser les épaules.

— Est-il passé ici, au moins ? insista Becky.

— Oui, consentit à répondre Mack. Lui et sa petite amie sont passés prendre quelque chose dans sa chambre. Il a dit qu'il rentrerait tard, et que ce n'était même pas sûr qu'il rentre.

Il ajouta avec une grimace :

— Sa copine ne me plaît pas. Elle porte un jean trop serré, on voit tout à travers son débardeur, et elle a fait la moue en entrant dans la maison.

Becky fronça les sourcils.

— Pourtant, sa famille ne roule pas sur l'or, d'après ce qu'on m'a dit.

— Ses parents peut-être, intervint le grand-père. Mais c'est la nièce du père Harris.

Becky le fixa bouche bée.

— Vraiment ?

— Ouais. Et Clay va avoir des ennuis, s'il continue comme ça.

— Mais cette jeune fille ne suit peut-être pas le même chemin que ses cousins, fit valoir Becky.

— Ça, ça m'étonnerait, marmonna le vieil homme. Tu devrais parler à Clay, Becky. Il t'écouterait peut-être.

— J'ai essayé au moins vingt fois, mais ça ne sert à rien, répliqua-t-elle. Je ne vois pas ce que je pourrais faire de plus. Je ne peux pas le protéger contre son gré.

— C'est ton frère, maugréa le grand-père. Tu te dois de l'aider.

— Mais je ne peux pas être derrière lui jusqu'à la fin des temps ! s'irrita Becky. C'est à lui de prendre ses responsabilités, maintenant. Il faut qu'il grandisse, tu ne crois pas ?

— Vu la façon dont il s'y prend, je crois surtout qu'il est bien mal parti, rétorqua le vieil homme. Je ne sais pas..., tu devrais organiser une fête pour lui. Inviter les jeunes du voisinage. Enfin..., les jeunes comme il faut.

— Nous avons déjà essayé, tu ne te souviens pas ? Clay est parti au beau milieu de la soirée.

— Nous pourrions essayer de nouveau. Ou, alors, tu pourrais lui parler demain soir.

— Demain soir, je ne suis pas là, répondit-elle du tac au tac.

Son grand-père la fixa avec des yeux ronds.

— Et peut-on savoir où tu vas ?

— Je sors avec un ami.

— Ouah, mais c'est super ! s'exclama son petit frère. C'est qui, ton ami ?

— Moi, je sais qui c'est, dit son grand-père d'un air hostile. Ce maudit procureur, n'est-ce pas ?

Visiblement, Mack n'en crut pas ses oreilles.

— Mais tu ne peux pas faire ça, Becky ! protesta-t-il. Cet homme en a après Clay, et...

— Cet homme a libéré Clay, rectifia-t-elle. Il aurait pu le poursuivre, et il ne l'a pas fait.

— Balivernes ! Il n'avait aucune preuve contre lui,

sinon il ne se serait pas gêné pour l'inculper, grogna son grand-père. En tout cas, il n'est pas question que tu sortes avec ce type.

— Je sors demain soir avec M. Kilpatrick, dit fermement Becky.

Elle était bouleversée de défier ouvertement le vieil homme, mais elle n'avait pas l'intention de céder.

— Tu n'es qu'une traîtresse, bougonna Mack.

— Toi, tu ferais mieux de te taire, le prévint-elle.

Puis elle s'adressa de nouveau à son grand-père.

— J'ai le droit de sortir au moins une fois tous les cinq ans, tu ne crois pas ?

Voyant que la colère ne marchait pas, il changea de tactique.

— Ecoute, ma chérie, réfléchis bien à ce que tu vas faire. Il est normal que tu sortes, de temps en temps, ça, je le reconnais. Mais cet homme pourrait se servir de toi pour espionner Clay.

— Cette semaine, j'ai déjeuné avec lui tous les jours, répliqua-t-elle. Il n'a pas mentionné Clay une seule fois.

Le grand-père parut sur le point d'exploser, mais il se domina. Il voulut continuer à discuter, mais Becky se leva et se mit à débarrasser.

— Oh, fais donc comme tu veux ! fulmina-t-il. Je ne peux pas t'en empêcher. Mais, crois-moi, tu le regretteras.

— Certainement pas, affirma-t-elle.

Les joues roses de colère, Becky partit dans la cuisine avec les assiettes, en priant le ciel, toutefois, de ne rien avoir à regretter. Le moral en berne, elle commença à faire la vaisselle.

Elle venait de finir de repasser et s'apprêtait à aller se coucher, quand Clay rentra.

— Il est plus de minuit, observa-t-elle d'un ton sec. Tu as travaillé si tard ?

Clay plissa les yeux. Il n'aimait pas du tout ce ton.

— Oui, mentit-il. Mais je ne vois pas en quoi cela te regarde.

— Cela me regarde parce que je suis légalement responsable de toi, répondit Becky, courroucée. Tes grands airs commencent à me fatiguer. Et, d'après ce qu'on m'a dit, ta petite amie ne vaut pas mieux que toi.

Clay crispa les poings.

— Je me moque de ce que tu penses, grinça-t-il. Et j'en ai marre que tu veuilles régenter ma vie. Tu ferais mieux de t'occuper de la tienne et de trouver un homme avant qu'il soit trop tard.

— Je n'ai pas attendu ton conseil, rétorqua Becky. Je sors avec Rourke Kilpatrick, demain soir.

A ces mots, Clay pâlit. Si elle pactisait avec le procureur, les Harris ne le lui pardonneraient pas.

— Becky, tu ne peux pas faire ça ! gémit-il.

— Oh si ! répartit-elle. J'ai l'intention de prendre un peu de bon temps, pour changer.

— Mais Kilpatrick est mon pire ennemi ! s'écria-t-il.

— C'est possible, mais il n'est pas le mien, dit Becky. Et si ça ne te plaît pas, c'est pareil. Je comprends que tes amis ne me voient pas sortir d'un bon œil avec le procureur, mais c'est le dernier de mes soucis.

Sa véhémence déconcerta Clay.

— Je te promets que tu le regretteras, lança-t-il, à court d'arguments.

Et, lui tournant le dos, il monta, furibond, dans sa chambre.

— Manifestement, tout le monde est du même avis, murmura Becky une fois seule.

Le proche avenir promettait d'être bien compliqué, soupira-t-elle. Mais comme elle l'avait dit et répété aux siens, elle avait bien le droit à un peu de plaisir, même si elle devait se battre bec et ongles pour y accéder. Et elle n'hésiterait pas à le faire, se promit-elle. Oh ça non !

Chapitre 9

Le samedi, Becky passa toute la journée sur des charbons ardents, craignant que quelque chose tourne mal et vienne compromettre sa soirée. Mais Clay était parti tôt Dieu sait où, Mack ne lui posa pas de problème et le grand-père ne jugea pas utile de jouer les moribonds. Ces deux derniers faisaient la tête, bien entendu, mais, manifestement, il n'était pas dans leurs intentions d'essayer d'empêcher Becky de sortir avec Rourke.

Dès 18 heures, elle mit sa robe noire et se fit une coiffure élégante. Ensuite, elle enfila un collant noir, se chaussa et transféra le contenu de son sac à main dans celui que Maggie lui avait prêté.

Becky avait conscience d'avoir fait une folie en achetant cette robe, et elle éprouvait un léger sentiment de culpabilité. Mais ses scrupules s'évanouirent quand Rourke passa la prendre et l'examina de la tête aux pieds. A ce moment-là, ce qu'elle lut dans ses yeux lui suffit pour comprendre qu'elle avait fait le bon choix.

— Est-ce que je vous plais ? demanda-t-elle, le souffle altéré par l'émotion.

— Vous êtes ravissante, répondit-il de sa voix chaude.

Et qu'il était donc séduisant dans son smoking, avec

cette chemise blanche qui faisait ressortir le teint mat de sa peau !

— Entrez, l'invita-t-elle.

Mais une fois dans le salon, elle eut honte de l'état du tapis et des meubles autant que de l'attitude de Clay. Son frère venait juste de rentrer, et il toisa Rourke d'un regard agressif, avant de lui tourner le dos et de quitter la pièce sans un mot.

Rourke n'eut pas l'air de s'en formaliser. Et il ne parut pas remarquer la décrépitude des lieux. Il serra la main d'un grand-père peu enthousiaste et d'un Mack intimidé avec son aisance naturelle.

— Je ramènerai Becky à minuit au plus tard, promit-il au grand-père.

Celui-ci s'éclaircit la voix quand Becky l'embrassa.

— Passe une bonne soirée, marmonna-t-il.

— Merci, je n'y manquerai pas.

Elle fit un clin d'œil à Mack, qui lui répondit d'un sourire contraint.

En sortant, Becky faillit éclater en sanglots. Elle savait que son grand-père et Mack n'avaient fait que suivre l'exemple de Clay : par leur comportement, ils voulaient montrer qu'ils le soutenaient. Mais Mack n'avait même pas adressé la parole à son frère quand ce dernier était rentré. En fait, constata-t-elle soudain, il s'était montré plus hostile envers Clay qu'envers Rourke.

— Cessez donc de vous tracasser inutilement. Je n'espérais pas être accueilli à bras ouverts, lui dit-il gentiment tandis qu'elle s'installait dans sa voiture.

C'était une voiture neuve. Non pas une Mercedes, cette fois, mais un de ces nouveaux modèles de Jaguar au nez court — de toute beauté !

— Alors, comment la trouvez-vous ? demanda-t-il en s'asseyant côté conducteur.

— Elle est splendide, convint Becky.

Alors qu'il s'engageait sur la route goudronnée, Rourke lui jeta un bref coup d'œil et sourit.

— Cette robe vous va à merveille, assura-t-il. Vous l'avez choisie spécialement pour moi ?

— Oui, avoua-t-elle. Mais j'espère que vous n'allez pas en tirer une quelconque vanité.

— Ne vous inquiétez pas. Avec le charme irrésistible dont la nature m'a doté, je suis déjà assez vaniteux comme ça.

Becky éclata de rire.

— Décidément, vous êtes un homme plein d'esprit.

Elle était heureuse d'être en sa compagnie. A vrai dire, il lui remontait toujours le moral.

Comme elle contemplait son profil, elle remarqua de petites rides qui n'étaient pas là hier.

— Vous avez l'air fatigué, dit-elle.

— Je le suis, en effet. J'ai passé la majeure partie de la nuit dernière à l'hôpital, aux urgences.

— Pourquoi ?

Le visage de Rourke se durcit.

— Je regardais un garçon de dix ans mourir d'une overdose de crack.

— De dix ans !

— Oui. Il était en CM2 à l'école primaire de Curry Station. Un gosse d'une famille aisée, mais qui était mal dans sa peau et que ses camarades persécutaient. C'est incroyable comme les enfants peuvent être cruels entre eux…

— Mon petit frère fréquente cette école, coupa Becky d'une voix émue. Et il est aussi en CM2.

— Il apprendra la nouvelle lundi, dit Rourke sombrement. Ce gamin était fils unique. Ses parents sont fous de chagrin, vous vous en doutez bien. Je leur ai promis de trouver les coupables, dussé-je y consacrer mes nuits. Et je tiendrai parole, ajouta-t-il d'un ton froid. Je les aurai, et je leur ferai regretter ce qu'ils ont fait.

« Pourvu que Clay n'ait rien à voir là-dedans ! » se dit Becky, l'estomac noué. Elle serra les paupières en pensant au pauvre garçon qui avait perdu la vie si bêtement.

Rourke alluma un cigare et ouvrit sa vitre pour laisser échapper la fumée. Puis, après un coup d'œil en direction de Becky, il demanda :

— Mack ne se drogue pas, n'est-ce pas ?

Elle secoua la tête.

— Non. Mack est un garçon raisonnable. Il me ressemble aussi de ce côté-là. Je n'ai jamais touché à la drogue de toute ma vie. Ni à l'alcool, d'ailleurs. Enfin..., j'ai bu un verre, un jour, et j'ai détesté ça. Je suis vraiment ringarde, vous savez, dit-elle avec un petit sourire en coin. Je pense que cela vient du fait que je vis en pleine cambrousse et que j'ai peu de contacts avec le monde moderne.

Rourke tourna dans un boulevard où la circulation était moins dense.

— Vous ne ratez pas grand-chose, marmonna-t-il. A en juger par ce que je vois tous les jours, le monde moderne se dirige tout droit vers un mur.

— Mais vous devez penser qu'il y a encore de l'espoir, sinon vous auriez démissionné depuis longtemps.

— Je peux toujours le faire, répliqua Rourke. Les politiciens locaux me poussent à me présenter pour un troisième mandat, mais j'avoue que je suis écœuré par la dégradation du système judiciaire. Sur la centaine de dossiers que je traite chaque mois, seulement une vingtaine aboutissent à un procès. Les affaires se terminent généralement par un compromis boiteux avec la défense ou sont abandonnées par manque de preuves, parce que nous n'avons pas assez d'enquêteurs. Et nous sommes tellement surchargés que les personnes en détention attendent souvent leur procès pendant des mois et des mois, poursuivit-il avec un geste qui trahissait son exaspération. Ceci est particulièrement tragique dans le cas d'un délinquant primaire qui se retrouve en cellule avec des criminels endurcis. Il a le temps de parfaire son éducation, et ce n'est pas le pire de l'histoire. Vous savez sans doute que les jeunes inculpés sont souvent en butte à des sévices sexuels, en prison ?

— Oui, opina Becky. M. Brady a évoqué le sujet, quand je suis allée chercher Clay au centre de détention.

— Je suppose qu'il voulait donner matière à réflexion à votre frère, dit Rourke en s'arrêtant à un feu rouge. J'espère que ça a marché. Brady ne mentait pas.

Becky déglutit péniblement.

— Clay est un dur à cuire, soupira-t-elle. Il ne se laisse pas émouvoir facilement.

— Il n'y a rien de plus normal, à son âge, répliqua-t-il. Mais peut-on lui faire entendre raison ?

— Hélas, je n'ai plus aucune influence sur lui, avoua Becky. Il a même cessé d'aller à ses rendez-vous avec le psychologue.

Tandis que Rourke redémarrait, elle baissa les yeux et ajouta :

— Enfin, au moins, il s'est trouvé un job.

— C'est un bon point pour lui, approuva Rourke.

Il tira une bouffée de son cigare, avant de conclure :

— J'espère qu'il donnera satisfaction à son patron.

Pour le moment, Rourke s'en tint là : il ne voulait pas forcer sa chance. Mais il se demandait si Clay avait vraiment trouvé un job ou si ce n'était qu'une invention destinée à rassurer sa sœur au sujet de ses sorties nocturnes. Cela vaudrait la peine d'être vérifié.

Becky préféra changer de sujet. Elle se laissa aller contre l'appuie-tête et contempla Rourke en souriant.

— Je suis heureuse d'être avec vous, ce soir.

— Moi aussi. Mais vous ne m'avez toujours pas dit ce que vous voulez faire après le repas, lui rappela-t-il. Où irons-nous, voir un film ou danser ?

Elle secoua la tête.

— Ça m'est égal, assura-t-elle.

Etre avec lui était tout ce qui comptait, ajouta-t-elle en son for intérieur.

— Dans ce cas, nous irons danser, décréta Rourke en s'engageant dans le parking de l'un des meilleurs restaurants d'Atlanta.

Il se gara, coupa le contact, puis se tourna vers elle et l'examina avec un intérêt non dissimulé.

— Cette robe vous va vraiment à ravir, affirma-t-il au bout d'un instant. Mais vos cheveux seraient mieux si vous les libériez.

— Certainement pas ! protesta Becky. Il m'a fallu une bonne demi-heure pour me coiffer. Je ne vais pas...

— Il ne vous faudrait pas aussi longtemps pour défaire vos cheveux, n'est-ce pas ? coupa-t-il avec un sourire malicieux.

— Mais...

Il la fit taire en effleurant ses lèvres du bout des doigts, un geste qui provoqua un tumulte dans le cœur de Becky.

— Je les préfère libres, fit-il à mi-voix, le regard faussement suppliant.

Elle se dit que c'était injuste, mais Rourke avait la réputation de toujours parvenir à ses fins. Alors, pourquoi résister plus longtemps ? Elle soupira néanmoins pour qu'il sache que cela lui coûtait, et entreprit d'ôter les épingles qui retenaient sa coiffure.

— Voilà qui est mieux, apprécia-t-il quand elle eut fini de brosser ses cheveux.

Il ne put s'empêcher de passer les doigts dans la douceur soyeuse de sa crinière auburn.

— Ils ont un parfum de fleurs des champs, observa-t-il.

— Vraiment ? murmura Becky.

Le visage de Rourke était si proche du sien qu'elle retint son souffle. Elle plongea le regard dans le puits noir de ses yeux et s'y sentit sombrer sans qu'elle puisse rien faire.

Lui, de son côté, la dévorait des yeux. Il songeait à la force et au courage de cette jeune femme, mais ce n'étaient pas ces qualités qui l'attiraient le plus. C'étaient sa chaleur, sa tendresse, son aptitude à ouvrir les bras à l'univers entier. L'amour avait été singulièrement absent, dans la vie de Rourke. Son oncle mis à part, il n'avait jamais été vraiment proche de qui que ce soit. Ses brèves fiançailles avec Barbara l'avaient poussé à se méfier des femmes pendant des années, mais Becky avait su trouver le chemin de son âme. Un peu mal à l'aise à l'idée d'être de nouveau vulnérable, il grimaça.

— Quelque chose ne va pas ? demanda Becky.

Il sonda ses pupilles noisette, puis il ébaucha un sourire et retira la main de ses cheveux.

— Non, j'étais perdu dans mes pensées, répondit-il sur un ton enjoué.

Il écrasa son cigare dans le cendrier et dit :

— Je crois qu'il vaut mieux y aller.

*
* *

Ce restaurant était le plus chic de la ville. En s'asseyant à leur table réservée, Becky considéra avec une certaine inquiétude la demi-douzaine de couverts différents placés des deux côtés de l'assiette. Elle espérait qu'elle ne se rendrait pas ridicule…

Pour ne rien arranger, le menu était rédigé en français. En la voyant rougir, Rourke se maudit intérieurement. Il voulait qu'elle passe une bonne soirée, et non pas qu'elle se sente mal à l'aise.

Il lui prit le menu des mains comme si cela allait de soi.

— Que préférez-vous : le poisson, le poulet ou le bœuf ?

— Le poulet, répondit Becky aussitôt, parce que c'était le plat le moins cher, en général, et qu'elle ne tenait pas à ruiner Rourke.

Il se pencha vers elle les sourcils froncés.

— J'ai dit : que préférez-vous ? répéta-t-il un ton plus haut.

Ses joues se teintèrent d'un rose délicat, et elle baissa les yeux.

— Le bœuf.

— Très bien.

Il appela le serveur, qui vint immédiatement, et passa leur commande en un français qui parut impeccable à Becky.

— Vous parlez français ? lui demanda-t-elle quand le serveur se fut éloigné.

— Français, latin et cherokee, énonça-t-il. C'est un don, je présume — tout comme le fait de savoir confectionner les meilleurs quatre-quarts au citron du comté.

Becky le remercia d'un sourire.

— Croyez-le ou non, je ne vous ai pas amenée ici pour vous embarrasser, reprit-il. Je vois bien qu'autre chose vous dérange, à part le menu. Dites-moi de quoi il s'agit, je vous en prie.

Décidément, elle ne pouvait rien lui cacher, se dit Becky.

— Ce sont tous ces couverts, avoua-t-elle en les désignant du menton. A la maison, nous avons un couteau, une fourchette et une cuillère, un point c'est tout. Et si je sais de quel côté de l'assiette les placer, c'est uniquement grâce au cours d'économie domestique que j'ai suivi au lycée.

Rourke s'esclaffa.

— Eh bien, nous essaierons de faire votre éducation.

Et il entreprit de se consacrer à cette tâche avec humour, jusqu'à ce que le serveur leur apporte leurs plats.

Malgré ses leçons, Becky l'observa pour ne pas se tromper de couverts. Le temps qu'ils arrivent au dessert — une tarte aux noix de pécan délicieuse accompagnée de glace à la vanille –, elle avait l'impression d'être devenue experte en art culinaire.

— Qu'avons-nous mangé ? voulut-elle savoir à voix basse alors qu'on venait de leur apporter le café.

— Du bœuf bourguignon, répondit Rourke. C'est un plat accommodé avec un bon vin rouge et des oignons.

— Il faudra que je déniche la recette dans l'un de mes livres de cuisine pour l'essayer chez moi, dit Becky. Encore que mon grand-père trouverait ce plat trop exotique. Je parie qu'il le donnerait au chien.

— Vous avez un chien ? s'étonna-t-il. Je ne l'ai pas vu en venant chez vous.

— En fait, nous avions un vieux griffon, mais le facteur l'a écrasé en reculant, l'an dernier, expliqua-t-elle.

Puis elle pensa au berger allemand de Rourke et fit la moue.

— Je suis vraiment navrée que vous ayez perdu Gus. Je suis sûre qu'il vous manque beaucoup.

Il opina du chef.

— En effet. La maison me paraît bien vide, sans lui.

— Rourke, pourquoi n'adopteriez-vous pas un autre chien ? suggéra-t-elle tout d'un coup. Ce serait une bonne idée, n'est-ce pas ? Il y a beaucoup d'animaleries, à Atlanta. Vous auriez le choix de la race.

— Quelle est votre race préférée ?

— J'aime bien les colleys, mais j'ai entendu dire qu'ils ne se plaisaient pas, ici, parce qu'il fait trop chaud en été.

Rourke finit son café d'un trait et se laissa aller contre son dossier.

— Personnellement, j'ai un faible pour les bassets, avoua-t-il.

Sans raison, Becky éclata de rire.

— Je les aime beaucoup, moi aussi.

— Vous viendrez avec moi, lorsque j'irai en choisir un, décréta Rourke. Après tout, c'était votre idée.

— Avec plaisir, fit-elle, ravie.

— Nous pourrions y aller le week-end prochain, proposa-t-il. J'ai beaucoup de travail, mais je trouverai le temps.

Becky ne pouvait détacher son regard de lui. Elle se demanda quelle serait sa réaction si elle lui disait qu'elle était en train de tomber amoureuse… Il lui sourirait, sans doute, croyant qu'elle plaisantait, mais c'était pourtant la stricte vérité.

— Je vais vous emmener dans cette boîte de nuit qui a ouvert récemment à deux pas d'ici, dit-il soudain en jetant un coup d'œil à sa montre. Au fait, vous m'avez bien dit que vous aimiez l'opéra, n'est-ce pas ?

— Eh bien…, oui. Pourquoi cette question ?

— On joue *La Bohème*, de Puccini, au Fox, le mois prochain. Nous pourrions y aller.

Becky arrondit les yeux de plaisir.

— Ce serait merveilleux.

— Vous pourriez porter cette robe, ajouta-t-il avec un regard appuyé sur son décolleté. Vous êtes très séduisante, Becky.

Elle sourit.

— Pas tant que ça, mais je vous remercie du compliment.

— Allons-y, d'accord ?

Pendant qu'il attendait pour payer l'addition, Rourke l'observa du coin de l'œil. Le restaurant semblait la fasciner, et lui éprouvait le même envoûtement pour elle. Il se réjouissait d'avance de lui faire connaître tout un nouveau monde de luxe et de culture, même si cela ne devait durer que quelques semaines. Il aimait la compagnie de cette jeune femme. Il appréciait son étonnement perpétuel, ses émerveillements et sa candeur.

Dix minutes plus tard, ils pénétraient dans la boîte de nuit dont avait parlé Rourke, et Becky se trouva soudain immergée dans un univers qu'elle ne connaissait pas jusqu'ici. C'était l'Atlanta qu'elle n'avait jamais vue — la vie nocturne animée et chatoyante qu'elle n'avait fait qu'imaginer.

— Cet endroit est sublime ! s'exclama-t-elle une fois qu'ils furent assis près de la piste de danse. Mais je ne crois pas que je serais capable de me déhancher comme ces gens.

Elle désigna d'un geste de la main les couples qui se contorsionnaient au rythme trépidant de la musique.

— Moi non plus, convint Rourke.

— Est-ce qu'ils leur arrivent de jouer des slows ?

Au moment précis où Becky posait cette question, la

musique disco s'arrêta et fut remplacée par un air de blues. Rourke se leva et lui tendit la main. Elle la prit et le suivit sur la piste de danse.

Bien qu'il soit nettement plus grand qu'elle, leurs corps s'épousèrent comme s'ils avaient été conçus l'un pour l'autre. Rourke plaça la main qui tenait celle de Becky contre son torse, la pressant tendrement. Il glissa l'autre bras autour de sa taille et plaqua Becky contre lui.

Tout en dansant, il baissa les yeux sur elle, si vulnérable et si confiante dans ses bras, et songea qu'il ne s'était jamais senti aussi bien. Mais sa félicité s'accompagnait du désir brûlant de se fondre en elle, de lui prendre la bouche sans délai, de lui enseigner la passion.

Le désir de Becky était moins farouche, mais, au contact de Rourke, elle sentait une douce chaleur l'envahir. Il la guidait sur la piste avec une aisance consommée, comme si danser était pour lui une seconde nature. D'ailleurs, c'était probablement le cas, se dit-elle. Les femmes n'avaient pas de secret pour lui, et il semblait parfaitement à son aise dans cette boîte de nuit. Ce qui voulait dire qu'il avait sans doute l'habitude d'emmener danser ses amies dans des endroits semblables, sauf que, à la fin de la soirée, il ne les reconduisait pas directement chez elles… Imaginant son cavalier avec ses conquêtes, Becky se raidit.

Sa réaction n'échappa pas à Rourke.

— Qu'y a-t-il ? l'interrogea-t-il.

Elle leva le visage vers lui. Dans la lumière tamisée, ses traits paraissaient plus rudes que jamais, et sa maturité semblait l'éloigner d'elle.

Elle répondit à sa question par une autre.

— Pourquoi m'avez-vous invitée, ce soir ?

Rourke ne sourit pas. Ses yeux noirs se fixèrent sur elle, et il s'arrêta presque de danser.

— Sérieusement, vous n'en avez aucune idée ?

Sous l'intensité de son regard, Becky se sentit fondre.

— A cause du quatre-quarts au citron ? avança-t-elle.

La main de Rourke quitta sa taille pour s'enfoncer dans l'épaisseur de ses cheveux. Il les empoigna et lui maintint le visage à l'angle adéquat, tandis qu'il se penchait vers elle en disant :

— Non, à cause de ceci.

Becky resta figée de surprise. Elle ne put qu'arrondir les yeux quand les lèvres de Rourke effleurèrent les siennes deux fois, trois fois…, en une lente exploration débordante de sensualité.

La main de Rourke se contracta sur sa chevelure, lui tirant un hoquet de plaisir qui lui fit entrouvrir les lèvres. Il poussa un soupir satisfait et, cette fois, sa bouche ne toucha pas celle de Becky, mais resta à quelques millimètres de ses lèvres, comme un fruit défendu.

— C'est excitant, n'est-ce pas ? murmura-t-il d'une voix que le désir altérait.

En même temps, il lui griffait doucement la nuque, et Becky fut parcourue de frissons.

— Les gens nous regardent, et je vous fais l'amour sous leurs yeux, ajouta-t-il.

— Vous ne me… faites pas l'amour, parvint-elle à dire.

— Ah non ?

Il sourit, mais d'un sourire qu'elle n'avait jamais vu sur le visage d'un homme. Un sourire à la fois menaçant et plein de promesses. Puis il la serra plus fort et exécuta un tour qui amena l'une de ses jambes entre celles de Becky. A ce contact intime, elle laissa échapper un soupir que Rourke recueillit sur ses lèvres.

Becky ne percevait plus la musique que comme un

bruit de fond. Il recommença plusieurs fois son manège, le regard plongé dans le sien, usant de sa jambe comme d'un instrument de torture exquise. Elle était dans un tel état qu'elle finit par s'agripper à lui.

— Allez-vous défaillir de plaisir dans mes bras ? chuchota-t-il à son oreille.

Il lui en mordilla délicatement le lobe et reprit :

— Si cela vous affecte à ce point, essayez d'imaginer ce que vous ressentirez quand je vous embrasserai pour vous dire bonsoir, tout à l'heure, sous votre véranda. Je peux vous assurer que je ne ferai pas preuve d'autant de retenue.

Cette promesse fit tressaillir Becky. Rourke eut un rire silencieux, et s'arrêta en même temps que la musique. Tandis qu'ils retournaient à leur table, elle n'osa pas le regarder. Elle était submergée par les sensations qu'il avait fait naître en elle. Pour Becky, la sensualité était une chose nouvelle, et elle ne savait pas comment la canaliser.

Un peu plus tard, alors qu'ils dégustaient une *piña colada*, Rourke lui lança :

— Regardez-moi, si vous en avez le courage.

Becky leva les yeux, et ce qu'elle lut dans son regard la fit frémir de volupté.

— Dites-moi qu'un vrai baiser ne vous tente pas, murmura-t-il en fixant ses lèvres.

— Si vous n'arrêtez pas de me provoquer, je vais fondre sur le plancher, répliqua-t-elle. Vous devriez avoir honte de vous, Rourke.

Sa réponse l'amusa visiblement.

— J'aime votre ingénuité, mademoiselle Cullen, assura-t-il. Au moins, cette fois, je sais à quel genre de femme j'ai affaire.

Elle l'observa avec curiosité.

— Qu'entendez-vous par là ?

— Eh bien…, vous savez sans doute que j'ai été fiancé, il y a pas mal d'années de cela.

— Oui.

— Elle était homosexuelle.

Becky ne sut que répondre. Perplexe, elle demanda :

— Etiez-vous au courant ?

— Bien sûr que non ! Elle était très belle, et c'était un excellent parti, une femme de bonne famille. J'étais fou d'elle, ajouta-t-il en fixant le verre qu'il tenait à la main. Elle m'a provoqué, excité, jusqu'à ce que je n'en puisse plus. Nous nous sommes fiancés, et, une nuit, elle m'a invité à la rejoindre chez elle après un dîner auquel j'étais tenu de participer.

Il plissa les yeux à ce souvenir douloureux.

— J'avais deux heures de retard. Je pensais qu'elle ne m'attendait plus, mais sa porte n'était pas verrouillée et je me suis donc dit que je pouvais entrer. Je croyais qu'elle allait se donner à moi, que mes rêves les plus fous allaient enfin se réaliser. Mais quand j'ai poussé la porte de sa chambre, j'ai reçu le choc de ma vie.

Il posa son verre avant de poursuivre :

— Elle était dans son lit avec sa meilleure amie, dans une position qui ne prêtait pas à équivoque. J'ai repris ma bague de fiançailles, et elle m'a supplié de garder le secret. Après cela, j'ai perdu toute confiance dans le beau sexe. J'ai eu des aventures, bien sûr, mais je n'ai plus jamais permis à une femme de trouver le chemin de mon cœur. Cette expérience m'a servi de leçon, conclut-il avec amertume.

Becky fut touchée qu'il ne lui cache pas sa douleur.

— C'est donc à cela que vous faisiez allusion, quand vous avez dit que vous saviez quel genre de femme j'étais.

Rourke acquiesça d'un signe de tête.

— Votre comportement sur la piste de danse me réconforte, Becky, déclara-t-il d'une voix tendre. Au moins, vos réactions sont celles d'une femme normale. Vous avez envie de moi, et vous ne prétendez pas le contraire.

Becky piqua un fard. Elle n'avait pas l'habitude d'une telle franchise.

— Vous êtes gênée ? remarqua-t-il. Mmm…, je suppose que l'on ne parle pas de ce genre de chose, chez vous.

— En effet, répondit-elle avec une ébauche de sourire. Mon grand-père est plutôt vieux jeu. Il n'aborde jamais ce sujet.

— Et vous n'avez jamais de rendez-vous galants ?

Elle haussa tristement les épaules.

— Je n'ai pas le temps, expliqua-t-elle. En plus des travaux ménagers, je dois m'occuper de la ferme, surtout depuis l'infarctus de mon grand-père. Et l'attitude de Clay…

Elle marqua un temps, les yeux baissés, avant d'avoir la force de poursuivre.

— Eh bien, l'attitude de Clay n'a pas arrangé les choses. Mon grand-père se fait du souci à son sujet, et Mack a perdu toute sa joie de vivre. Quand j'étais plus jeune, je me demandais pourquoi ma vie était aussi compliquée. Mes camarades de collège parlaient de leur famille, de ce qu'elles faisaient avec leurs parents, mais aucune n'avait autant de travail que moi, à la maison. Je crois que je suis devenue adulte très jeune.

Rourke ressentit une bouffée de colère envers ce père à qui Becky devait de se trouver dans cette situation.

— Une femme de votre âge ne devrait pas avoir autant de responsabilités, maugréa-t-il.

— Oh, j'ai l'habitude, soupira-t-elle. Et j'aime mes frères et mon grand-père. Comment abandonner ceux que l'on aime ?

— Voilà une question à laquelle je ne saurais répondre, rétorqua Rourke. Je vis seul depuis si longtemps que j'ai tout oublié de l'amour.

— Mais qui vous vient en aide quand vous êtes malade ou que vous n'avez pas le moral ? s'inquiéta soudain Becky.

Qu'elle se préoccupe ainsi de son bien-être lui fit crisper les poings.

— Personne, avoua-t-il.

— Eh bien, fit-elle avec un doux sourire, je serais heureuse de prendre soin de vous, si vous le permettez.

— Becky ! grogna-t-il.

Il regarda l'heure à sa montre. La situation lui échappait totalement, et il n'aimait pas ça.

— Je vais vous raccompagner, dit-il d'un ton sans réplique. J'ai promis que vous seriez rentrée avant minuit.

Becky se leva, penaude. Elle avait trop parlé. Elle aurait dû se douter que Rourke n'apprécierait pas sa sollicitude. Elle voulait s'excuser, mais elle était à court de mots, et, donc, elle se tut.

Sur le chemin du retour, Rourke fit de son mieux pour oublier ce que Becky avait dit. Il ne voulait pas qu'elle s'amourache de lui — ce serait la pire des choses qui puisse leur arriver, à elle comme à lui. Il refusait de l'avoir sur la conscience. Il ne lui redemanderait pas de sortir avec lui, il n'en avait pas le courage.

Quand il s'arrêta devant la maison, elle était plongée dans l'obscurité. Il aida Becky à descendre de voiture et l'accompagna jusqu'au seuil. Ce n'est qu'arrivée là qu'elle rompit le silence qui s'était installé entre eux depuis la boîte de nuit.

– Je suis désolée, Rourke. J'aurais mieux fait de me taire.

Il poussa un profond soupir et la regarda à la lumière

de la pleine lune. Elle paraissait si navrée qu'il ne put s'empêcher de prendre son visage entre ses mains pour la réconforter.

— Ce n'est pas grave, assura-t-il.

Il se pencha pour effleurer ses lèvres d'un baiser, et le contact lui fit l'effet d'une décharge électrique.

Il s'écarta d'elle l'espace d'un instant, puis lui reprit brusquement les lèvres, les mordillant, les agaçant. Son corps était en feu. Il y avait trop longtemps qu'il n'avait pas tenu de femme dans ses bras, et Becky en subissait les conséquences. Il l'entendit gémir sous ses caresses. Elle avait un parfum de fleurs, d'innocence. Elle en avait le goût, aussi, et cela le rendait fou.

Becky essayait vaille que vaille de répondre à ses baisers. Le désir la consumait, à présent. Elle murmura son nom, suppliante, et se tendit vers lui, avide de caresses, en proie aux sensations qui prenaient le contrôle de son corps.

Sentant qu'elle s'abandonnait, Rourke l'entoura de ses bras et la plaqua contre lui. Le moment n'était plus aux préliminaires. Il écarta les lèvres de Becky sans trop de douceur et s'empara de sa bouche avec fougue.

On ne l'avait pas souvent embrassée, et jamais avec une telle passion. Becky tremblait de tout son corps, tandis que Rourke lui donnait ce pour quoi elle l'avait supplié. Il avait pris possession de sa bouche, et elle noua les bras autour de son cou, gémissant de plaisir, ébranlée jusqu'au plus profond de son être.

Elle tremblait tant que Rourke s'écarta d'elle brusquement, le souffle court. Les pupilles dilatées de Becky reflétaient le désir qu'il avait suscité en elle. Tout d'un coup, il ne se sentit pas fier de lui-même.

— Je suis désolé, fit-il. Je n'aurais pas dû faire ça.

Becky le contempla d'un air perplexe.

— Je ne comprends pas.

— Becky, lorsqu'un homme embrasse une femme de cette manière, c'est parce qu'il veut coucher avec elle, dit-il d'un ton lourd. Je n'avais pas l'intention d'aller aussi loin avec vous.

— Ça ne fait rien, prétendit-elle.

Rourke la considéra avec des sentiments mêlés. Le désir qu'il avait d'elle était loin d'être apaisé, mais il devait se maîtriser. Becky n'était pas le genre de femme avec qui assouvir ses passions. Ce qu'il lui fallait, c'était un mari, pas un célibataire endurci qui profiterait de ses charmes sans jamais l'épouser.

— Je vous remercie de m'avoir invitée, dit-elle enfin. J'ai passé une très bonne soirée.

— Moi aussi, répondit Rourke. Bonne nuit.

Becky se dit qu'il ne semblait pas de très bonne humeur.

Tandis qu'il descendait les marches, elle le suivit des yeux avec la certitude qu'elle l'avait perdu. Il ne reviendrait pas. Elle avait franchi une frontière interdite en introduisant des sentiments dans leur relation encore trop fragile. Instinctivement, elle savait qu'il ne voulait pas d'une femme qui risquerait de se glisser sous son armure. Non, se répéta-t-elle, il ne reviendrait pas.

Elle le vit monter dans sa voiture et s'éloigner sans un regard pour elle. Quand il eut disparu, elle poussa un lourd soupir et rentra.

A l'intérieur, tout était éteint et il n'y avait pas signe de vie. Becky espéra que Clay était couché, et pas en train de faire la fête avec sa petite amie ou les affreux Harris. En tout cas, elle avait passé une soirée merveilleuse qu'elle garderait précieusement dans ses souvenirs. Peut-être cela l'aiderait-il à supporter les longues années de solitude qui s'annonçaient.

Et puis, elle alla se coucher en se promettant bien de ne pas pleurer.

Mais elle ne parvint pas à tenir sa promesse.

Chapitre 10

Rourke se leva le dimanche d'une humeur de chien. Il avait passé la majeure partie de la nuit à ruminer des idées noires et n'avait pas assez dormi. Et les trois whiskys secs qu'il avait ingurgités en rentrant n'arrangeaient pas les choses : il avait mal à la tête et la bouche pâteuse.

La tendresse dont avait fait preuve Becky l'obsédait. Elle avait dit qu'elle pourrait prendre soin de lui si ça n'allait pas. Rourke secoua la tête en grognant. Il ne savait pas comment réagir face aux bons sentiments. C'était une carence dans son éducation. Même son oncle, qui s'était occupé de lui, n'avait jamais été ouvertement affectueux. Becky voulait le changer, et il ne pouvait pas la laisser faire ; elle était bien trop innocente pour un type de son acabit. Il avait tellement envie d'elle qu'il risquait de céder à ses pulsions, mais ce n'était pas envisageable. Elle avait déjà assez de fardeaux.

Il se fit un café et le but en lisant le journal. La maison était d'un calme sinistre, maintenant que Gus n'était plus là. L'absence du chien lui pesait terriblement, et il envisagea de le remplacer. Se remémorant que Becky le lui avait suggéré, il ne put retenir un sourire. Pourquoi pas un basset ?... Oui, il irait faire le tour des animaleries, cela n'engageait à rien. Puis il se dit qu'il ne pourrait prendre Becky avec lui, et cela, curieusement, doucha son enthousiasme. Mais il n'était pas question qu'il lui permette de s'attacher à lui, se répéta-t-il. Elle n'était pas du genre à se contenter d'une simple liaison.

Rourke replia son journal et prit sa mallette, pleine à craquer de dossiers qu'il devait vérifier avant que le tribunal reprenne ses sessions, demain. Plutôt que de broyer du noir, se dit-il fermement, autant travailler.

Après une longue nuit sans sommeil, Becky s'habilla pour aller à la messe. Tout en se coiffant, elle se dit qu'il n'était pas plus mal que Rourke soit parti sans un regard en arrière. Cela lui simplifierait la vie… Mais elle avait de la peine à s'en convaincre.

Son grand-père, elle le savait, était réfractaire à toute religion, et Clay n'allait jamais à l'église, malgré les exhortations de Becky. Mais Mack aimait beaucoup le catéchisme, et il était le seul à être debout quand elle sortit de sa chambre.

Elle frappa à la porte de Clay avec réticence et passa la tête par l'entrebâillement.

— Nous partons, Mack et moi. Garde un œil sur ton grand-père. Du moins, si tu peux, lança-t-elle d'un ton froid en notant qu'il avait manifestement la gueule de bois.

Mais elle n'allait pas lui demander ce qu'il avait fait cette nuit. Ni à quelle heure il était rentré.

Clay se souleva sur un coude et la foudroya du regard.

— Tu m'as trahi, Becky, l'accusa-t-il. Mais je te préviens : si tu ramènes encore une fois ce type à la maison, je…

— Tu quoi ? demanda-t-elle sèchement. Si ce que je fais ne te plaît pas, tu sais où est la porte. Mais si tu pars, je serai forcée d'en informer le juge des enfants.

Clay se sentit pâlir. Sa sœur avait déjà menacé de le dénoncer, et elle n'avait pas l'air de plaisanter. En pensant à la situation dans laquelle il se trouvait, son estomac se noua. Il était obligé de filer droit avec les Harris, et, de toute façon, il tenait à garder ce boulot qui lui rapportait tant. Mais il ne voulait pas avoir Kilpatrick sur le dos. Si ce type commençait à traîner par ici, Clay finirait par avoir des ennuis.

— Becky…, commença-t-il.

— Un gamin de l'école primaire est mort d'une overdose de crack, hier matin, coupa-t-elle, les yeux fixés sur le visage de son frère.

La nouvelle parut lui couper le souffle. Son expression ne changea pas, mais la terreur qu'elle lut dans son regard lui donna envie de hurler.

— Sais-tu quelque chose, à ce sujet ? le questionna-t-elle.

Clay détourna les yeux.

— Je ne vois pas pourquoi tu me poses cette question. Je t'ai déjà dit que je ne tenais pas à aller en prison, Becky.

Cette réponse ne la rassura pas. Mais elle se borna à le regarder longuement, avant de refermer sa porte.

Quand elle se retourna, Mack était devant elle, et de grosses larmes ruisselaient sur ses joues.

— Il s'appelait Billy Dennis, dit-il. Le garçon qui est mort. On était copains, lui et moi. John Gaines m'a appelé après ton départ, hier soir, pour m'annoncer la nouvelle.

Il renifla et poursuivit :

— Billy n'avait jamais fait de mal à personne. Les autres ne l'aimaient pas beaucoup, mais moi si.

— Mon pauvre Mack, compatit Becky.

Son petit frère jeta un coup d'œil vers la porte de Clay, parut vouloir dire quelque chose, puis il se ravisa et partit dans l'escalier. Avec un lourd soupir, Becky lui emboîta le pas.

Vingt minutes plus tard, ils s'installaient sur un banc de bois dans la petite église baptiste que Becky fréquentait depuis son enfance. Comme à l'accoutumée, l'édifice était bondé. Mais, contrairement à son habitude, Becky écouta le sermon d'une oreille distraite. Elle pensait à Clay, et se désolait encore une fois de ne savoir que faire pour lui venir en aide. Si leur relation ne s'était achevée par sa faute, elle aurait fini par demander conseil à Rourke. Maintenant, d'une manière ou d'une autre, elle devrait trouver une solution toute seule.

La journée du dimanche passa beaucoup trop rapidement. Becky fit la cuisine et le ménage, prépara les vêtements de tous pour la semaine à venir et regarda la télévision en compagnie du grand-père et de Mack. Clay était sorti quand ils étaient revenus de la messe. Il ne rentra que tard le soir, après que tout le monde fut allé se coucher.

— Est-ce que tu comptes aller au lycée, aujourd'hui ? lui demanda Becky le lendemain matin, mais sans trop d'espoir.

— Oui, répondit son frère à sa grande surprise.

En fait, Clay préférait aller au lycée que de rester seul. S'il restait chez lui à broyer du noir, il deviendrait dingue.

La mort du gamin le hantait. Il s'en sentait coupable, même si ce n'était pas lui qui lui avait vendu la came. Il s'était contenté d'établir le contact, et c'était Bubba qui s'était chargé de la transaction proprement dite. Mais Clay ne pouvait rien dire sous peine de se compromettre lui-même, et les Harris l'avaient clairement menacé de le charger s'il ne se tenait pas à carreau. Il était à leur merci, et il ne pouvait qu'espérer que Mack ne le trahisse pas. Il avait craint que son frère passe à table, mais il s'était tu. Seulement, Mack ne lui parlait plus et, depuis la mort de Billy Dennis, il le regardait comme s'il n'était qu'une ordure nauséabonde. Cela lui faisait vraiment mal que son petit frère dont il était naguère le héros se soit mis à le détester. Et Becky aussi semblait avoir cessé de s'intéresser à lui. Ouais..., Clay se sentait totalement paumé. Il dérivait vers les bas-fonds et les bancs de sable, s'en approchait dangereusement, et n'avait personne à qui se confier.

Hier soir, Jenna avait fait de son mieux pour le réconforter. « Ne t'en fais pas, avait-elle dit à propos de la mort de Billy, personne ne remontera jusqu'à toi. » Mais cela n'avait pas suffi pour le rassurer. Et Clay se demandait s'il retrouverait un jour la tranquillité d'esprit qu'il connaissait avant de croiser la route des Harris.

En se rendant au travail, Becky ressassa à son tour de sombres pensées. Son grand-père n'avait pas eu l'air en grande forme, ce matin, et, en plus de Clay, elle s'inquiétait pour lui. Il n'avait pas évoqué Rourke une seule fois, depuis samedi, et cela ne lui ressemblait pas. En général, il disait franchement ce qu'il avait en tête, sauf quand il allait trop mal pour s'en soucier. Becky espérait qu'il n'allait pas faire une rechute.

Dès qu'elle entra dans le cabinet, Maggie vint la trouver.

— Alors, comment est-ce que ça s'est passé, avec ton procureur ?

— Après le restaurant, nous sommes allés danser. J'ai passé une merveilleuse soirée, mentit-elle.

Elle donna à Maggie la poche en plastique qui contenait les chaussures et le sac à main qu'elle lui avait prêtés, et ajouta :

— Merci de m'avoir aidée à choisir la robe, Maggie. J'étais ravissante, c'est lui qui l'a dit.

— Eh bien, je suis heureuse que tu te sois bien amusée, se réjouit son amie. Tu mérites bien de prendre un peu de bon temps.

Puis elle désigna le bureau de Bob Malcolm en disant :

— Nous parlerons plus tard. Le patron est de mauvais poil, ce matin ; il ne vaut mieux pas qu'il nous voie discuter pendant les heures de travail. Il doit défendre deux affaires, tout à l'heure, et il vient d'apprendre que pour l'une d'elles, Kilpatrick lui-même représenterait le ministère public.

A ce nom, le cœur de Becky fit un petit bond dans sa poitrine, mais elle le brida aussitôt. La récréation était terminée. Elle devait revenir aux choses sérieuses et oublier le passé.

Forte de sa résolution, elle alla s'asseoir à sa place et démarra son ordinateur.

Rourke dut repasser à son bureau en milieu d'après-midi pour récupérer un document que sa secrétaire avait oublié de lui donner. Il était au palais depuis ce matin, poursuivant des affaires qui allaient du trafic de drogue à la tentative de meurtre, et il était fatigué et de mauvaise humeur. Aussi n'apprécia-t-il que moyennement de trouver Dan Berry qui l'attendait dans son cabinet de travail.

— Eh bien, qu'y a-t-il ? demanda-t-il sans préambule.

— Je voulais vous prévenir que les fédéraux ont trouvé d'où provenait le minuteur de la bombe. Il s'agit d'un magasin de pièces détachées pour appareils électroniques qui se situe dans le même quartier que le garage d'Ernie Harris. D'après le propriétaire, il s'agit d'un modèle courant, et il en vend une dizaine par semaine.

Rourke plissa le front.

— Ce sera difficile à prouver, mais je suis sûr que ce sont les Harris qui ont fait le coup.

— Vous n'avez pas oublié ce que je vous ai dit à propos de l'article que Clay Cullen avait écrit, n'est-ce pas ?

— Je n'ai pas oublié. Je crois seulement que ce garçon n'est pas stupide au point d'avoir trempé dans cette affaire.

Berry s'éclaircit la voix.

— Excusez-moi, patron, mais nous savons tous que vous déjeunez fréquemment avec la sœur de Cullen...

— Ce qui n'a strictement rien à voir avec la façon dont je remplis ma charge, coupa Rourke d'un ton irrité. S'il s'avère que ce garçon est impliqué dans cette histoire, je le poursuivrai, d'accord ?

— D'accord, d'accord ! s'inclina Berry. Je voulais aussi vous dire que j'ai interrogé plusieurs gamins qui connaissaient le petit Dennis, à l'école primaire. Parmi eux, il y avait un certain Mack Cullen, qui était son meilleur ami.

Rourke haussa les sourcils. Ce geste révélateur n'échappa pas à Dan.

— Apparemment, vous l'ignoriez, dit-il. Je pensais que Mlle Cullen vous en aurait parlé.

— Non, répliqua Rourke. Mais je vais aller l'interroger de ce pas.

Certes, l'affaire n'avait guère d'importance, et il s'était promis de ne plus s'approcher de Becky, mais son sourire et le son de sa voix lui manquaient déjà. Maintenant, il avait une bonne excuse pour la revoir. D'un coup, son humeur s'allégea.

— A bientôt, lança-t-il à son enquêteur.

Berry voulut dire quelque chose, mais Rourke n'était déjà plus là.

Au sixième étage, il entra sans s'annoncer dans le cabinet d'avocats et, sous le regard surpris des autres secrétaires, se dirigea droit sur Becky qui n'avait pas remarqué son entrée. Il posa une fesse sur le coin de son bureau, et attendit qu'elle lève les yeux de son clavier. D'abord incrédule, la jeune femme l'accueillit d'un sourire radieux.

— Vous êtes heureuse de me voir ? fit Rourke. Eh bien, moi aussi. Je suis pris toute la semaine, mais nous pouvons dîner ensemble vendredi, si le cœur vous en dit. Que préférez-vous : la cuisine chinoise ou la cuisine grecque ? Pour ma part, j'ai un faible pour la moussaka, mais j'aime autant le canard laqué.

— A vrai dire, avoua Becky, rose d'émotion, je n'ai jamais mangé ni grec ni chinois.

— Nous déciderons vendredi, décréta-t-il. Je ne peux pas m'attarder ; je dois retourner au palais. Au fait, demanda-t-il en se redressant, est-ce qu'on vous a critiquée, chez vous ?

— Clay a essayé, mais je lui ai dit qu'il pouvait prendre la porte, s'il n'était pas content. Cela lui a coupé la chique. Quant à Mack, il s'est enfermé dans le mutisme pendant toute la journée, mais c'est parce qu'il connaissait le garçon qui est mort. D'après ce que j'ai compris, ajouta-t-elle avec un triste soupir, Mack était le seul ami de ce pauvre gamin.

Eh bien voilà, se dit Rourke. Il n'aurait pas à l'interroger sur ce point.

— Je dois y aller, lança-t-il. A bientôt, Becky.

— A bientôt, Rourke, répondit-elle en le suivant d'un œil énamouré tandis qu'il se dirigeait vers la porte.

Quand il fut sortit, elle sourit, puis éclata sans raison d'un rire cristallin. Elle n'avait pas eu le moral depuis samedi soir, pensant que tout était fini entre eux, mais ce n'était qu'une méprise.

— Eh bien, dis donc, quelle veinarde ! s'exclama Maggie. Cet homme est amoureux de toi, j'en mettrais ma tête à couper.

— J'espère que tu dis vrai, soupira Becky. Enfin..., l'avenir nous le dira.

Les jours suivants s'écoulèrent rapidement. Le tribunal tenant séance, Becky était surchargée de travail. Mais, en un sens, c'était une bonne chose, car cela détournait ses pensées de Rourke.

C'était tout différent quand elle rentrait chez elle. Quoi qu'elle fasse, Becky n'arrêtait pas de rêvasser. Sa vision des choses s'était transformée, et elle n'en revenait pas que son univers lui paraisse si brillant maintenant qu'elle avait quelqu'un à qui rêver. Son grand-père et Mack ne firent pas de commentaires lorsqu'elle annonça qu'elle sortait avec Rourke vendredi. Clay n'en fit pas non plus, mais son sang se figea dans ses veines. Le fait que le procureur tourne autour de sa sœur allait lui créer des ennuis, il le sentait. Quand les Harris l'apprendraient, ils allaient s'étrangler de fureur. Et si quelque chose tournait mal, Clay serait le premier qu'ils soupçonneraient.

Rourke fut heureux que la semaine se termine. Depuis lundi, le tribunal avait siégé sans discontinuer, et il était exténué. Il était en train de ranger ses papiers, après un procès qu'il venait de gagner contre Lincoln Davis, quand celui-ci s'approcha de lui.

— Je suppose que vous savez que je m'apprête à annoncer ma candidature au poste de procureur ?

Rourke lui adressa un large sourire.

— Je l'ai entendu dire, en effet. Et je vous souhaite bonne chance.

Son attitude décontractée déconcerta visiblement Davis.

— Je vous préviens, je n'ai pas l'intention de vous ménager, déclara-t-il. Mon équipe est en train de décortiquer toutes vos affaires passées.

— Si je peux vous aider en quoi que ce soit, n'hésitez pas à me contacter, répliqua Rourke d'un ton affable.

— Je vous trouve bien désinvolte pour quelqu'un qui veut être réélu.

Rourke ne tenait pas à être réélu, mais pourquoi gâcher le plaisir de Davis en le lui apprenant ? Il se contenta de sourire de plus belle.

— Je vous souhaite une bonne soirée, Lincoln.

L'avocat afro-américain grimaça et n'insista pas.

En le regardant partir, Rourke se sentit un peu honteux de mener cet homme en bateau. Davis n'était pas un mauvais bougre Il avait juste tendance, parfois, à être un peu enquiquinant.

Il prit ses affaires et sortit du palais. Il était 17 heures, et il avait encore au moins deux heures de boulot, au bureau, avant de pouvoir disposer de son temps. Le problème, c'est que l'on était vendredi et qu'il avait promis à Becky de l'emmener au restaurant. Il pesta intérieurement. Il ne voulait pas la décevoir, mais il n'y pouvait rien. Le travail passait avant tout.

En montant à son bureau, il s'arrêta à l'étage de Becky. Ses collègues se préparaient toutes à partir, mais la jeune femme était encore devant son écran. Cette fois, elle le vit tout de suite et sourit.

— Désolé, mais j'ai encore deux bonnes heures de travail, s'excusa-t-il. J'ai passé une semaine infernale.

— Et vous ne pouvez pas sortir ce soir, devina-t-elle en essayant de faire bonne figure. Eh bien, tant pis. Ce sera pour la prochaine fois.

— Mais non, rétorqua-t-il. Rentrez chez vous nourrir les vôtres et, ensuite, rejoignez-moi ici. Nous mangerons tard, mais peu importe, n'est-ce pas ?

Une bouffée de soulagement envahit Becky.

— Tout à fait, répondit-elle.

Elle éteignit son ordinateur et se leva en promettant qu'elle ne serait pas longue. Elle avait l'air si excitée que Rourke s'esclaffa.

— Surtout, ne les laissez pas vous enfermer dans un placard, conseilla-t-il.

— Ils n'y arriveraient pas, répliqua Becky.

Et elle ne plaisantait pas.

Elle rentra chez elle, prête à en découdre, s'il le fallait vraiment. Les siens savaient déjà qu'elle devait sortir. Elle le leur avait annoncé en début de semaine.

Mais, ce soir, son grand-père paraissait mal en point et gémissait doucement dans son fauteuil.

Becky s'inquiéta. Elle l'aida à se mettre au lit, puis se

demanda ce qu'elle devait faire. Une décision paraissait s'imposer, même si elle devait grever son budget : faire venir le médecin. Elle l'aurait fait sans hésiter, si elle n'avait pas soupçonné le vieil homme de simuler.

Clay était sorti pour la soirée. Mack regardait la télévision et n'entendait pas être dérangé. Becky poussa un lourd soupir. Il semblait bien que son rendez-vous avec Rourke soit irrémédiablement compromis.

Chapitre 11

Becky s'assit au chevet de son grand-père et se cacha le visage dans les mains. L'idée qu'elle était responsable de la vie du vieil homme la terrifiait. Si elle ne prenait pas la bonne décision, il risquait de mourir, et elle ne se le pardonnerait jamais. Mais, d'un autre côté, elle ne pouvait pas être sûre qu'il ne feignait pas la souffrance pour qu'elle ne sorte pas avec Rourke…

— Calme-toi, marmonna-t-il en voyant la mine qu'elle faisait. Je n'ai pas l'intention de casser ma pipe ce soir.

Becky le contempla et secoua la tête.

— Je sais. C'est juste que… c'est la première fois qu'un homme s'intéresse à moi. Rourke sait que je n'ai rien de moderne, mais ça ne l'empêche pas de m'apprécier.

Elle baissa les yeux sur le lit, et dit d'une voix timide :

— C'est sympa qu'il veuille que je sorte avec lui.

Son grand-père poussa un soupir irrité.

— Cette histoire finira par te briser le cœur, affirma-t-il. Il est fort possible qu'il se serve de toi dans le seul but de coincer Clay. Ton frère est en train de faire des bêtises, nous le savons bien, et je suis prêt à parier que Kilpatrick le sait aussi. Tu es la personne idéale pour le tuyauter sur les agissements de Clay.

— C'est ce que tu ne cesses de répéter. Mais, dans ce cas, pourquoi ne me pose-t-il jamais de questions sur Clay ?

— Ça, je n'en sais rien, avoua le vieil homme.

Il se redressa contre ses coussins et, passant la main sur son crâne dégarni, assura :

— Je me sens mieux, à présent. Tu peux sortir sans crainte. En cas de besoin, Mack peut appeler le médecin. C'est un gentil garçon.

— Oui, c'est vrai, fit Becky.

Mais elle hésitait tout de même à partir.

Le remarquant, son grand-père insista.

— J'ai dit que je me sentais mieux, nom d'un chien ! Je n'approuve pas que tu sortes avec cet homme, mais je dois reconnaître que c'est bien agréable de te voir sourire, pour changer. Je peux ronger mon frein jusqu'à ce que tu te lasses de lui. Je te demande seulement de bien faire attention à ce qu'il ne te prenne pas pour une poire.

— Je te le promets, dit Becky, soudain radieuse.

Spontanément, elle se pencha pour l'embrasser.

— Avant de partir, je vais préparer le repas. Et je ne rentrerai pas tard.

— Tu es une bonne fille, maugréa-t-il tandis qu'elle sortait de la chambre. Tu ne dois pas t'amuser tous les jours, ma pauvre enfant. J'ai eu un peu trop tendance à considérer ta présence comme allant de soi, Becky. Et, toi, tu n'aurais pas dû me le permettre.

— Il faut bien que quelqu'un prenne soin de toi et des garçons, répliqua-t-elle avec douceur. Et ça ne m'embête pas, puisque je vous aime.

— Nous t'aimons aussi, ma chérie, bougonna-t-il en évitant son regard. Même Clay, bien qu'il lui reste à apprendre ce qu'est vraiment l'amour.

— Espérons que la leçon ne sera pas trop dure, soupira Becky.

Sur ce, elle se rendit dans la cuisine s'occuper du dîner. Elle venait de finir, quand elle s'aperçut qu'il était plus tard que ce qu'elle avait cru. Rourke devait penser qu'elle ne viendrait plus, s'alarma-t-elle. Et, pire, il était déjà trop tard pour aller manger dans un restaurant — mis à part les fast-foods. Or, un homme qui travaillait tant avait besoin d'un vrai repas.

Une idée lui vint aussitôt. Elle sortit du placard le panier à pique-nique et y mit du pain, de la salade de pommes de terre, d'épaisses tranches de jambon cuit, et y ajouta le reste de tarte aux pommes qu'elle avait faite plus tôt dans la semaine, ainsi qu'une pleine Thermos de café. Ensuite, elle appela son grand-père et Mack et les servit.

Becky constata que son petit frère lui souriait et que son grand-père avait retrouvé une certaine gaieté. La chose la surprit tant qu'elle se demanda distraitement s'ils n'avaient pas empoisonné ce qu'elle avait mis dans le panier…

A son grand soulagement, Rourke était encore dans son bureau. Quand elle entra, plus de deux heures après l'avoir quitté, il regarda ostensiblement sa montre.

— Je suis désolée, s'excusa-t-elle, embarrassée. Mon grand-père ne se sentait pas bien, et je suis restée avec lui jusqu'à ce que je sois sûre qu'il allait mieux.

— Et il va mieux ? demanda-t-il.

— Oui. Mais je craignais que vous pensiez que je vous avais fait faux bond.

Rourke se leva, le sourire aux lèvres. Il était en bras de chemise et avait retroussé ses manches.

— Non, répondit-il. Je vous attendais. Si vous n'aviez pas pu venir, vous m'auriez passé un coup de fil.

— Vous me connaissez déjà bien, observa Becky.

— Pas aussi bien que je le souhaiterais. Mais que diriez-vous d'aller manger ?

— J'ai apporté un pique-nique, dit-elle alors en soulevant son panier. J'ai pensé qu'il serait trop tard pour aller au restaurant et qu'une salade de pommes de terre avec une tranche de jambon auraient votre faveur.

— Vous êtes un ange ! s'exclama-t-il tandis qu'elle posait le panier sur le bureau et l'ouvrait. Je m'étais résigné à devoir manger un hamburger, et voilà que vous m'apportez un véritable festin !

— Ce ne sont que des restes, tempéra modestement Becky.

Pendant qu'il faisait de la place sur son bureau, elle sortit deux assiettes en plastique et des couverts.

A la fin du repas, il se laissa aller contre son dossier avec un soupir de satisfaction.

— C'était délicieux. Vous êtes vraiment une cuisinière hors pair, Becky.

— J'aime faire la cuisine, avoua-t-elle. C'est ma mère qui m'a appris.

— Cela a dû vous faire un choc terrible de la perdre si tôt.

— J'ai cru que c'était la fin du monde, acquiesça Becky. Mack n'avait que deux ans, et Clay neuf. Papa n'était jamais à la maison ; c'est mon grand-père qui faisait tout. J'ai fini le lycée, puis j'ai pris la famille en charge.

Au souvenir de cette époque, elle ne put retenir un sourire.

— C'était marrant de s'occuper d'un bébé. Mack et moi sommes très proches, parce que je suis plus une mère, pour lui, qu'une sœur. Mais Clay… Eh bien, Clay m'a toujours posé des problèmes. Il est réfractaire à l'autorité.

— Comment s'entendent-ils, tous les deux ?

— Ces temps-ci, ils ne s'entendent pas du tout, répondit Becky en rangeant assiettes et restes dans le panier. Depuis le week-end dernier, Mack n'adresse même plus la parole à son frère. Et il ne veut pas me dire pourquoi.

Voilà qui était intéressant, se dit Rourke. Mais il ne voulut pas presser la jeune femme de questions. Il était encore trop tôt pour essayer de lui soutirer des renseignements.

— On dit que les frères se disputent toujours, remarqua-t-il d'un ton léger.

— Et vous-même, vous êtes fils unique, n'est-ce pas ?

— Oui. J'ai grandi seul, et je le suis toujours.

Sur ces mots, il se leva et s'étira nonchalamment, si bien que ses muscles jouèrent sous sa chemise. Ce spectacle viril intimida Becky. Elle détourna les yeux.

— La prochaine fois, je vous emmène au restaurant, c'est promis, assura Rourke.

Son regard tomba sur la bouche de Becky et s'y attarda. Il se remémora la douceur de ses lèvres…

— Voudriez-vous partager le repas du dimanche avec nous ? suggéra-t-elle soudain. Bien entendu, je comprendrais que vous refusiez. Vous n'avez pas que des amis, chez nous.

Rourke considéra la proposition.

— Pourquoi pas ? dit-il enfin. L'ancien marine que je suis devrait pouvoir survivre à un après-midi en compagnie de Clay et de votre grand-père. A quelle heure voulez-vous que je vienne ?

— Vers 13 heures, si cela vous convient. Aimez-vous le poulet rôti ?

— C'est l'un de mes plats préférés, affirma Rourke.

Il la contempla un instant avant de venir lentement vers elle, un sourire charmeur aux lèvres et du velours dans le regard. Il la prit par la taille et l'attira à lui, son sourire s'effaçant à mesure que ses yeux parcouraient le visage de Becky pour se fixer finalement sur sa bouche.

— Je ne vous ai pas effrayée, l'autre soir, n'est-ce pas ?

Elle ne fit pas semblant d'ignorer à quoi il faisait allusion.

— Non, répondit-elle doucement.

— J'étais bien décidé à ne plus vous revoir, dit-il tout d'un coup en la regardant dans les yeux. Nous sommes trop différents l'un de l'autre.

— Mais vous êtes revenu, murmura Becky.

Rourke opina du chef. Il la serra plus fort et approcha le visage du sien.

— Parce que même si c'est sans espoir, dit-il contre sa bouche, je vous veux, Becky.

Quand il lui prit les lèvres, elle ferma les yeux et l'entoura de ses bras. Elle planait entre ciel et terre, et son corps commença à se tendre, jusqu'à ce que la tension devienne presque douloureuse.

A ce moment-là, Rourke appuya la main sous ses reins, la plaquant contre son ventre. Pour la première fois de sa vie, elle sentit alors l'impudique évidence du désir d'un homme.

La sentant se raidir, il releva la tête. Ses yeux étaient plus sombres que jamais, son regard intense. Elle essaya de s'écarter de lui, mais il la retint, accrut sa pression.

Il fixa ses joues qui s'empourpraient. Puis ses yeux se rivèrent à ceux de Becky jusqu'à ce qu'il la sente trembler.

Alors, il effleura ses lèvres d'un lent mouvement, et elle s'abandonna totalement. Elle n'essayait plus de le repousser. Elle lui ouvrit sa bouche, et leurs langues s'engagèrent dans une danse sensuelle qui la transporta dans un monde de pure sensualité.

Lorsque Rourke mit fin à leur baiser, elle eut du mal

à rouvrir les paupières. Elle le regarda comme dans un brouillard. Ses lèvres étaient gonflées de désir, son visage dépourvu d'expression.

Rourke la prit par les hanches et la fit bouger contre lui, tout en l'étudiant du regard. Elle se laissa faire sans réagir.

— Vous pouvez remercier le ciel que j'aie des principes, dit-il en cessant son manège. Parce que lorsqu'on en arrive à ce stade, la plupart des hommes trouveraient une excuse pour aller jusqu'au bout.

— Croyez-vous vraiment que je pourrais vous arrêter ? murmura-t-elle.

— Vous ne le voudriez pas, corrigea-t-il. Mais ensuite ? Qu'adviendrait-il ensuite, Becky ?

Cette question fit son chemin dans son esprit, et elle comprit où il voulait en venir. Ensuite, elle n'éprouverait que honte et remords, parce que son code d'honneur personnel ne lui permettait pas d'aventures intimes. Pour elle, l'amour physique était indissociablement lié au mariage. Elle baissa les yeux, et Rourke la libéra, bien qu'à contrecœur.

— Votre mère ne vous a jamais parlé des rapports entre filles et garçons ? demanda-t-il au bout d'un moment.

— Je ne sortais avec personne, et, donc, je suppose qu'elle n'en a pas vu la nécessité. A part ça, mon grand-père m'a recommandé d'être sage, et nous avons eu deux ou trois cours, au collège, sur les dangers de la promiscuité.

Elle haussa les épaules, et reprit :

— Ce que je sais dans ce domaine, je l'ai appris en lisant des romans d'amour. Certains d'entre eux sont vraiment très instructifs, ajouta-t-elle avec un petit sourire.

En voyant l'expression de ses yeux, toute de malice, Rourke s'esclaffa. Il avait beau être frustré physiquement, Becky avait le don de le faire rire.

— Mais vous ne tenez pas à être une femme libérée, c'est bien ça ?

— Pas quand je suis en état de réfléchir, non. Cela dit, il y a trop de choses que j'ignore pour être une femme libérée.

Rourke plissa les yeux.

— En matière de prévention, par exemple ?

— Oui.

— Je ne voudrais pas plus que vous faire un bébé, Becky, assura-t-il. Mais il existe des moyens contraceptifs. Je ne vous l'apprends pas, tout de même !

Une bouffée de chaleur submergea Becky. Parler de ces choses-là la gênait, surtout avec un homme. Elle s'assit dans le fauteuil destiné aux visiteurs et joua distraitement avec un pli de sa jupe.

— Il paraît qu'aucune méthode n'est sûre à cent pour cent, déclara-t-elle sans lever les yeux. Et il y a… d'autres problèmes.

— Les maladies ?

Elle se borna à hocher la tête, et Rourke eut un petit rire.

— Je vois que vous êtes aussi prudente que moi, observa-t-il. Pour ma part, je ne couche pas à droite et à gauche.

Becky le fixa d'un regard surpris. Si tel était le cas, où donc avait-il acquis son expérience ?

— Enfin, je ne le fais plus, précisa-t-il en s'appuyant contre le bureau. Je me suis assagi avec l'âge. Les rapports purement physiques ne sont pas plus satisfaisants qu'un gâteau sans sucre. Avec le temps, je suis devenu très exigeant.

— Ce qui vous plaît en moi, c'est peut-être mon manque d'expérience, avança Becky.

— Ce qui me plaît en vous, c'est peut-être vous, tout simplement, rétorqua-t-il.

Il la parcourut d'un regard effronté, s'attardant sur sa bouche sensuelle, la rondeur de ses seins qui tendaient le tissu de sa blouse, sa taille fine et ses hanches pleines… Puis il dit d'une voix douce :

— Je pense que nous finirons par faire l'amour, Becky. Mais que cela advienne ou non, je veux que nous soyons amis. Je suis seul depuis très longtemps, et je suis arrivé à un âge où ça ne me plaît plus. Nous pouvons au moins nous voir souvent.

A ces mots, le cœur de Becky s'emballa.

— Je ne demande pas mieux, répondit-elle en lui souriant. Mais s'il arrivait…

Elle marqua un temps, et reprit avec une moue inquiète :

— S'il arrivait qu'il y ait un… incident, je ne pourrais pas avorter. Je ne suis même pas capable de tuer une guêpe qui vient de me piquer.

Rourke lui prit la main et la força à se lever. La regardant droit dans les yeux, il dit calmement :

— Je ne suis pas partisan de l'avortement, moi non plus. Je crois plutôt en la prévention. Mais ne mettons pas la charrue avant les bœufs, d'accord ?

— D'accord.

Ils scellèrent leur complicité nouvelle d'un baiser, aussi doux et plein de tendresse que les précédents avaient été sauvages et passionnés. Quand ils se séparèrent, tous deux souriaient.

— Nous avons eu une longue journée, dit alors Rourke. Je crois qu'il est temps de rentrer. Je vais vous suivre jusque chez vous.

— Mais vous n'allez pas faire tout ce trajet ! protesta Becky.

— J'ai dit que j'allais vous suivre jusque chez vous, répéta-t-il d'un ton sans réplique.

Elle fit un geste d'impuissance.

— Rien d'étonnant à ce que vous soyez un aussi bon procureur. Vous ne lâchez jamais prise.

— Et dans aucun domaine, ajouta-t-il avec un sourire.

Il la suivit donc jusqu'à la ferme, attendit qu'elle ouvre la porte, puis fit demi-tour après un dernier signe de la main.

La maison était plongée dans le silence. Apparemment, tout le monde dormait déjà. Becky alla se coucher tout de suite et ne tarda pas à sombrer dans les bras de Morphée.

Le matin, au petit déjeuner, elle annonça que Rourke viendrait partager le repas du dimanche avec eux. Clay ne fit pas de commentaire ; il n'osa pas, après les menaces de Becky. Il se contenta de hausser les épaules. Il devait voir Jenna et les Harris, tout à l'heure, et il savait qu'il allait avoir du mal à s'expliquer à propos de Kilpatrick. Il devait trouver un moyen de les convaincre que le fait qu'il poursuive sa sœur de ses assiduités était un avantage. Par Becky, Clay saurait ce que le procureur manigançait. C'était une excellente idée ! Les Harris le féliciteraient, il pouvait y compter. Fort de cette assurance, il se détendit et commença à apprécier son petit déjeuner.

— Il vient manger dimanche ? marmonna le grand-père. Eh bien, je crois que je pourrai le supporter. Mais il n'est pas question que je sympathise avec lui.

— Je ne t'en demande pas tant, répondit Becky.

— Je pourrais lui montrer mes trains électriques, intervint Mack.

Les locomotives et les wagons lui avaient été offerts à Noël par un ami de leur grand-père, et il était très fier du circuit qu'il avait monté.

— Je suis sûre que cela lui plaira, approuva Becky.

A ce moment-là, Clay se leva.

— Je dois y aller, dit-il. J'ai promis à Jenna de faire la vidange de sa voiture.

— Amuse-toi bien, fit Becky. Au fait, tu es toujours content de ton boulot ?

Clay lui jeta un regard inquiet.

— Oui, ça peut aller.

Puis il s'aperçut que Mack le considérait avec une aversion non dissimulée, et s'empressa de s'esquiver.

— A plus tard, lança-t-il en sortant de la pièce.

Becky observa Mack. Son expression la déroutait.

— Est-ce que vous vous êtes disputés, toi et Clay ?

— Il voulait que je fasse quelque chose pour lui, et j'ai dit non, répondit son petit frère d'un air buté.

Il reposa son bol et changea de sujet.

— Est-ce que tu veux que j'aille traire les vaches ? demanda-t-il. Je me suis entraîné, et je me débrouille bien, Becky. Tu peux demander à papy.

— C'est vrai, acquiesça le vieil homme. Je lui ai appris en me disant que ce serait toujours ça de moins que tu aurais à faire.

— C'est vraiment très gentil, se réjouit Becky.

Elle se leva pour embrasser son grand-père sur le front. Décidément, la vie devenait plus douce de jour en jour !

— Merci beaucoup !

— Je suis content de te voir aussi heureuse, affirma-t-il. Tu rayonnes littéralement de bonheur.

— Elle doit être amoureuse, avança Mack, une lueur espiègle dans le regard.

Plaçant une main sur son cœur, il déclama :

— Oh, Roméo !

— Va-t'en d'ici avant que je t'assomme, feignit de s'offusquer Becky.

Tandis que son frère décampait, elle secoua la tête et se leva pour débarrasser. Quand son grand-père soupira, elle remarqua qu'il paraissait plus abattu que d'habitude.

— Ça ne va pas ? s'alarma-t-elle.

— Clay m'inquiète, avoua-t-il. Je sens qu'il trempe dans une histoire louche. Il a le même air que ton père quand il venait de faire une grosse bêtise.

— Eh bien, s'il s'en rend compte, il va peut-être se ressaisir, dit Becky sans trop y croire elle-même.

Son grand-père secoua lentement la tête.

— Non, pas maintenant qu'il sort avec cette fille. C'est de la sale engeance, et je regrette que Clay soit tombé sous sa griffe. Mais si je suis sûr d'une chose, c'est qu'elle est au service des Harris. Clay est coincé avec ces voyous à cause d'elle et, le jour où il va réagir, il sera sans doute trop tard.

— Mais que pouvons-nous faire ? demanda Becky.

— Je l'ignore. Tout ce que je sais, c'est que je suis vieux et que je suis heureux qu'il ne me reste plus que peu de temps à vivre. Le monde n'est plus ce qu'il était, ma chérie. Aujourd'hui, les gens sont trop égoïstes et calculateurs pour moi.

Sur ce, il se leva péniblement en disant :

— Je suis fatigué. Je vais aller m'allonger un peu.

— Es-tu sûr que ça va ? insista Becky.

Il s'arrêta sur le seuil de la cuisine et sourit.

— Ça ira, oui, malgré toutes ces pilules que le médecin

et toi m'obligez à ingurgiter. Ne t'en fais pas, je ne suis pas encore à l'agonie.

— Eh bien, tant mieux, répondit-elle.

Le vieil homme hocha la tête et partit dans sa chambre. Becky fit la vaisselle, puis elle alla nourrir les poules. Il faisait très doux, ce matin — un temps tout à fait de saison —, et elle se sentait en pleine forme. Pour une fois, ses problèmes ne l'obsédaient pas. Demain, Rourke venait déjeuner à la ferme.

— Qu'est-ce que c'est que cette histoire ? Tu dis que Kilpatrick va venir manger chez toi ? demanda Sony, l'air furieux, après avoir écouté Clay.

Clay sourit à Jenna. Il ne voulait pas perdre la face devant elle.

— Ma sœur lui plaît, répondit-il avec une feinte désinvolture. C'est super, non ? Becky ne parle plus que de lui. Il va lui dire sur quoi il travaille, et elle me le répétera. C'est comme si on avait une taupe dans le bureau du procureur.

— Et il t'est pas venu à l'idée qu'il préparait peut-être quelque chose contre nous et qu'il se servait de ta sœur pour te surveiller ? s'énerva Bubba, le visage encore plus rouge que d'habitude.

— Elle ne trouverait rien à lui raconter, répliqua Clay. D'ailleurs, elle est tellement dingue de lui qu'elle n'arrête pas de gaffer. Si le procureur nous soupçonnait, elle n'aurait pas pu s'empêcher de me le dire.

— Ecoute, Cullen, tu es déjà dans de sales draps, et tu peux te considérer heureux qu'on t'ait pas dénoncé aux flics pour la voiture de Kilpatrick, déclara Sony d'un ton froid. Sans compter que tu as pas réussi à convaincre ton petit frère. S'il y avait pas eu cet ami à toi, on aurait pu perdre l'école primaire.

— Un gamin est mort à cause du crack..., commença Clay.

— Et alors ? coupa Sony. Il en a trop pris, voilà tout — ça arrive tout le temps. Si tu as le cœur trop tendre pour te salir les mains, tu ne nous es d'aucune utilité. Et si on décide de te dénoncer, on y mettra le style. On fera en sorte que tu passes le restant de ta vie au trou.

— Ouais, opina Bubba.

A ce moment-là, Jenna saisit Clay par le bras et rejeta ses longs cheveux bruns en arrière d'un gracieux mouvement de tête.

— Laissez-le tranquille, à la fin ! Ce n'est pas un mouchard.

— Je n'ai jamais rien dit à qui que ce soit, confirma Clay.

— Heureusement pour toi, maugréa Sony. Bon, c'est pas le moment de faire des vagues. On attend une grosse livraison d'ici une semaine ou deux. On compte sur toi pour nous aider à livrer la came aux revendeurs.

— Pas de problème, je ferai mon boulot, assura Clay.

Il sourit, mais le cœur n'y était pas. Il s'était rendu compte qu'il était beaucoup plus facile d'entrer dans le milieu que d'en sortir. Il se dit amèrement que la situation était sans issue.

Avec un soupir découragé, il prit Jenna par la taille et la raccompagna à sa voiture.

— Ne t'en fais pas, lui dit-elle gentiment quand il lui ouvrit la portière. Ils ne te dénonceront pas.

Mais elle ne paraissait pas convaincue.

— Tu le crois vraiment ? demanda-t-il. Seigneur ! S'ils

m'accusent d'avoir piégé la voiture de Kilpatrick, ma sœur ne me le pardonnera pas. Pourtant, ce n'est pas moi qui l'ai fait, Jenna — tu le sais bien, toi !

Jenna jeta un coup d'œil en direction de ses cousins. Au début, elle était sortie avec Clay pour leur faire plaisir, mais ce n'était plus pour eux qu'elle restait avec lui. Clay la traitait comme une lady ; il la couvrait de cadeaux. Jusqu'ici, personne n'avait jamais été aussi gentil avec elle.

— Ecoute, Clay, s'il arrivait quoi que ce soit, je t'aiderais. Mais, surtout, ne va rien raconter à ta sœur, d'accord ? S'ils avaient le moindre doute sur toi, ils n'hésiteraient pas à te charger.

— J'irais peut-être en prison, mais je m'arrangerais pour qu'ils y aillent aussi.

— Mais eux n'y resteraient pas. Ils ont assez d'argent pour acheter leur liberté, Clay. Tu ne comprends donc pas ? Ils peuvent acheter des policiers, des hommes politiques, des juges — en fait, il n'y a personne qu'ils ne puissent corrompre ! Mais, toi, tu n'as pas ce pouvoir. Tu passerais des années en prison. Alors, je t'en supplie, Clay, fais bien attention à ce que tu fais.

Il ne put retenir un sourire.

— Tu t'inquiètes pour moi ?

— Oui, espèce de crétin ! pesta-t-elle. Dieu sait pourquoi, mais je t'aime !

Sur cet aveu, elle l'embrassa sauvagement, puis elle monta dans la voiture et démarra avant qu'il ait pu réagir.

Clay rentra chez lui dans une douce béatitude. Il n'avait pas pris de drogue depuis pas mal de temps, maintenant. Ce n'était plus la peine ; Jenna lui suffisait pour planer.

A la maison, il trouva Mack en train de jouer avec ses trains. Il entra dans la chambre de son frère pour regarder, mais Mack l'ignora. Au bout d'un moment, Clay n'y tint plus.

— Tu ne crois pas que tu pourrais me pardonner ?

Mack le foudroya du regard.

— Tes copains et toi, vous avez tué un de mes amis, accusa-t-il.

— Ce n'était pas moi, marmonna Clay. Tu sais, Mack, je suis dans un drôle de pétrin. Les Harris m'ont coincé, et ils menacent de me dénoncer, si je ne file pas droit. Mais je n'ai fait de mal à personne. Je voulais juste gagner un tas d'argent.

— L'argent ne me ramènera pas mon ami, répliqua son frère. Et si Becky savait ce que tu fais, elle te jetterait dehors.

— Et elle aurait raison, admit Clay d'un ton las. Mais crois-moi, Mack, je n'ai jamais vendu de crack dans ton école. Je suis minable, c'est vrai, mais pas à ce point.

— Tu n'es qu'un sale dealer, et tu me dégoûtes. Je ne veux pas te voir dans ma chambre.

Clay voulut protester, puis il se ravisa et sortit de la pièce. Aussi loin que remontait sa mémoire, il ne s'était jamais senti aussi seul ni aussi peu fier de lui-même.

Chapitre 12

Becky n'avait pas eu le temps de se changer. Elle était revenue tard de la messe et portait encore sa robe en jersey gris du dimanche pendant qu'elle s'activait dans la cuisine pour préparer le repas.

Elle avait l'intuition que Rourke serait en avance, et elle ne se trompait pas. A 12 h 45, elle entendit arriver sa voiture et se précipita pour lui ouvrir, laissant sa sauce au jus de poulet sur le feu. Mais Mack l'avait prise de vitesse et accueillait déjà poliment le procureur.

— Bonjour, monsieur Kilpatrick. Becky est dans la cuisine.

— Non, elle est ici, rectifia-t-elle, rose d'émotion.

Elle sourit à Rourke, tout en parcourant sa tenue d'un regard approbateur : pantalon et veste en tweed anthracite sur une chemise jaune qui rappelait le printemps.

— Retourne donc à tes fourneaux. Mack et moi tiendrons compagnie à ton invité, cria de son fauteuil son grand-père.

Mais, à son expression, Becky craignit le pire.

— Vous pourriez venir dans la cuisine avec moi, proposa-t-elle d'une voix faible.

— Certainement pas ! Tu laisserais brûler le poulet, la

railla son grand-père. Venez vous asseoir, monsieur. Nous ne vivons pas dans le luxe auquel vous êtes habitué, mais les chaises sont encore solides.

Rourke contempla pensivement le vieil homme.

— Je vois que vous avez votre franc-parler, dit-il. Cela tombe bien : moi aussi. Est-ce que vous avez le droit de fumer, ou les médecins craignent-ils qu'un cigare vous tue ?

Le grand-père parut déconcerté. Constatant que Rourke n'avait pas besoin de son aide, Becky retourna dans la cuisine.

Elle finit de préparer son plat aussi vite que possible. Un bruit de voix lui parvint de la pièce voisine, puis il y eut un long silence avant que la conversation ne reprenne, mais à bâtons rompus. Quand elle passa dans le salon pour annoncer que le repas était prêt, son grand-père paraissait d'humeur sombre, tandis que Rourke fumait paisiblement son cigare, un sourire aux lèvres.

Inutile de demander qui avait pris le dessus, se dit-elle.

Ils prirent place autour de la table. Clay était parti dans la matinée. Il avait sans doute décidé que partager son repas avec Rourke était une épreuve au-dessus ses forces. Mais ce n'était pas plus mal, car l'attitude du grand-père était déjà assez pénible à supporter.

Pendant le repas, seul Rourke rompit le silence pour complimenter Becky sur son plat. Ensuite, son grand-père s'excusa et, au grand désespoir de Becky, alla s'enfermer dans sa chambre. Mack sortit nourrir les poules, laissant Becky seule avec Rourke pendant qu'elle faisait la vaisselle.

Devant l'évier, elle secoua la tête avec un soupir.

— Je suis désolée, Rourke. Je pensais que mon grand-père allait bien se comporter, mais, manifestement, c'était trop attendre de lui.

— Il a peur de vous perdre, répondit-il en prenant une assiette pour l'essuyer. On ne peut pas lui en vouloir ; si vous n'étiez plus là, qui ferait marcher la maison ?

Becky se tourna vers lui, le regard furibond.

— Même les femmes de ménage ont droit à des jours de congé, répliqua-t-elle.

Il lui déposa un baiser sur les lèvres et sourit.

— Vous êtes bien plus qu'une femme de ménage, pour lui. Il veut aussi vous protéger de moi. Il ne tient pas à ce que vous tombiez sous les griffes d'un homme qui ne songe qu'à coucher avec vous.

— Est-ce que c'est le cas ? demanda-t-elle en plantant les yeux dans les siens.

Ce regard ! gémit Rourke à part soi. Ce regard si doux et si séduisant ! Il mettait ses nerfs à rude épreuve.

— Je ne vous ai pas caché que j'avais des vues mal intentionnées sur votre personne, n'est-ce pas ?

Elle éclata d'un rire cristallin.

— C'est exact. La franchise fait partie de vos qualités, c'est bien ça ?

— Oui. J'envisage de vous attirer dans ma garçonnière et de vous y faire subir les derniers outrages.

— Comme c'est excitant ! Prenons-nous ma voiture ou la vôtre ? demanda Becky.

Rourke lui fit les gros yeux.

— Vous n'êtes pas censée m'accompagner de votre plein gré, rétorqua-t-il. Vous êtes une femme de principes, et je ne suis qu'un vaurien.

— Oh, pardonnez-moi ! Dans quelle voiture préférez-vous m'enlever, la vôtre ou la mienne ? corrigea-t-elle.

— Seigneur ! Je n'aurais jamais cru que vous tenteriez

de me séduire en faisant la vaisselle. Quel manque de finesse, vraiment !

Becky gloussa — chose qu'elle n'avait pas faite depuis bien des années.

— Y a-t-il un meilleur endroit ?

— Certainement. Je vous en parlerai un de ces jours, promit-il. Vous avez oublié une assiette.

— En effet.

Elle la lava, puis elle la lui tendit en demandant :

— Est-ce que mon grand-père a été dur à supporter, quand vous étiez dans le salon ?

— Oui. Apparemment, il n'apprécie pas de me voir ici. Mais je ne peux pas lui en vouloir. J'ai contribué plusieurs fois à perturber son existence, même si je ne pouvais pas faire autrement.

— Vous ne faisiez que votre travail, acquiesça Becky. Moi, je ne vous en blâme pas.

— Oui, mais votre grand-père n'aime pas autant m'embrasser que vous. Il est donc logique qu'il soit moins tolérant à mon égard.

Elle rougit et lui donna une tape sur le bras.

— Ça, c'est un coup bas !

Rourke s'esclaffa.

— Savez-vous que je ris plus avec vous que je n'ai jamais ri avec qui que ce soit d'autre ? demanda-t-il. Je croyais avoir oublié. Le métier de procureur n'est pas facile. On y perd son sens de l'humour, au bout d'un certain temps.

— Au début, je pensais que vous n'aviez aucun humour, avoua Becky avec un sourire.

— Quand je vous taquinais dans l'ascenseur ? Oh, c'était vraiment drôle ! J'en étais arrivé au point où je faisais tout pour tomber sur vous. Vous étiez mon rayon de soleil, Becky, le meilleur moment de ma journée. Et le jour où vous m'avez confié vos problèmes, je mourais d'envie de vous demander de sortir avec moi un de ces soirs, mais j'avais peur de me compliquer la vie.

— Et vous avez changé d'avis ?

— Pas vraiment, mais je n'ai plus le choix, soupira-t-il. Et vous non plus, je suppose. Nous avons dépassé le point de non-retour. Nous nous sommes mutuellement apprivoisés.

— Vous le regrettez ? demanda Becky.

— J'ai déjà été l'objet d'un attentat, lui rappela-t-il. Cela pourrait se reproduire. Et le fait que l'on nous voie autant ensemble pourrait faire de vous une nouvelle cible. Y avez-vous songé ?

— J'avoue que non, dit Becky. Mais ça n'a aucune importance.

— Il pourrait y avoir d'autres conséquences, reprit-il. Par exemple, les Harris pourraient croire que Clay me fournit des renseignements, depuis que nous sortons ensemble.

Becky s'alarma. Cette éventualité ne lui était pas venue à l'idée.

— Mais ne vous inquiétez pas inutilement, la rassura Rourke. Je suis sûr que Clay saurait les convaincre que ce n'est pas le cas. Cela étant, je vois d'autres problèmes à notre relation. Votre grand-père et au moins l'un de vos frères ne m'apprécient pas. Cela ne va pas vous faciliter la vie.

— J'ai le droit de sortir quand je veux et avec qui je veux, et je le leur ai dit, s'enflamma Becky. Grâce à vous, j'ai compris que j'avais eu tort de permettre aux miens de dépendre à ce point de moi. Aujourd'hui, j'en paye le prix. Jouer sur la mauvaise conscience d'autrui est une sale méthode, mais certains n'hésitent pas à l'employer quand tout le reste a échoué.

— Je suis bien d'accord avec vous, opina Rourke. Mais

changeons de sujet, voulez-vous ? Quel est le programme, maintenant que la vaisselle est finie ?

— Eh bien…, je pourrais vous faire visiter la ferme. Il n'y a pas grand-chose à voir, mais ça nous fera sortir un peu.

— Très bien. Mais vous souhaitez peut-être vous changer avant, dit-il, désignant du menton sa robe en jersey.

— Et si mon grand-père sort de sa chambre ? Croyez-vous que je veuille vous laisser à sa merci ? s'exclama Becky sur un ton mi-sérieux, mi-amusé.

A ce moment-là, Mack s'encadra dans la porte.

— Ça va, Becky. Va te changer, je vais m'occuper de M. Kilpatrick, assura-t-il. Vous aimez les trains, monsieur ? J'ai monté un circuit avec ceux qu'un ami de papy m'a offerts. Si vous voulez le voir…

— Avec plaisir. J'adore les trains, répondit Rourke. Et je te remercie de me sacrifier un peu de ton temps, mon cher Mack.

Le jeune garçon haussa les épaules.

— Il n'y a vraiment pas de problème. Becky s'est assez sacrifiée pour moi, déclara-t-il. Alors, vous venez ?

Becky les regarda partir ensemble, ravie du comportement de Mack. Puis elle alla dans sa chambre se changer. Elle passa un jean et un pull jaune. Ils avaient connu des jours meilleurs, mais cela ne lui faisait rien. Rourke ne semblait pas se préoccuper de ce qu'elle portait — sauf quand il s'agissait de sortir le soir.

Dans la chambre voisine, Mack mettait son circuit en route, et Rourke s'assit, les yeux brillants, pour le regarder manœuvrer les trains.

— Ils sont vraiment superbes, dit-il. J'aimais beaucoup les trains, quand j'avais ton âge, mais mon oncle Anderson me menait à la baguette. Il pensait qu'un garçon devait se consacrer à ses études, et, donc, je n'ai pas eu beaucoup de jouets.

— Vous ne viviez pas avec vos parents ? demanda l'enfant.

— Non. Mes parents sont morts quand j'étais petit, et mon oncle Anderson a été le seul à vouloir de moi. C'était ça ou aller vivre dans la réserve cherokee. Aujourd'hui, je me dis que ç'aurait peut-être été plus marrant de vivre avec le peuple de ma mère…

— Vous êtes indien ? s'exclama Mack.

— En partie, seulement, répondit Rourke. Du côté de ma mère.

— Ouah ! s'émerveilla Mack. On étudie les Cherokee, à l'école. Ils chassaient avec des sarbacanes, et ils avaient leur propre alphabet. On les a chassés de Géorgie en 1838, et ils sont partis sur le Sentier des Larmes. Notre maître nous a dit qu'on s'était débarrassé d'eux parce qu'il y avait de l'or sur leurs terres.

Rourke sourit.

— Eh bien, dis donc, tu m'as l'air d'un garçon très doué !

Les épaules de Mack s'affaissèrent brusquement.

— Pas si doué que ça, marmonna-t-il. Monsieur Kilpatrick, si on sait que quelqu'un fait quelque chose de mal et qu'on n'en parle pas, est-ce qu'on est aussi coupable que lui ?

Rourke étudia longuement le gamin avant de répondre.

— Si quelqu'un commet un acte délictueux et que tu ne le dénonces pas, cela fait de toi son complice. Mais, attention, Mack, il y a souvent des circonstances atténuantes. Rien n'est jamais tout blanc ou tout noir.

— Billy Dennis était mon ami, dit Mack tristement.

Je n'aurais jamais cru qu'il se droguait. Ce n'était pas son genre, ou, en tout cas, c'est ce que je pensais.

— Il n'y a pas vraiment de genre, répliqua Rourke. Pour une raison ou pour une autre, chacun de nous peut se tourner, un jour, vers les drogues ou l'alcool.

— Mais pas vous, je parie ?

— Détrompe-toi ; je ne suis pas différent des autres. Quand mon oncle Sanderson est mort, j'ai passé la moitié de la nuit à me soûler dans un bistrot. Je ne bois pas, en règle générale, mais j'ai mal supporté la disparition du vieil homme. Je l'aimais comme un père, et c'était la seule famille qu'il me restait.

— Vous voulez dire que vous êtes seul au monde ? demanda Mack avec des yeux ronds. Vous n'avez plus personne nulle part ?

Rourke se releva et fourra les mains dans ses poches. Pendant quelques instants, il regarda les trains d'un air absent, puis il dit :

— J'avais un chien, mais il était dans ma voiture quand la bombe a explosé. Je n'avais d'autre famille que lui.

— Ça, c'est vraiment trop dur, compatit Mack. Nous aussi, on avait un chien, et on a tous pleuré quand le facteur l'a écrasé. Il faisait partie de la famille.

Rourke hocha la tête. Il avait très envie d'interroger Mack sur ce qu'il savait — car quelque chose, à l'évidence, le tracassait —, mais il était trop tôt. Il devait attendre de mieux le connaître.

Becky apparut soudain sur le seuil.

— Je suis prête !

Rourke contempla le charmant spectacle qu'elle offrait dans sa tenue décontractée, ses cheveux tombant librement sur ses épaules. Elle avait un air d'insouciance qui faisait plaisir à voir.

— M. Kilpatrick aime les trains, claironna Mack.

— Et comment ! confirma Rourke. D'ailleurs, j'ai bien envie de partir tout de suite pour aller m'acheter un circuit.

Mack et Becky éclatèrent de rire. Puis Rourke la prit par la main et se tourna vers l'enfant.

— Nous allons visiter la ferme. Est-ce que tu veux venir avec nous ?

— Je voudrais bien, mais je dois rester au cas où grand-père appellerait, répondit Mack d'un air important. Quand Becky n'est pas là, c'est moi qui m'occupe de lui. Je sais lui donner ses médicaments et tout ça.

— Je suis sûr qu'il est bien content de pouvoir compter sur toi, déclara Rourke. Merci de m'avoir montré tes trains. Ils sont de toute beauté.

— Vous pouvez revenir quand vous voulez, répondit Mack. Et, euh..., si vous achetez un circuit, est-ce que je pourrai venir le voir ?

— Bien entendu.

Le jeune garçon le remercia d'un sourire radieux.

— Nous serons à portée de voix, dit alors Becky. Appelle-moi, en cas de besoin.

— D'accord.

Cette affaire réglée, Becky conduisit Rourke à l'arrière de la ferme, où les poules partageaient la cour avec les deux vaches. Dans la grange délabrée, du foin de l'an dernier passait à travers les planches du grenier, mais il n'en restait presque plus. Becky regarda les rares bottes avec inquiétude, se demandant comment elle ferait les foins, cette année, sans l'aide de son grand-père. La voix de Rourke vint la tirer de ses pensées.

— Est-ce vous qui trayez les vaches ?

— Oui. Mack m'aide, depuis quelque temps. Il se

débrouille très bien. Nous barattons, et nous faisons nous-même notre beurre.

Rourke s'arrêta, manifestement étonné.

— Par choix ?

— Non, répondit-elle avec un petit sourire. Par nécessité. Notre budget est très serré, vous savez. Mais avec les volailles, les conserves que je fais et le quartier de bœuf que nous achetons pour le congeler, nous arrivons à nous en sortir. Je faisais mes vêtements moi-même, mais le tissu est si cher, aujourd'hui, que je préfère les acheter.

— A propos de vêtements, vous devez passer un temps fou à repriser ceux de vos frères, avança-t-il.

— Ceux de Mack, oui. Clay achète les siens, maintenant, répondit-elle avec une amertume inattendue. Des vêtements de marque. Il ne supportait plus ses vieux habits.

— Il est assez grand pour acheter ses vêtements, observa Rourke. Et cela vous fait une dépense en moins.

— Oui, mais…

Il plissa les yeux, attendant la suite.

— Mais quoi ?

Becky tourna le visage vers lui. Elle aurait voulu se confier à lui, mais elle ne parvenait pas à lui faire part de ses soupçons. Quoi que Clay ait fait, il était son frère.

— Oh, rien, répondit-elle avec un sourire contraint. Et, donc, la grange date du tout début du XXe siècle. Le bâtiment originel a brûlé en 1898. Nous en avons une photo. Si vous voulez, je vous la ferai voir.

Rourke la laissa changer de sujet sans intervenir. Ils auraient tout le temps de reparler de Clay. Pour l'heure, il se contentait d'apprécier son dimanche. Il passait seul la plupart de ses week-ends, et le changement lui plaisait.

Becky le guida à travers un champ où l'éteule subsistait, puis dans un bosquet de pacaniers et de chênes qu'un ruisseau traversait. Sur la rive du cours d'eau se trouvait une vieille souche, sur laquelle ils s'assirent côte à côte.

— C'est la souche à bouder de mon grand-père, expliqua Becky avec un sourire nostalgique. Il a coupé l'arbre parce qu'il voulait un siège pour pêcher, mais il nous disait toujours que c'était sa souche à bouder. Il venait s'asseoir ici quand ma grand-mère l'énervait. Au bout d'un certain temps, il avait trop faim pour rester, et il rentrait à la maison.

— Quel genre de femme était votre grand-mère ? demanda-t-il.

— Je crois que je lui ressemble beaucoup, répondit Becky. Elle n'était pas jolie, mais elle était pleine d'humour et s'y entendait en cuisine. Lorsqu'elle se fâchait contre mon grand-père, elle lui jetait des objets au visage. Une fois, elle lui a jeté une assiette de porridge. Je ne vous dis pas dans quel état il était !

Rourke renversa la tête en arrière et rit à gorge déployée.

— Et qu'a-t-il fait ? demanda-t-il quand il se fut un peu calmé.

— Il est allé prendre une douche, dit Becky. Et ensuite, lui et ma grand-mère se sont enfermés dans leur chambre et y sont restés pendant un long moment.

Elle soupira.

— Ils étaient si heureux ! Je suis sûre que le fait que mon père et ma mère ne s'entendaient pas les a blessés profondément. Mon père avait toujours des problèmes avec la justice, ou avec quelqu'un à qui il devait de l'argent, ou avec le mari d'une de ses maîtresses. C'était un coureur de jupons, et je pense que c'est ce qui a tué maman. Un jour, elle a attrapé une pneumonie, et elle s'est laissée mourir. Nous lui donnions ses médicaments, mais elle avait perdu le goût de vivre.

— Il y a des hommes qui ne sont pas faits pour le mariage, commenta Rourke. Dommage que votre père n'en ait pas pris conscience avant de se jeter à l'eau.

Becky haussa les épaules, fataliste.

— Quoi qu'il ait fait, il reste mon père, bien sûr. Mais j'en étais venue à redouter ses visites. Il avait toujours besoin d'argent, et il trouvait normal que nous lui en donnions. Parfois, il nous enlevait même le pain de la bouche, mais mon grand-père ne lui refusait jamais rien.

Elle considéra distraitement le ruisseau, sans remarquer l'expression meurtrière de Rourke.

— Je ne peux pas condamner mon grand-père, conclut-elle. Je pense que je ferais pareil pour mes enfants.

Rourke préféra se taire. Il contemplait Becky en essayant d'imaginer les épreuves qu'elle avait dû traverser. Pourtant, elle ne se plaignait jamais de son sort, et elle restait attachée à son père. Elle excusait même le comportement de son grand-père, alors que ce dernier aurait dû…

— Vous pensez que mon grand-père avait tort, n'est-ce pas ? dit-elle alors comme si elle lisait dans ses pensées. Vous êtes un homme très strict, monsieur le procureur.

— Oui, c'est vrai, reconnut-il. On dit même de moi que je suis inflexible. Mais il faut bien que certains combattent pied à pied pour la cause du droit, Becky. Sinon, les criminels gouverneraient le monde. Malheureusement, nous sommes peu nombreux à garder une éthique. La corruption sévit dans l'administration à un point que vous ne soupçonnez pas.

— Et personne ne fait rien ? demanda-t-elle innocemment.

— Quelques-uns d'entre nous résistent. Mais que voulez-vous faire quand ceux que vous essayez de faire condamner possèdent richesse et puissance ?

— Mmm… Je commence à comprendre.

— Bien. Dans ce cas, nous pouvons parler d'autre chose, dit Rourke. Où voulez-vous manger, demain ?

— Nous déjeunons encore ensemble ? fit Becky.

Sa réaction amusa Rourke.

— Vous vous lassez déjà de moi ? demanda-t-il.

— Oh non ! répondit-elle avec une ferveur qui lui fit regretter de l'avoir taquinée.

Il plongea le regard dans celui de Becky et s'y sentit sombrer. Elle avait des yeux d'alcôve, se répéta-t-il. Sous ces pupilles noisette couvaient des braises qui pouvaient enflammer un homme pour la vie. Et Rourke n'avait plus aucun désir d'échapper au brasier.

Il se mit debout. Quand il tendit la main à Becky, il lui sembla entendre les battements du cœur de la jeune femme mêlés aux doux gazouillis du ruisseau. Elle se leva volontiers, glissa les mains sous son blouson et les posa contre les muscles de son torse. Là, elle sentit battre le cœur de Rourke au même rythme que le sien. Elle leva le visage vers lui, impressionnée par la noirceur farouche de son regard, la rudesse de ses traits.

Il la prit par la taille et la tint contre lui, les yeux dans les siens, jusqu'à ce qu'elle ait l'impression que son âme était mise à nu par ce regard qui la fouaillait. Alors, elle voulut détourner les yeux, mais il l'en empêcha.

— Non ; regardez-moi.

— Je ne peux pas…, murmura-t-elle.

— Si, vous pouvez, répondit-il sur le même ton. Je vois jusqu'au fond de votre être.

— Rourke ! implora-t-elle.

— Mordez-moi, exigea-t-il contre la bouche de Becky.

Il l'avait déjà embrassée, mais jamais avec une telle passion. Il lui donna envie de le mordre et de le griffer. Il avait réveillé quelque chose en elle qu'il n'avait pas touché avant, et elle laissa libre cours à ses pulsions, lui mordillant les lèvres, faisant courir ses ongles sur le torse de Rourke à travers sa chemise.

— Otez-la-moi, ordonna-t-il d'une voix rauque. Caressez-moi.

La bouche de Rourke pillait la sienne avec une férocité qui l'aurait effrayée voilà encore quelques jours. Mais, maintenant, elle éprouvait une soif égale à la sienne — la soif de connaître la moindre parcelle de son corps, à commencer par celle qu'elle avait sous les mains. D'un geste impatient, elle ouvrit sa chemise et se mit à explorer la toison frisée qui couvrait sa poitrine. Le contact était si intime qu'elle en soupira de bonheur. Sans qu'il l'y force, elle plaqua son ventre contre lui, se délectant du désir impérieux qu'elle faisait naître en lui.

— Becky ! gémit-il, effrayé par l'intensité de sa propre réaction.

Privé de libre arbitre, il la souleva contre lui pour que son corps épouse le relief de sa virilité. Submergée de volupté, elle se sentit fondre, se mit à vibrer dans ses bras.

Brusquement, sur un sursaut de volonté, il la reposa, lui tourna le dos et s'appuya des mains contre le tronc d'un chêne, tremblant de frustration. Il devenait de plus en plus dur de résister. Becky était prête à s'offrir à lui, mais il se refusait à l'entraîner dans un acte qu'elle regretterait par la suite. Il pouvait garder sa raison, faire en sorte que son corps se calme.

Becky se rassit lourdement sur la souche et s'enveloppa dans ses bras, le regard fixé sur le sol. Elle avait conscience qu'ils se dirigeaient tout droit vers un désastre, s'ils continuaient dans cette direction. Rourke avait assez de respect pour elle pour se dominer, mais son désir insatisfait le torturait. Elle avait mauvaise conscience de poursuivre une relation qui ne mènerait à rien. Il avait parlé d'amitié, mais cela ne suffirait pas.

— Vous ne devriez plus me revoir, Rourke, dit-elle avec un calme qu'elle ne ressentait pas. Ça ne marchera jamais entre vous et moi.

Il se redressa et se retourna pour lui faire face. Il était pâle, mais il avait repris assez de son sang-froid pour se maîtriser.

— Vous croyez ? fit-il. Pourtant, il me semblait que je venais de prouver le contraire.

— Ce n'est pas juste de demander à un homme de subir ce que vous subissez, répliqua-t-elle. S'il n'y avait que moi et mes principes, je ne crois pas que j'aurais la force de vous repousser. Mais je dois aussi penser à ceux dont j'ai la charge.

Rourke se rassit à côté d'elle et lui pressa doucement la main.

— Je ne vous demande rien, Becky, assura-t-il. N'ayez crainte, nous nous débrouillerons.

Avec un sourire en coin, il ajouta :

— J'apprécie trop votre compagnie pour accepter de ne plus vous voir. Je peux contrôler mes hormones. Si cela devient trop pénible, je vous le dirai.

Peu convaincue, Becky fit la moue.

— Vous souffrez, dit-elle. Croyez-vous que je ne le sais pas ? Rourke, je suis un dinosaure. On ne m'a jamais préparée à affronter le monde réel, et j'ai toujours vécu comme une recluse. Vous méritez plus que ce que j'ai à vous offrir.

— Vraiment ?

Il lui prit le visage entre les mains et l'embrassa avec tendresse. Puis il reprit :

— Vous faites parfaitement l'affaire, je vous remercie. Mais, dorénavant, nous ferions mieux de rester seuls le moins possible, vous et moi.

Elle le sonda du regard.

— Etes-vous bien sûr que c'est ce que vous souhaitez, Rourke ?

— Oh oui, j'en suis sûr et certain, répondit-il avec ferveur. Et, maintenant, cessez de vous tourmenter à mon sujet et invitez-moi plutôt à aller terminer cette tarte délicieuse que vous avez faite pour le déjeuner. Les émotions m'ont creusé l'appétit, voyez-vous.

Becky se mit à rire, et la tension qu'elle avait accumulée fondit comme neige au soleil.

— D'accord.

Main dans la main, ils retournèrent alors à la ferme, prenant bien garde à ne plus mentionner ce qui s'était passé dans le bosquet.

Mais quand vint la nuit, Becky en rêva. Elle rêva aussi que Rourke l'allongeait dans l'herbe et la déshabillait. Le corps en feu, le souffle court, elle le regardait se déshabiller à son tour. Cet épisode était assez flou, toutefois, car elle n'avait jamais vu d'homme nu. Et ce qui suivit ne fut pas plus net. Certes, elle avait vu un film osé, une fois, en compagnie de Maggie, mais le couple faisait l'amour sous une couverture, gémissant, soupirant et crispant les mains sur les draps. Il lui semblait qu'il devait y avoir un peu plus que ça…

Mais le réveil sonna, et elle se réveilla.

Chapitre 13

Les semaines qui suivirent furent les plus heureuses que Becky ait jamais vécues. La seule ombre au tableau fut que Rourke alla se réinstaller au palais de justice, dans son bureau remis à neuf, mais il lui promit qu'ils se verraient toujours autant. Becky en doutait, mais il tint parole ; il parvint à s'arranger pour qu'ils déjeunent en tête à tête au moins deux fois par semaine. Et de toute façon, comme le disait Rourke, ils passaient tous leurs week-ends ensemble. Le plus souvent, ils allaient pique-niquer au bord d'un lac, ou bien Rourke l'emmenait visiter un site ou un autre, et ils mangeaient au restaurant. Becky prenait un grand plaisir à ces sorties dominicales, et elle était de plus en plus amoureuse de lui.

Pourtant, depuis l'épisode du bosquet, leur relation manquait singulièrement de passion, même s'ils s'étaient mis à se tutoyer. Becky regrettait les caresses et les baisers de Rourke, mais elle ne voulait pas lui rendre les choses plus difficiles que ce qu'elles l'étaient déjà, et elle se contentait donc de l'affection qu'il lui témoignait.

Un samedi, ils firent le tour des animaleries pour lui acheter un nouveau chien. Comme ils ne trouvaient pas de basset, ils fixèrent leur choix sur un scotch-terrier. La petite boule de poils noirs était adorable. Rourke fut tout de suite conquis par ses pitreries, et décida de l'appeler Mac en raison de ses origines. Lorsqu'ils partaient pique-niquer, à présent, Mac les accompagnait.

De temps en temps, quand Clay ne sortait pas et pouvait se charger du grand-père, Mack se joignait aussi à eux. Lui et Rourke s'entendaient à merveille, et le garçon prêtait toujours une oreille attentive à ce que l'adulte disait. En revanche, les relations entre Clay et Mack ne s'étaient pas améliorées, mais Clay était tellement déprimé qu'il ne semblait pas prêter attention à l'attitude de son frère. Et il avait rompu tout lien avec Becky. Il ne lui parlait plus, la considérait manifestement comme une étrangère.

Un beau jour de mai, Lincoln Davis annonça sa candidature au poste de procureur. Pour l'occasion, il donna un barbecue géant, auquel il invita tout ce que la ville comptait de notabilités, y compris Rourke. Mais ce dernier déclina l'invitation : il n'avait pas envie de servir de cible à Davis.

Ce n'était que partie remise. Deux jours plus tard, en effet, Davis fit paraître un article dans la presse locale dans lequel il s'attachait principalement à critiquer le travail de Rourke. A l'en croire, le procureur actuel ne faisait pas ce qu'il fallait contre les revendeurs de drogue, et son enquête sur la mort d'un enfant de l'école primaire piétinait. En lisant ces propos, Rourke fit la moue. Si la première affirmation n'était rien moins que fantaisiste, la seconde, en revanche, était vraie. Pas plus la police que ses propres enquêteurs n'avaient pu, jusqu'ici, établir un lien entre les Harris et le crack qui avait tué le jeune Dennis.

Toutefois, l'affaire progressa de façon inattendue le jour où Mack se confia à lui.

Cela se passa au cours d'un week-end, alors que Rourke était à la ferme. En attendant Becky, il regardait Mack jouer avec ses trains, quand le jeune garçon se redressa soudain, jeta un coup d'œil dans le couloir et referma sans bruit la porte de sa chambre. Il vint s'asseoir au bord du lit, à côté de Rourke, et réfléchit une bonne minute avant de se décider à parler.

— Monsieur Kilpatrick, il faut que je vous dise quelque chose. Je ne peux pas en parler à Becky, parce que je ne veux pas qu'elle se fasse encore plus de souci, mais ça me pèse trop sur la conscience pour que je le garde pour moi, attaqua-t-il d'une voix étranglée. Le mois dernier, Clay m'a demandé de lui dire qui pourrait acheter de la drogue, à l'école où je vais. Quand je l'ai envoyé promener, il s'est mis en colère.

Au bord des larmes, Mack assura :

— C'est mon frère et je l'aime, même s'il n'est qu'un sale voyou. Seulement, je ne veux pas que d'autres enfants meurent. Alors, voilà : je l'ai entendu parler avec Sony Harris, au téléphone. Ils se sont donné rendez-vous au parking du Quick-Shop vendredi à minuit. C'est une grosse affaire, et Clay ne voulait pas y aller, mais Sony a dû le menacer, parce qu'il a fini par dire oui.

A ce point de son récit, Mack éclata en sanglots. Rourke le prit dans ses bras pour le réconforter. Il ne connaissait pas grand-chose aux enfants, mais il apprenait vite. Celui-ci avait un grand cœur. Ça lui faisait mal de dénoncer son frère, mais il craignait qu'il soit en danger.

— Je ferai mon possible pour Clay, promit-il en donnant son mouchoir au garçon pour qu'il sèche ses larmes. Et personne, surtout pas Becky, ne saura d'où je tire mes informations. Ça te va ?

Mack acquiesça d'un mouvement de tête.

— Est-ce que j'ai bien fait ? demanda-t-il d'un air misérable. J'ai l'impression d'être un sale mouchard.

— Mack, il faut parfois beaucoup de courage pour faire ce qu'il convient. Je comprends que cela n'a pas été facile de choisir entre ton frère et tes principes. Mais si ces dealers continuent, d'autres de tes camarades d'école y laisseront la vie. Les Harris sont responsables de ce trafic. Si je peux les coffrer, un grand nombre d'innocents échapperont à la drogue. Quant à ton frère, si, comme tu l'as dit, les Harris le menacent pour qu'il reste avec eux, je pourrai peut-être lui proposer une remise de peine en échange de son témoignage. Nous verrons cela en temps utile. Est-ce que ça te paraît correct ?

— Je crois, oui, répondit Mack.

Il poussa un profond soupir. Même si son frère risquait de se retrouver en prison à cause de sa trahison, sa confession lui avait ôté un grand poids de la conscience.

Le lundi, Rourke entama une nouvelle semaine infernale, au cours de laquelle sa secrétaire et lui faillirent sombrer dans la folie en essayant de programmer les procès dont ils avaient la charge, en envoyant leur assignation à certains témoins et en s'assurant auprès d'autres qu'ils comparaîtraient bien, en peaufinant des dizaines de dossiers… L'un dans l'autre, c'était un cauchemar de travail administratif qui s'avérait parfois payant, mais qui, dans de nombreux cas, n'aboutissait qu'à une chienlit désespérante face à l'inertie d'une partie du parquet.

Telles étaient les réflexions de Rourke, le vendredi, tandis qu'il considérait d'un œil morne les restes d'un déjeuner tardif gisant sur son bureau à côté de la pile de dossiers qu'il restait à traiter. Une pensée consolante fit naître sur ses lèvres un rictus malicieux. Si Lincoln Davis avait la moindre idée de ce qui l'attendait, il s'abstiendrait sans doute de briguer ce poste. Quel dommage que nul ne songe à le prévenir !…

Hier, Rourke avait téléphoné à l'un de ses contacts au sein de la police pour l'avertir de la transaction qui devait avoir lieu sur le parking du Quick-Shop. Il s'agissait d'un homme sûr, de ceux, espérait-il, qu'on ne pouvait corrompre. Cependant, pour plus de sûreté, il mit aussi Dan Berry sur le coup, puis partit passer prendre Becky.

Une fois n'est pas coutume, Clay était chez lui. Les Cullen finissaient de dîner, et l'aîné des garçons paraissait plus nerveux que jamais. Lorsqu'il vit Rourke, son visage se crispa de colère.

— Encore vous ! lança-t-il en se levant brusquement. Vous n'avez qu'à venir vous installer ici, pendant que vous y êtes !

— Eh bien, j'y songe, justement, répondit Rourke, imperturbable, tout en tirant une bouffée de son cigare. Becky serait sans doute heureuse que je lui apporte mon aide, puisqu'elle ne peut compter sur toi.

Clay s'empourpra. Ne trouvant rien à répliquer, il pesta sourdement et partit d'un pas furibond en claquant la porte.

— Vous n'avez pas le droit de sermonner mon petit-fils ! s'insurgea alors le grand-père.

— Vraiment ? rétorqua Rourke. Dans ce cas, il n'a qu'à bien se tenir.

Le vieil homme le fusilla du regard et se leva.

— Je vais me coucher, Becky, maugréa-t-il. Je ne me sens pas dans mon assiette.

— Veux-tu que je reste avec toi, ce soir ? demanda aussitôt Becky, l'air inquiet.

Rourke serra les dents. « Mais, bon sang, ne vois-tu donc pas qu'il joue sur ta compassion ? » avait-il envie de hurler. Mais il s'en abstint ; il n'avait pas à se mêler des histoires familiales de Becky.

Son grand-père la contempla en hésitant. Il faillit lui demander de rester, mais l'expression de son visage l'en dissuada.

— Non, je suis juste un peu barbouillé, finit-il par répondre. Je ferai une partie de dames avec Mack, c'est d'accord, mon grand ?

— Bien sûr, dit Mack d'un air las. Amuse-toi bien, Becky.

— Je ne rentrerai pas tard, promit-elle.

Elle prit son pull — parce qu'il faisait plutôt frais, pour la saison — et le mit sur ses épaules. C'était une mesure de prudence, car elle ignorait où Rourke l'emmenait. Il avait téléphoné en fin d'après-midi pour lui dire qu'il avait un travail à finir et qu'il ne viendrait la chercher qu'après dîner, mais n'avait pas donné plus de précision.

— Où allons-nous ? lui demanda-t-elle une fois qu'ils furent dans sa voiture.

— Chez moi, répondit-il. Je me suis dit que tu étais sans doute curieuse de connaître l'endroit où je vis.

Becky observa son profil. Elle se demandait s'il était aussi nostalgique qu'elle des moments d'intimité qu'ils avaient vécus par le passé. Elle, en tout cas, mourait d'envie qu'il la serre dans ses bras, et même, oui, qu'il lui fasse l'amour. Puisqu'elle l'aimait, avait-elle fini par se dire, il n'y avait rien de plus naturel que de s'offrir à lui. Mais avant de sauter le pas, elle voulait qu'il s'engage davantage, qu'il lui parle d'un avenir commun. Car s'il avait l'air de tenir à elle, il n'avait jamais évoqué le mariage, ni même une relation durable.

Après une demi-heure de trajet, ils arrivèrent dans l'un des quartiers les plus chics de Curry Station, et Rourke s'engagea dans une longue allée qui menait à un garage. Pour ce qu'elle en vit en passant, la maison attenante avait beaucoup de style. A la lumière du jour, elle devait être de toute beauté, avec cette vaste pelouse qui l'entourait.

Du garage, il la fit entrer directement dans un cabinet de travail au sol recouvert d'une épaisse moquette. Il donnait dans un salon, d'où l'on pouvait voir une entrée et une salle à manger.

— C'est immense ! s'exclama Becky.

— Beaucoup trop grand pour moi, en réalité, répliqua-t-il. Mais je vis dans cette maison depuis trop longtemps pour en changer.

A ce moment-là, le scotch-terrier arriva en jappant dans la pièce et se précipita sur son maître.

— Salut, Mac ! fit Rourke en s'accroupissant pour le caresser. Grâce à Dieu, j'ai réussi à lui apprendre à ne pas s'attaquer au papier, sinon nous serions dans de beaux draps, lui et moi, dit-il à Becky. Allons, viens, Mac… Je vais le laisser dans la cuisine avec le reste de son dîner. D'habitude, je l'envoie se coucher bien avant moi pour pouvoir travailler tranquille. Il peut être assez pénible quand il veut qu'on s'occupe de lui.

— Tu ramènes souvent du travail chez toi ? demanda Becky.

— Je suis bien obligé, répondit-il en enfermant le chien dans la cuisine. Lincoln Davis rêve de prendre ma place, mais s'il se doutait du travail qui l'attend, il changerait d'avis.

Rourke la reconduisit au salon, où Becky admira les meubles anciens, puis s'extasia devant la cheminée.

— Elle est magnifique, déclara-t-elle. Est-ce que tu fais souvent du feu ?

— Pas vraiment, non. Ces bûches sont artificielles. Elles dissimulent un chauffage au gaz, expliqua-t-il avec un petit sourire. Veux-tu boire quelque chose ?

— Que me proposes-tu ?

— A vrai dire, je n'ai que du whisky, répondit-il en sortant du bar une carafe en cristal et deux verres. Mais je noierai le tien, ne t'inquiète pas.

Il servit leurs verres, donna le sien à Becky et s'assit à côté d'elle sur le canapé.

Elle but une gorgée et fit la grimace. C'était plutôt raide, même noyé d'eau ! Elle sourit à Rourke qui épiait sa réaction, et lança :

— Comme dragueur, tu n'es vraiment pas très doué. Je te signale que tu es censé me soûler, avant de m'entraîner dans ton lit.

Rourke fronça les sourcils.

— Tu crois ? Mais, bon sang, pourquoi ne me l'as-tu pas dit plus tôt ?

— Tu le sauras pour la prochaine fois, répliqua Becky.

Sur ce, elle ôta ses chaussures et replia ses jambes sur le canapé avec un soupir de bien-être. C'était si bon d'être ici avec Rourke ! Mais quand elle se tourna vers lui, son regard était perdu dans le vague, et il semblait préoccupé.

— Qu'est-ce qui ne va pas ? demanda-t-elle.

Il revint brusquement au présent et secoua la tête.

— Pardonne-moi, s'excusa-t-il. Il arrive que certaines

affaires m'obsèdent. Ce soir, j'ai du mal à faire le vide dans mon esprit.

— Je peux t'y aider, assura Becky.

Malgré le trac qui lui nouait l'estomac, elle posa posément son verre sur la table, puis elle prit celui de Rourke de ses mains et le mit à côté du sien. Ensuite, le cœur battant à tout rompre, elle s'installa sur ses genoux et noua les bras autour de son cou.

Le parfum de Becky, la chaleur qui émanait de son corps éveillèrent aussitôt le désir de Rourke. Il avait envie d'elle depuis trop longtemps et, ce soir, il était prêt à tout. Elle aussi, apparemment. Il lisait une certaine appréhension dans le regard qu'elle fixait sur lui, mais ses lèvres étaient déjà légèrement entrouvertes, et l'expression de son visage en disait long sur ses intentions.

— Je te trouve bien audacieuse, ce soir, dit-il d'une voix déjà rauque. Très bien. Voyons un peu jusqu'où va ta bravoure.

Joignant le geste à la parole, il baissa les yeux sur sa robe et commença à la déboutonner. D'abord le bouton du haut, puis le suivant… Au troisième, il dévoila la naissance de ses seins. Becky lui saisit tout d'un coup la main et l'arrêta.

— En définitive, tu n'es pas aussi brave que cela, la taquina-t-il gentiment.

— Ce… Ce n'est pas ça, murmura-t-elle en baissant les yeux. Je suppose que tu as l'habitude des femmes qui peuvent s'offrir de la lingerie fine… Or, mes sous-vêtements n'ont rien de sexy. Ils sont en coton et très ordinaires. Je ne veux pas que tu les voies.

Rourke n'en crut pas ses oreilles. Il la força doucement à le regarder dans les yeux.

— Crois-tu vraiment que cela ait une quelconque importance ? demanda-t-il. Je ne l'aurais même pas remarqué.

Ce n'est pas ton soutien-gorge qui m'intéresse, ce sont tes seins.

Becky piqua un fard. Les paroles de Rourke lui enflammaient les sens.

— Tu rougis, observa-t-il.

Il écarta sa main pour poursuivre ce qu'il avait commencé. Quand il eut déboutonné sa robe jusqu'à la taille, avec une lenteur qui exacerba le désir de Becky, il fit une pause et plongea le regard dans le sien.

— Est-ce que ça te choque de me laisser ouvrir ta robe ?

— Oui, avoua-t-elle en un souffle, priant le ciel qu'il continue.

Le sang de Rourke lui cognait dans les tempes. Il rêvait de ce moment depuis des semaines, et le désir obscurcissait sa réflexion. Il pensait seulement que Becky était vierge, qu'elle n'avait jamais connu d'homme, mais qu'elle était prête à se donner à lui. Et cette idée suscitait en lui un maelström de sensations qu'il n'avait pas connues depuis l'adolescence.

Il voulait faire durer ce plaisir, en savourer la moindre seconde.

— Tu as du mal à respirer, n'est-ce pas ? dit-il d'une voix sourde.

— Oui, reconnut-elle en un murmure.

Il effleura son ventre du bout des doigts, traça un sentier brûlant jusque sous sa poitrine et redescendit jusqu'au nombril — une lente torture qu'il répéta encore et encore, sans la quitter des yeux, jusqu'à ce qu'elle commence à se tendre vers lui au rythme de ses caresses. Au bout d'un moment, elle voulut étouffer un soupir, mais n'y réussit pas.

De sa main libre, il agrippa alors une touffe de ses cheveux tout en continuant à embraser son corps. La douleur exquise lui coupa le souffle. Elle ne songeait plus qu'à la main qui s'approchait et s'éloignait de sa poitrine, et son corps tout entier suppliait qu'elle monte plus haut.

Enfin, la main lui coiffa un sein et se mit à jouer avec le mamelon. Et Becky gémit, soupira, tandis que son corps se convulsait sous la caresse.

Rourke n'en revenait pas de sa réaction. Il n'aurait jamais cru qu'une femme vierge puisse être aussi sensuelle, excitée à ce point aussi facilement. Mais il voyait sur son visage que Becky ne simulait pas, et cela ne fit qu'augmenter son désir. D'un geste impatient, il fit glisser la robe de ses épaules et la débarrassa de son soutien-gorge.

Quand la bouche de Rourke s'empara de ses seins, Becky sentit une boule de plaisir se former dans son ventre, et la sensation s'accrut jusqu'à ce que la tension devienne presque insupportable. Instinctivement, elle le prit par la nuque et le pressa contre elle, adorant le contact de ses dents sur le bout de son sein. Il fit tant et si bien que la tension qui habitait son corps se brisa soudain en une explosion de bonheur.

Rourke était en feu. De toute sa vie, il n'avait jamais rien connu de si délirant, de si… incontrôlable. Il finit de la déshabiller avec une idée fixe : se coucher sur elle et la posséder. Ses mains tremblaient sur sa peau soyeuse, sa bouche explorait son corps, le savourant, dans le silence de la pièce seulement troublé par les petits cris de jouissance de Becky et par son propre souffle.

Il enleva ses chaussures, mais son pantalon était trop serré, et il jura en s'en libérant. Il ôta sa chemise et son slip, et pendant tout ce temps, sa bouche ne quitta pas le corps de Becky, la gardant sous son emprise jusqu'à ce qu'il soit nu.

La bouche de Rourke mettait ses nerfs à vif. Elle brûlait

d'un désir qu'il s'appliquait à porter à son comble, ses mains explorant ses territoires les plus secrets, sa bouche, à la jonction de ses cuisses, maintenant, la faisant crier de plaisir.

Elle était allongée sur le dos, sur le tapis, vibrant de tout son corps, quand les lèvres de Rourke se mirent à remonter avec une lenteur sensuelle sur son ventre, sur ses seins, et finirent par trouver sa bouche. Leurs langues se lancèrent alors dans une joute toute de tendresse, en même temps qu'il la couvrait de son corps. Elle lui ouvrit ses jambes, bien trop excitée pour lui résister, avide de le connaître, avide de le sentir en elle.

A ce moment-là, il leva la tête et la fixa dans les yeux.

— Regarde plus bas, dit-il. Regarde-nous.

Elle suivit son regard là où leurs ventres se joignaient. Alors, il entra en elle, sans douceur.

Le choc d'assister à l'acte, de se voir unie à cet homme de la façon la plus intime qui soit, bouleversa Becky, effaça presque la douleur. Elle aspira l'air entre ses dents serrées quand il la posséda totalement, d'une seule poussée.

— Tu es… en moi, s'extasia-t-elle d'une voix altérée.

Cette remarque naïve fouetta le désir de Rourke.

— Oui. Et, Dieu, que c'est bon ! grogna-t-il.

Il se mit à bouger en elle en un lent et profond mouvement, les dents serrées, essayant vaille que vaille de se maîtriser, suivant la montée de la vague sublime dans les yeux grands ouverts de Becky. Très vite, la respiration de la jeune femme se précipita, jusqu'à ce qu'un long « ouiii ! » s'échappe de ses lèvres.

— Je vais t'emmener au paradis ! parvint-il à murmurer comme en un dernier souffle.

Le corps de Becky se tendit. Son ventre en feu suppliait d'exploser, et elle ferma enfin les yeux tandis que des sons se formaient dans sa gorge qu'elle ne songeait même plus à retenir — des sons aigus qui ressemblaient plus à des cris qu'à des gémissements. Elle s'arc-bouta pour s'emplir de Rourke, et le plaisir devint si insupportable qu'elle le supplia d'arrêter, avant, la seconde suivante, de l'implorer de continuer.

Elle pantelait, maintenant. Elle entendait des battements de cœur si forts, si rapides que c'en était presque effrayant, mais cette sensation ne dura que l'espace d'un instant. Brusquement, le plaisir se répandit en elle comme un incendie, violent et indomptable, au moment même où Rourke se laissait aller en elle avec un sourd grognement.

Au bout de ce qui lui parut un siècle, Becky revint à elle, comblée, et serra Rourke dans ses bras. Il faisait encore partie de son corps, partie de son âme.

— Oh, seigneur ! soupira-t-elle.

Son émerveillement était si patent que Rourke se souleva sur les coudes et la regarda avec tendresse.

— J'avais trop envie de toi pour me contrôler plus longtemps, avoua-t-il sans fausse honte.

— Moi aussi, j'avais envie de toi, répondit-elle.

Elle n'osait pas le regarder dans les yeux, et cela l'amusa. Avec un petit rire, il s'écarta d'elle et s'allongea sur le tapis.

— Il va falloir que tu t'y habitues, déclara-t-il. Tu vas te rendre compte que faire l'amour, c'est comme manger des cacahuètes. On n'en a jamais assez.

Becky se redressa. Elle se sentait un peu mal à l'aise, embarrassée.

Voyant son expression, Rourke désigna le couloir d'un geste de la main.

— La salle de bains est là-bas, tout au fond.

Becky hocha la tête. Elle saisit sa robe et ses sous-vêtements et partit sans se retourner. Elle s'était donnée à lui sans réserve, avait même pris l'initiative. Qu'allait-il penser d'elle, maintenant ?

Alors qu'elle posait ses vêtements dans la salle de bains, cette pensée la fit rougir de honte.

Elle venait de prendre une serviette dans le placard, quand Rourke entra dans la pièce et sourit lorsqu'elle cacha sa nudité derrière le rectangle de coton.

— Tout va bien, dit-il d'une voix douce en lui retirant la serviette.

Il la prit contre lui, et ce simple contact suffit pour ranimer le feu qu'elle croyait éteint.

Becky eut un hoquet de surprise. Elle ne pouvait pas croire à ce qui arrivait.

Il s'écarta un peu et baissa les yeux sur ses seins. Puis il en effleura les bouts brusquement durcis avec une mine satisfaite.

— Moi aussi, je te désire encore, dit-il. Mais nous allons d'abord prendre une douche. Ensuite, nous ferons l'amour sur le lit, et, cette fois, je prendrai tout mon temps. Je veux te rendre folle de plaisir.

Elle frissonna sous l'impact de ces paroles, mais avant qu'elle ait pu prononcer un mot, Rourke plaqua ses lèvres sur les siennes. Alors, elle s'agrippa à lui avec un gémissement et s'abandonna de nouveau dans ses bras.

Sans aucun effort apparent, il la transporta sous la douche. Ils se lavèrent mutuellement, s'attardant sur des zones intimes, puis Rourke coupa l'eau et les sécha, tout en murmurant des promesses qui la firent trembler d'impatience.

Enfin, il la souleva dans ses bras, l'emmena dans sa chambre et la déposa doucement sur le lit. Avant de la rejoindre, il la contempla longuement, et, pour la première fois, elle prit le temps de le contempler aussi. Sa peau avait la couleur du bronze — mais cette pigmentation ne devait rien au soleil. Un tapis de poils noirs et frisés lui couvrait la poitrine, dont les muscles saillaient. D'ailleurs, des épaules aux cuisses, il était tout en muscles. Et sa virilité ne faisait aucun doute, se dit-elle en trouvant le courage de le regarder intimement et en ne flanchant pas quand le corps de Rourke réagit ardemment à son regard.

Lui l'admirait aussi, repaissant ses yeux de son corps de déesse. Elle était magnifique, songea-t-il, magnifique et éminemment désirable. Et, cette nuit, il allait la rendre heureuse d'être femme.

Il s'allongea et se pencha sur elle avec un sourire de prédateur.

— La lumière, murmura Becky, intimidée par son regard.

— Tout à l'heure, tu n'as pas demandé qu'on l'éteigne, lui rappela-t-il, alors que sa main se posait déjà sur le ventre de Becky.

— Oui, mais... Oh !...

Il venait de trouver la source même de son plaisir, et elle se cambra, frémissante.

— Laisse-toi aller, chuchota-t-il les yeux brillants en la regardant réagir à ses caresses, d'abord timidement, puis avec un total abandon. C'est bien ; laisse-moi te satisfaire. Je veux te donner une idée de ce que tu vas connaître quand je serai en toi. Oui, ma chérie... C'est ça. Viens, maintenant...

Becky poussa un cri, et, soudain, son corps fut agité d'une

série de spasmes, qui la laissèrent sans force et tremblante, comme en état de choc.

— Tu croyais avoir connu l'extase, la première fois ? lui dit Rourke. Eh bien, tu sais que non, maintenant. Mais tu vas en connaître davantage à ce sujet, je te le promets.

Sans plus attendre, il traça un sentier de baisers jusqu'à sa poitrine et se mit à jouer avec ses seins. Le désir revint aussitôt. Les mamelons de Becky se durcirent sous la langue de Rourke. Elle s'arc-bouta par à-coups en gémissant.

La bouche et les mains de Rourke semblaient être partout sur son corps, l'agaçant, la torturant, jusqu'à ce qu'elle pense mourir de frustration. Elle le suppliait, se tortillait sous ses caresses, murmurant des choses dont elle aurait honte demain, mais incapable d'empêcher les mots de franchir ses lèvres.

Enfin, quand il sentit qu'il la rendait folle, Rourke la couvrit de son corps et la pénétra d'un unique et lent mouvement. Elle atteignit l'extase en quelques secondes et sombra sous lui avec un long soupir.

Rourke poursuivit alors pour sa propre satisfaction. Cela lui demanda un long moment, et elle l'accompagna à chaque étape, jusqu'à l'élan final qui le fit se figer en elle avec un gémissement de délice. Jamais au grand jamais il n'avait manqué ainsi défaillir de plaisir.

Il s'effondra sur elle, privé d'énergie, presque trop ébranlé pour respirer.

Après quelques minutes, il roula sur le côté, mais en la gardant dans son étreinte.

— Becky, avoua-t-il, je ne peux plus me passer de toi.

Rourke n'avait jamais rien dit de tel à quiconque. Comme elle se taisait, il se demanda si elle se rendait compte que cet aveu équivalait à une déclaration d'amour de sa part.

En fait, Becky pensait qu'il n'avait à l'esprit que leurs

rapports physiques. Elle parvint à sourire, et nichant son visage contre le cou de Rourke, murmura d'une voix ensommeillée :

— Je t'aime.

Il suspendit son souffle. Ces mots étaient doux à son oreille, même s'il se doutait qu'elle ne les prononçait que pour justifier le fait de s'être donnée à lui.

— Tu m'as fait subir le supplice, affirma-t-elle.

— Je t'ai excitée jusqu'à ce que tu sois folle de désir, corrigea-t-il. C'est pour cette raison que cela a été aussi bon pour nous deux. La première fois, j'ai été beaucoup trop rapide. Je n'ai pas pu me contrôler.

— Moi non plus, confessa Becky. J'avais trop envie de toi.

Elle frissonna, et ajouta en se pressant contre lui :

— D'ailleurs, j'ai encore envie de toi, Rourke.

— J'ai envie de toi, moi aussi, grogna-t-il. Mais recommencer ne serait pas raisonnable. Tu viens de perdre ta virginité. J'aurais peur de te faire mal, ma chérie.

— C'est la première fois que tu me dis « ma chérie ».

— C'est la première fois que nous faisons l'amour, répliqua-t-il.

Soudain, une pensée angoissante lui vint à l'esprit, et il grimaça.

— Becky..., je ne nous ai pas protégés !

A ces mots, deux choses arrivèrent simultanément. Becky se redressa brusquement en prenant conscience qu'ils n'avaient pas pris de précaution, et la sonnerie du téléphone retentit.

Rourke poussa un profond soupir. Puis il tendit le bras et décrocha le combiné.

— Kilpatrick, annonça-t-il d'une voix lasse.

Il écouta ce qu'on lui disait et pâlit.

— Oui. Oui, je comprends, répondit-il en fixant Becky d'un regard accablé. Je serai là demain matin à la première heure… Oui, bien sûr… Bonne nuit.

— Qu'y a-t-il ? demanda Becky que sa mine alarmait.

— Clay vient d'être arrêté sous deux chefs d'inculpation, répondit Rourke. Il est accusé de détention et de trafic de stupéfiants et de tentative de meurtre.

— De tentative de meurtre ? Mais pourquoi ? s'exclama-t-elle d'une voix blanche.

— La police a fouillé la voiture de sa petite amie, expliqua-t-il d'un air sombre. Dans une boîte à outils qui, paraît-il, appartient à Clay, les policiers ont trouvé un pain d'explosif de même nature que celui qui a fait sauter ma voiture. Ils en ont déduit que c'était lui qui avait placé la bombe sous mon capot.

Becky se leva, le visage livide. Elle tendit la main vers ses vêtements…, et tomba comme une masse au pied du lit. Elle s'était évanouie.

Chapitre 14

Quand Becky reprit conscience, Rourke s'était rhabillé et était accroupi à côté d'elle, l'air inquiet, un verre de whisky à la main.

Elle se redressa et repoussa le verre. Puis elle se leva avec difficulté. Elle vit ses vêtements posés sur le lit, et, tournant le dos à Rourke, elle se rhabilla d'une main maladroite. Elle avait les jambes en coton, la pièce dansait devant ses yeux, mais l'état dans lequel elle était l'indifférait totalement. Le ciel venait de lui tomber sur la tête.

— La nouvelle va tuer mon grand-père, murmura-t-elle.

— Certainement pas, répliqua Rourke. Il a la peau plus dure que tu ne crois. Allons, viens, je vais te ramener chez toi.

En passant dans le salon, elle se tourna vers lui pour poser la question qui lui brûlait les lèvres.

— Comment ont-ils fait pour arrêter Clay ?

Rourke avait promis à Mack qu'il ne trahirait pas sa confiance. Cela ne lui laissait d'autre solution que de s'attribuer la responsabilité de la chose.

— Ils ont suivi mes indications, répondit-il en conséquence.

Clay téléphonait, un jour où j'étais chez toi, et j'ai surpris sa conversation.

Au bord des larmes, Becky crispa les poings.

— Est-ce que c'est pour ça que tu es sorti avec moi ?

— Est-il vraiment utile que tu me poses la question, après ce qui s'est passé entre nous cette nuit ?

Becky le dévisagea longuement. Que lui avait-il dit de concret, si ce n'est qu'il ne pouvait se passer d'elle ? Il faisait sans doute allusion à son corps, et, de toute façon, elle avait lu que les hommes disaient n'importe quoi, quand ils venaient de faire l'amour.

— Non, finit-elle par répondre avec un profond sentiment de défaite. Je ne crois pas que ce soit utile, en effet.

Sur ce, elle passa dans le garage. Rourke la suivit, les sourcils froncés. Son attitude le préoccupait. Elle ne se comportait pas comme la Becky qu'il connaissait.

— Ces chefs d'inculpation, ce sont des crimes, n'est-ce pas ? demanda-t-elle alors qu'ils roulaient vers la ferme. Et il me semble que le seul trafic de stupéfiants est puni d'une peine minimum de dix ans d'emprisonnement, c'est bien ça ?

— Ne te mets pas martel en tête maintenant, conseilla Rourke. Il sera bien assez tôt demain, quand le juge l'aura mis en examen et aura fixé le montant de sa caution.

A ces mots, Becky se raidit.

— Clay est en prison ? Comment se fait-il qu'il ne soit pas au centre de détention pour mineurs ?

— Becky, les charges qui pèsent contre lui sont trop lourdes, expliqua-t-il avec un profond soupir. Je ne peux faire autrement que de le poursuivre comme s'il était majeur.

— Non ! se révolta Becky, dont les larmes coulaient maintenant librement sur ses joues. Non, tu ne peux pas faire ça, Rourke ! Ce n'est qu'un gamin, tu le sais bien !

Rourke serra les dents et regarda droit devant lui.

— Je ne suis pas en mesure de changer les règles, rétorqua-t-il. Clay a enfreint la loi et il doit en payer le prix.

— Mais il n'a pas essayé de te tuer ! Je suis certaine qu'il n'a rien à voir là-dedans. Clay n'est pas un monstre. C'est juste un enfant qui n'a pas eu la chance d'avoir un père qui aurait pu lui donner des repères. Tu ne peux pas le condamner à passer le restant de sa vie en prison.

— Cette décision ne m'appartient pas, tenta-t-il de la raisonner.

— Tu pourrais leur dire qu'il n'est pas coupable, dit-elle d'un air désespéré. Tu pourrais refuser de le poursuivre !

— Mais la police a des preuves, bon sang ! s'énerva Rourke. Je ne peux pas faire comme s'il ne s'était rien passé !

Le ton qu'il avait employé ramena Becky à la réalité. Elle inspira profondément pour se calmer. Puis, le regard perdu dans l'obscurité, elle demanda :

— Tu savais qu'ils allaient l'arrêter cette nuit, n'est-ce pas ? Tu le savais avant même de m'inviter chez toi.

— Je savais qu'ils allaient essayer, en tout cas, reconnut-il.

D'un geste las, il alluma un cigare et baissa la vitre. Le fait que Becky pense à son frère sans se soucier de lui le blessait plus que de raison. Clay était soupçonné d'avoir tenté de le tuer, mais c'était uniquement le sort de son frère qui la préoccupait. Rourke aurait pu y laisser la vie, mais, manifestement, cela ne comptait pas, pour Becky.

— Qu'il ait voulu me tuer ne te fait donc rien ? fit-il.

— Si, répondit-elle. Il aurait dû récidiver jusqu'à ce qu'il parvienne à ses fins.

Rourke reçut ces paroles comme un coup de poing dans l'estomac. Il se tut pendant tout le reste du trajet.

Quand ils arrivèrent à la ferme, Becky descendit de voiture sans un mot et se dirigea vers la maison. Ce n'est qu'une fois parvenue sous la véranda qu'elle s'aperçut que Rourke la suivait.

— Où comptes-tu aller ? demanda-t-elle d'un ton glacial.

— J'entre avec toi. Si ton grand-père prend mal la nouvelle, il se pourrait que tu aies besoin d'aide.

Cette idée avait effleuré Becky. Seulement, elle ne voulait pas de l'aide de Rourke, et elle le lui dit.

— Cela te regarde, répliqua-t-il. Mais ça ne m'empêchera pas d'entrer.

Devant son entêtement, elle n'insista pas. Elle ouvrit la porte d'un geste furibond et fit deux pas à l'intérieur. Mais le spectacle qui l'attendait dans le salon la figea sur place.

Etendu sur le sol, les mains sur la poitrine, son grand-père grognait de douleur. Mack était penché sur lui, une pilule à la main, les joues baignées de larmes. Au lieu de se tourner vers Becky, il s'adressa à Rourke d'une voix où perçait l'impuissance.

— Ils ont parlé de Clay, aux infos. Alors, papy a eu une crise, et il s'est écroulé par terre. Et je n'arrive pas à lui faire prendre sa pilule.

— Oh non ! gémit Becky.

Rourke la prit aussitôt par le bras et la força doucement à s'asseoir sur le canapé. Il avait comme l'impression qu'elle était au bout du rouleau.

Puis il s'agenouilla à côté de Mack et lui prit la pilule des mains.

— Allons, monsieur Cullen, dit-il calmement en soulevant la tête du grand-père, il faut que vous preniez votre médicament.

— Laissez-moi mourir, maugréa le vieil homme.

— Il n'en est pas question. Tenez, placez cette pilule sous votre langue.

Le grand-père ouvrit les yeux et fusilla Rourke du regard tout en grimaçant de douleur.

— Allez au diable ! marmonna-t-il.

— Je vais y aller, promit Rourke. Mais pas avant que ayez pris votre pilule. Tenez…

Aussi surprenant que cela puisse paraître, le vieil homme obéit. Rourke demanda alors à Mack d'aller chercher un gros coussin, qu'il plaça sous la nuque du malade.

— Ne bougez pas, enjoignit-il ensuite. Je vais appeler une ambulance.

— Inutile, dit le vieil homme avec peine. Ça va passer.

— Vous savez aussi bien que moi que ce médicament agit instantanément, rétorqua Rourke. Si ça avait dû passer, ce serait déjà fait.

— Je veux rester ici !

Rourke ne prit pas la peine de répondre. Il se redressa et décrocha le combiné.

Becky le regarda faire sans réagir. Elle n'en avait pas la force. Elle était comme hébétée par les événements qui se succédaient. Et elle se demanda quel était le montant de l'amende pour la seule détention de stupéfiants — quelque chose comme cinquante mille dollars ? A côté de ça, les frais d'hôpital et la facture de l'ambulance étaient une bagatelle. En comptant l'avocat de Clay, elle n'arriverait pas à tout payer en vendant la ferme et sa voiture. La justice saisirait une partie de son salaire. Brusquement, elle se mit à rire comme une hystérique.

— Pardonne-moi, Becky, fit une voix qui semblait venir de très loin.

La gifle la calma immédiatement. Elle redressa le buste en se massant la joue.

— Tu as eu une crise de nerfs, lui dit Rourke. Mais ne t'en fais pas, je m'occupe de tout.

— Je te hais, murmura Becky.

— Je sais, répondit-il. Mais, pour l'instant, reste assise et essaie de faire le vide dans ton esprit.

Il donna une tape affectueuse sur l'épaule de Mack et retourna veiller le grand-père.

L'ambulance ne tarda pas à arriver. Rourke laissa les professionnels faire leur travail et charger le vieil homme dans le véhicule. Bientôt, ils repartaient en direction de l'hôpital.

— Il faut que quelqu'un l'accompagne, protesta faiblement Becky.

— Tu iras le voir demain. Pour l'instant, tu as grand besoin de repos, dit Rourke d'un ton ferme. Il faut que tu ailles te coucher.

— Et Mack ? demanda-t-elle tandis qu'il l'aidait à se mettre debout.

— Je m'occuperai de lui.

Sans insister, Becky alla dans sa chambre et se mit en chemise de nuit en évitant de regarder son corps, parce qu'elle ne voulait pas voir les marques que Rourke y avait laissées. En repensant à ce qu'elle l'avait laissé faire, elle faillit mourir de honte. Qu'elle avait donc était bête ! se dit-elle avec colère. Pourquoi n'avait-elle pas voulu comprendre qu'il ne la voyait pas pour ses beaux yeux ? Son grand-père l'avait prévenue, mais elle ne l'avait pas écouté. Elle était trop flattée de l'attention de Rourke. Mais tout ce qu'il voulait, c'était la tête de son frère, et elle la lui avait offerte sur un plateau, idiote qu'elle était !

Clay allait croupir en prison le restant de sa vie, et c'était la faute de Becky.

Elle pleura toutes les larmes de son corps, avant de sombrer dans le sommeil.

Quand Rourke vint voir comment elle allait, elle dormait profondément, ses longs cheveux auburn étalés sur l'oreiller.

Il la contempla avec une tendresse mêlée de compassion. Qui aurait pensé qu'une créature aussi douce, aussi innocente, serait une amante aussi passionnée ? soupira-t-il. Elle était tout ce qu'il avait jamais désiré dans une femme. Mais il aurait du mal à l'en convaincre, après ce qui s'était passé cette nuit.

L'âme en peine, Rourke referma doucement la porte et alla retrouver Mack.

— Est-ce que je peux te laisser seul avec Becky ? demanda-t-il. Je veux m'assurer que ton grand-père est bien installé et que son état est stable. S'il y a des complications, je téléphonerai.

— Vous n'êtes pas obligé de faire ça, dit Mack.

Rourke le prit alors par les épaules et le regarda droit dans les yeux.

— Mack, je n'ai pas d'autre famille que Becky. Elle me déteste et je le mérite peut-être, mais je ne peux pas la laisser affronter seule cette situation.

Le jeune garçon opina du chef.

— Je comprends. Alors, je vous remercie pour elle.

— Quand je serai parti, verrouille la porte et va te coucher. Pas de télé, je te fais confiance. Becky aura besoin de toute l'aide que tu pourras lui apporter, demain matin.

— Vous pouvez compter sur moi, assura Mack. Bonne nuit, monsieur Kilpatrick.

— Bonne nuit, mon petit gars.

Rourke se rendit directement à l'hôpital. La chance aidant, il tomba aussitôt sur le médecin qui avait ausculté le grand-père, et qui, apprit-il, connaissait bien les Cullen.

— Je ne peux pas vous dire si Granger s'en sortira, avoua l'homme de l'art. Il n'est plus tout jeune et il ne lui reste guère de force. S'il passe les prochaines soixante-douze heures, il y a de l'espoir. Mais je vais devoir lui faire subir bon nombre d'examens et le garder ici quelques jours, ce qui ne va pas arranger les finances familiales. Granger n'a pas de protection sociale.

— Je paierai la facture, assura Rourke. Du moins, la majeure partie, ajouta-t-il avec un petit sourire. Il faut en laisser assez à Becky pour qu'elle ne se doute de rien.

Le médecin le dévisagea.

— Vous êtes le procureur, n'est-ce pas ?

Rourke hocha la tête.

— J'ai entendu à la radio que le frère de Becky avait été arrêté. C'est vous qui allez le poursuivre, je suppose ?

— Je ne sais pas encore.

— En tout cas, c'est un coup dur pour les Cullen, et ils ne méritaient pas ça. Je suis vraiment désolé pour eux.

— Croyez bien que je le suis aussi, affirma Rourke. Becky viendra voir son grand-père demain. Pour cette nuit, elle a eu plus que son content.

— J'imagine, oui.

« Et il ne connaît qu'une partie de ce qui s'est passé ! » se dit Rourke.

Il rentra chez lui en broyant du noir. Pour couronner le tout, il n'avait pris aucune précaution, et Becky non plus. Maintenant, en plus de tout le reste, elle allait s'angoisser en se demandant si elle était enceinte — et tout ça parce qu'il avait perdu la tête et cédé à son désir pour elle.

Le fait qu'elle ait cédé aussi ne soulageait pas la conscience de Rourke. Quand elle se réveillerait, elle se maudirait de s'être donnée à lui et le haïrait de plus belle. Elle le haïrait surtout parce qu'elle pensait qu'il s'était servi d'elle pour coincer Clay. Or, s'il était vrai qu'il en avait eu l'idée au début, cela n'avait pas duré. Il avait couché avec elle parce qu'il était amoureux d'elle, tout simplement, et l'expérience avait été rien moins que fabuleuse. Il avait fait comprendre à Becky qu'il l'aimait, elle lui avait dit qu'elle l'aimait — mais sans doute avait-elle simplement voulu justifier le fait de s'être donnée à lui. Les femmes étaient d'étranges créatures ; elles avaient besoin d'excuses pour faire l'amour. Lui n'en avait jamais eu besoin, mais, cette fois, ça n'avait rien à voir : il était amoureux fou de Becky.

Rourke secoua la tête en soupirant. Il ne savait pas ce qu'il allait faire au sujet de Clay ou de Becky. Peut-être qu'une bonne nuit de sommeil l'aiderait à mettre les choses en perspective.

Mais, hélas, ce ne fut pas le cas. En dépliant le journal du matin, il tomba sur un article de Davis dans lequel l'avocat l'accusait d'étouffer un trafic de drogue à l'école primaire de Curry Station pour protéger le frère de sa petite amie !

Bouillant de rage, Rourke froissa le journal d'un geste furibond. Lincoln Davis voulait la guerre ? Eh bien, on allait voir ce que l'on allait voir !

Il décrocha le téléphone et appela la rédaction de *The Atlanta Times.*

Dans son édition du soir, la une du journal arborait un article dans lequel Rourke accusait Davis d'exploiter à des fins bassement électorales un fait divers qui avait conduit un vieil homme sans défense à l'hôpital. Dans les heures qui suivirent, il fut submergé d'appels de concitoyens qui critiquaient Davis pour son manque de compassion.

Becky s'était levée plus angoissée qu'elle ne l'avait jamais été. Elle tourna dans la cuisine un bon moment, se demandant s'il valait mieux aller en premier lieu à l'hôpital ou à la prison, et décida finalement d'aller d'abord voir son grand-père.

Quand elle entra dans sa chambre, dont l'autre lit était inoccupé, le vieil homme dormait sous l'effet des tranquillisants. Son visage blême et ses joues hâves lui donnaient l'air d'un moribond. L'âme en détresse, Becky s'assit à son chevet et laissa libre cours à ses larmes. Autant d'épreuves en un temps si court lui avait brisé le moral. Elle qui n'avait jamais flanché devant l'adversité était au bout du rouleau. Mais, après avoir passé une vingtaine de minutes auprès de son grand-père endormi, elle se dit que Clay avait davantage besoin d'elle.

Becky se rendit donc à la prison du comté, l'estomac noué par une sourde appréhension. Se retrouver face à son frère allait être terrible, elle le sentait. Il allait lui reprocher d'avoir introduit le loup dans la bergerie, et elle ne se sentait pas la force de se disputer avec lui.

Mais, à sa grande surprise, Clay semblait s'être résigné. Il l'étreignit avec tendresse, lui témoignant une affection qu'elle croyait à jamais disparue.

Becky parcourut la cellule du regard : un placard blanc fixé au mur, une couchette en métal, des barreaux à la fenêtre… Elle frémit d'horreur aux propos triviaux que d'autres prisonniers échangeaient de cellule en cellule.

— Comment te sens-tu ? demanda-t-elle.

— Ça peut aller, répondit Clay.

Il se laissa choir sur la couchette et l'invita d'un geste à s'asseoir à côté de lui. Il portait la tenue bleue des détenus et paraissait exténué.

— En fait, reprit-il, je suis soulagé que tout ça soit fini. Je vais être jugé, et les Harris me laisseront enfin en paix. En prison, je serai à l'abri de leurs manœuvres.

Becky fronça les sourcils.

— Que veux-tu dire ?

— Eh bien, d'abord, ils m'ont soûlé et m'ont mis un sachet de crack dans la poche, ça, tu le sais déjà. Ensuite, ils ont monté une transaction bidon avec des amis de leur père et m'ont fait passer pour leur intermédiaire. Je n'ai jamais vendu directement de drogue, mais ils m'ont menacé de témoigner contre moi si je ne les aidais pas à trouver des contacts à l'école primaire.

— Seigneur ! gémit Becky. Le petit Dennis…

— Je ne leur ai pas donné son nom, Becky, je te le jure, assura Clay. Ce n'était pas moi.

Il baissa les yeux et soupira.

— Autant que tu connaisses toute l'histoire. Ils m'ont demandé de me servir de Mack, et j'ai essayé. Mais Mack n'a pas cédé d'un pouce. C'est pour ça qu'il ne me parle plus. Il croit que je suis un voyou, et il me tient responsable de la mort de son ami. Et, qui sait, il a peut-être raison… Mais ce n'est pas moi qui ai piégé la voiture de Kilpatrick, Becky. Je suis peut-être stupide, mais je ne suis pas un assassin. Il faut que tu le lui fasses comprendre.

— Je ne lui ferai rien comprendre du tout, répliqua Becky. Il ne me voyait que dans l'espoir de te coincer.

Clay jura sourdement.

— Quelle espèce de…

— Je me suis laissé prendre à son jeu. Il n'est donc pas le seul fautif, coupa-t-elle. Nous creusons notre propre tombe, n'est-ce pas ?

Elle marqua un temps, avant d'ajouter :

— Papy est à l'hôpital. Il a eu un léger infarctus, du moins c'est ce que le médecin pense.

Clay se cacha le visage dans les mains.

— Mon Dieu, Becky. Si tu savais comme je m'en veux !

— Je le sais, Clay, répondit-elle d'une voix émue.

— Tous les soins à payer, les plantations à faire et personne pour t'aider, et moi par-dessus le marché ! Bon sang, mais comment vas-tu faire pour t'en sortir, financièrement ?

— Comme je l'ai toujours fait, rétorqua-t-elle avec une certaine fierté dans la voix. En travaillant.

Clay s'empourpra.

— Et honnêtement, bien entendu, observa-t-il sombrement. Je m'étais convaincu que je faisais tout ça pour t'aider, que j'assurerais ma part des dépenses, mais je me mentais. Quand j'ai laissé tomber la drogue et l'alcool et que j'ai vu où j'en étais, j'ai été horrifié. Mais ils n'ont pas voulu me laisser partir, Becky. Ils témoigneront que j'étais le cerveau de la bande — que j'ai vendu le crack à Billy Dennis, que j'ai piégé la voiture... Je n'ai pas la moindre chance de m'en sortir.

— Bien sûr que si. Je demanderai à Me Malcolm de te défendre, et je vais m'arranger pour payer ta caution.

— Et où trouveras-tu l'argent ? Non, tu ne feras rien de tout ça, dit-il. Ecoute, j'ai déjà un avocat — commis d'office, mais qui fera l'affaire. Quelle que soit la personne qui me défende, je serai lourdement condamné, Becky. Il faut que tu regardes la réalité en face. Et je ne veux pas de caution.

— Mais ce n'est pas juste ! s'indigna-t-elle.

— Là n'est pas la question. J'ai enfreint la loi et je dois payer. Rentre à la maison te reposer. Papy va avoir besoin de ta présence. Moi, je ne risque rien, ici.

— Oh, Clay, soupira Becky d'une voix brisée.

— Ne t'inquiète pas, tout ira bien. Jenna va venir me voir. Elle sait qu'elle va avoir de gros ennuis avec son oncle, mais elle est de mon côté.

Il sourit, et ajouta :

— C'est une fille pleine de qualités, quand on la connaît. Je crois que tu t'es fait une fausse idée d'elle.

— Je n'ai jamais eu l'occasion de la rencontrer, lui rappela Becky.

Clay s'éclaircit la voix.

— Eh bien, cela viendra. Un jour ou l'autre.

— Oui, un jour ou l'autre, répéta Becky.

Elle embrassa son frère, puis appela le gardien pour qu'il lui ouvre. Le bruit de la grille qui se refermait continua à se répercuter contre les parois de son crâne bien après qu'elle est sortie de la prison.

Chapitre 15

Quand Becky arriva chez elle, Mack l'attendait sous la véranda, le journal à la main. Dès qu'elle eut lu le titre, elle s'effondra sur une chaise et éclata en sanglots.

— Ne pleure pas, Becky, la supplia Mack.

Il s'assit à côté et essaya maladroitement de la consoler.

— Ne pleure pas, je t'en prie.

Mais elle ne pouvait s'arrêter. Les yeux brouillés de larmes, elle parcourut le reste de l'article, mortifiée de ce qu'elle lisait. Lincoln Davis prétendait que le procureur avait étouffé une affaire de drogue à l'école primaire dans le seul but de protéger le frère de sa petite amie. L'article laissait même entendre qu'elle était la maîtresse de Rourke, et que c'était pour ne pas nuire à Clay que ce dernier faisait traîner l'enquête concernant la mort de Billy Dennis.

Becky en pleura de plus belle. Le nom des Cullen s'étalait en toutes lettres dans le journal, livré en pâture à la curiosité de ses voisins, de ses amis et, pire, de ses employeurs.

— Je vais perdre mon travail, dit-elle d'un ton misérable en essuyant ses pleurs de la main. Mes patrons n'aiment pas ce genre de notoriété. Ils vont me prier de présenter ma démission.

Elle fondit de nouveau en larmes, prise de panique pour la première fois de sa vie.

— Oh, Mack, gémit-elle, qu'allons-nous faire ?

— Becky, tu es bouleversée, voilà tout, déclara Mack en essayant de conserver son calme.

Voir sa sœur pleurer, elle qui d'habitude était si forte, lui brisait le cœur. Il reprit :

— Tu sais bien que les choses finissent toujours par s'arranger. C'est toi qui m'as appris ça.

— Notre nom est dans le journal, dit-elle. Papy ne s'en remettra pas.

— Il s'en remettra, affirma Mack. Et je te promets que Clay s'en sortira.

Becky le fixa avec surprise. Il n'avait que dix ans et s'exprimait déjà avec l'assurance d'un adulte.

— Allons, personne ne nous montrera du doigt, tu verras, ajouta-t-il, un sourire aux lèvres.

Malgré son abattement, elle ne put s'empêcher de lui rendre son sourire.

— Très bien, monsieur Cullen, je vous crois. Et merci de me remonter le moral.

Il s'avéra que Mack avait raison. Le lendemain, à l'église, personne ne parla dans leur dos. Et certains proposèrent même leur aide. Becky s'en trouva quelque peu requinquée.

Le lundi, elle se rendit à son travail. En entrant dans l'ascenseur, elle se félicita que Rourke ait déménagé au palais de justice. Cela lui épargnait d'avoir à lui tourner le dos. Au cours du week-end, il n'avait pas appelé. Ou peut-être l'avait-il fait pendant leur absence, car elle avait emmené Mack voir son grand-père, hier après-midi.

De toute façon, se raisonna-t-elle, pour quelle raison appellerait-il ? Maintenant qu'il avait atteint son but, que Clay était arrêté, il n'avait plus besoin d'elle. Et s'il nourrissait quelque désir pour elle, celui-ci était satisfait, à présent, et le corps de Becky ne l'intéressait plus. Au souvenir de ce qui s'était passé, elle serra les dents. Elle avait cédé sans même combattre. En fait, c'était elle qui s'était donnée à lui. Elle avait bafoué ses principes et en avait honte, aujourd'hui. Et avec la honte, une pensée lui vint : qu'allait-elle faire, Seigneur, si elle était enceinte de Rourke ?

Elle écarta cette question en entrant dans son lieu de travail. Il serait toujours temps d'y répondre plus tard. Car elle avait d'autres soucis plus immédiats — affronter son patron, par exemple. Tant pis s'il la renvoyait. Avec son expérience, elle trouverait toujours un emploi, même si elle devait se contenter d'un salaire moindre. Son courage ainsi raffermi, elle se dirigea directement vers le bureau de Me Malcolm.

— Ah, vous voici ! dit-il en l'accueillant avec un bon sourire. Je pensais que vous m'appelleriez samedi. Allons droit au but, voulez-vous ? Je serai heureux d'assurer la défense de Clay, et pour une somme symbolique — un dollar par mois pendant un an, si cela vous convient.

Becky en fut désarçonnée. Elle faillit éclater en sanglots, mais elle se retint ; elle avait déjà assez pleuré.

— Vous êtes si gentil, soupira-t-elle. Et moi qui pensais que vous alliez me renvoyer !

— Vous renvoyer ? Mais vous plaisantez ! Vous tapez cent cinq mots par minute, et vous croyez que je vais me séparer de vous ?

— C'est-à-dire…, le journal de samedi m'a dépeinte comme une femme de mauvaise vie, et Clay comme un bourreau d'enfants…

— Ce n'est pas le journal qui est en cause, dit-il. Lincoln

Davis veut salir la réputation du procureur avant les élections. Et, manifestement, vous n'avez pas lu la réponse de Kilpatrick, ajouta-t-il. Regardez ça.

Il lui tendit l'édition de samedi soir.

Becky fut captivée par l'article de Rourke. Il mettait les accusations de son adversaire en perspective, l'accusant de basses manœuvres politiciennes et de recherche du sensationnel. Il usait d'un style concis, extrêmement efficace. Il évoquait l'infarctus du grand-père, et précisait qu'étant célibataire, il était libre de sortir avec qui bon lui semblait. De plus, ajoutait-il, Mlle Cullen était la plus honnête des femmes, et si M. Davis ne retirait pas les insinuations qui la concernaient, il serait heureux de lui citer devant un tribunal les articles du Code traitant de la diffamation. En dessous de ce texte, dans un encadré, ledit M. Davis accusait le journal du matin d'avoir déformé ses propos et présentait ses humbles excuses à Mlle Cullen.

— Ça, alors ! s'exclama-t-elle.

— Il est formidable, notre procureur, n'est-ce pas ? renchérit Me Malcolm. Quelle éloquence ! En quelques phrases, il a éreinté l'honorable Lincoln Davis.

— C'est très gentil de sa part de m'avoir défendue, déclara Becky.

Elle n'ajouta pas qu'elle ne correspondait plus à la description que Rourke faisait d'elle. Depuis vendredi soir, Davis était davantage dans le vrai.

La remarque de Becky surprit Malcolm.

— Il vous apprécie, dit-il. D'ailleurs, nous pensions tous que vous formiez un couple. Depuis plusieurs semaines, on vous voit fréquemment ensemble, vous et lui.

— Eh bien, c'est terminé, répliqua Becky. Je ne le verrai plus.

— Vous n'avez pas à vous sacrifier, fit valoir son patron.

Croyez-moi, Davis trouvera une autre arme que votre frère pour s'attaquer à Kilpatrick. L'idée de vous tenir à l'écart du procureur parce que Clay a été arrêté est certes louable, mais elle ne modifiera en rien le résultat des élections.

A l'évidence, Me Malcolm avait mal interprété les motifs de Becky, mais avant qu'elle ait pu mettre les choses au clair, le téléphone se mit à sonner, et son patron s'excusa. Elle sortit de son bureau, plongée dans ses pensées. Elle n'avait pas réfléchi au fait que la carrière de Rourke pouvait se ressentir des liens qu'il entretenait avec elle ou avec sa famille. Il avait beau lui avoir laissé entendre qu'il ne se représenterait pas, Becky savait que bon nombre de personnes essayaient de le faire changer d'avis. Et elle se dit que si son unique intention avait été de surveiller Clay, il n'aurait sûrement pas mis en péril ses espoirs d'être réélu en sortant avec elle. Pas s'il était sûr dès le début que Clay finirait par être arrêté.

Mais plus elle y pensait, plus ses idées s'embrouillaient. Son seul désir, en vérité, c'était que Rourke l'appelle…, mais le ferait-il ? Elle n'avait pas oublié qu'elle lui avait dit qu'elle le haïssait, l'autre nuit. Pourtant, il avait pris la situation en main — il était même allé voir son grand-père, à l'hôpital —, et Becky ne l'avait pas remercié. En outre, malgré ce qui s'était passé, elle n'envisageait pas avec sérénité de devoir désormais déjeuner seule. Elle allait avoir l'impression d'être coupée en deux, d'autant plus qu'elle le connaissait intimement, maintenant. En fermant les yeux, elle le sentait contre elle, retrouvait les sensations qu'il avait fait naître en elle, cette nuit-là. Sa conscience pouvait bien se rebeller, ses sens le réclamait. Seulement, il l'avait trahie, elle ne pouvait plus lui faire confiance. Clay risquait la chaise électrique ou la détention à perpétuité. Elle devait se souvenir que c'était à cause de

Rourke que son frère était en prison, et qu'il se battrait pour que Clay y reste.

D'ailleurs, s'il tenait vraiment à elle, se dit-elle amèrement, il l'aurait déjà appelée.

Maggie avait fait preuve toute la journée d'une discrète compassion. Au moment de partir, elle s'approcha de Becky et lui dit à mi-voix :

— Ce qu'il y a de pire, c'est Kilpatrick, n'est-ce pas ? Je suppose que tu t'es convaincue qu'il ne te voyait que pour piéger ton frère ?

— C'est vrai, reconnut Becky. Depuis que Clay a été arrêté, Rourke n'a même pas pris la peine de me passer un coup de fil.

— Peut-être a-t-il mauvaise conscience, avança son amie. Il doit croire que tu ne veux plus lui parler. C'est tout à fait compréhensible, puisqu'il est responsable de l'arrestation de ton frère et que c'est lui qui doit le poursuivre en justice. Mais il doit y avoir autre chose, ajouta-t-elle d'un air pensif. Il se pourrait fort bien qu'il se tienne à l'écart pour te protéger. Je m'explique : grâce à Lincoln Davis, les médias ne vont plus le lâcher. A mon avis, il veut t'éviter d'être sous les projecteurs de l'actualité, ma chérie.

Becky hocha la tête. C'était une autre idée qui ne l'avait pas effleurée. Et qui la réconforta quelque peu.

Pendant la semaine qui suivit, Rourke continua stoïquement de représenter le ministère public au cours d'un certain nombre de procès. Dans l'une des affaires, Davis défendait l'inculpé, et la tension entre les deux hommes devint si vive que le juge suspendit la séance pour les chapitrer.

Contrairement à ce qu'il avait craint, Rourke n'eut pas à subir l'assaut des médias. Davis, en effet, focalisa l'attention de la presse avec le talent d'un comédien-né, manipulant les chiffres à son profit, brandissant les statistiques des crimes et le nombre des condamnations devant les journalistes. Il eut par deux fois les honneurs du journal télévisé, mais sa prestation fit sourire Rourke.

Cependant, sous son calme apparent, il souffrait toujours des paroles de Becky. Manifestement, les membres de sa famille avaient plus de valeur aux yeux de la jeune femme qu'il n'en aurait jamais, et il ne savait trop comment gérer cela. Ils étaient devenus si proches, au fil du temps, qu'il avait fini par croire qu'ils ne faisaient plus qu'un, mais l'arrestation de Clay lui avait démontré qu'il s'était trompé. Becky avait aussitôt pris le parti de son frère, comme si ce qui s'était passé entre eux n'avait strictement aucune importance.

Le samedi, Rourke sirotait son café, le regard perdu dans le vague. Il pensait qu'il avait volé la virginité de Becky, qu'il avait trahi sa confiance. Il n'aurait jamais dû laisser les choses aller aussi loin — mais elle l'avait aidé, bon sang ! Il n'avait pas fait le chemin tout seul !

Il se leva, donna sa pâtée à Mac et se resservit un café. Becky et lui avaient tant fait ensemble, ces derniers mois, qu'elle lui manquait plus qu'il n'aurait su dire. Et la passion dont elle avait fait preuve l'autre nuit lui avait prouvé qu'elle l'aimait, il avait fini par s'en convaincre. Mais, hélas, son amour s'était transformé en haine. En ce moment même, elle était sans doute en train de le maudire pour s'être laissé séduire, et de lui reprocher l'arrestation de Clay.

Dimanche dernier, Rourke avait appelé chez elle, mais personne n'avait décroché. Comme elle ne l'avait pas contacté depuis, il avait compris qu'elle ne voulait plus rien avoir à faire avec lui. Il savait qu'elle avait lu les articles des journaux, et si elle préférait penser qu'il l'avait rejetée pour préserver son poste, libre à elle. Rourke poursuivrait son chemin tout seul, comme il l'avait toujours fait, et elle pouvait bien…

Il ferma les paupières et poussa un lourd soupir. Elle pouvait bien quoi ? Becky tenait le monde entier à bout de bras, voilà ce qu'elle lui avait dit il y avait si longtemps de cela. Elle était le seul soutien de sa famille, cuisinière, infirmière et femme de ménage à la fois. Outre son travail quotidien, elle devait maintenant visiter son grand-père tous les jours tout en se tourmentant pour Clay. Il l'avait déjà vue craquer une fois. Dans quel état sombrerait-elle si son grand-père venait à disparaître, si son frère était lourdement condamné ?

Au cours de la semaine, Rourke avait pris la décision de ne pas siéger au banc du ministère public dans le procès de Clay. Mais s'il confiait la charge à l'un de ses assesseurs, cela ne changerait pas grand-chose ; Davis l'accuserait sans doute de faire pression sur son subordonné pour qu'il plaide en faveur du frère de Becky.

Soudain, Rourke plissa les yeux tandis qu'une idée lui venait. Il demanderait au gouverneur de désigner un procureur extérieur au comté, et cela satisferait tout le monde. Mais il restait encore à savoir si Clay était innocent ou coupable… Mack avait prétendu que son frère avait agi sous la menace. Si c'était vrai, si le garçon n'était pas le meneur, Rourke pouvait-il le laisser condamner ? Il était fort possible que ce ne soit pas Clay qui ait piégé sa voiture ni vendu le crack au petit Dennis. Si tel était le cas, cela voulait dire que les Harris se servaient de Clay comme d'un bouc émissaire pour échapper à la prison.

A l'idée que les vrais coupables risquaient de s'en tirer à moindre mal, Rourke crispa les poings. Il pouvait toujours poursuivre l'enquête. Mais même s'il le faisait, l'avocat commis d'office était surchargé de travail et sous-payé. Quels que soient les nouveaux éléments éventuels, Clay avait-il une seule chance de s'en sortir ? Avec un bon avocat, tout était possible, mais Becky n'avait pas les moyens de s'en offrir un…

Rourke se rassit lourdement et se passa une main lasse dans les cheveux. Il alluma un cigare et s'efforça de réfléchir posément. L'audience préliminaire se tiendrait dans quinze jours. Le juge avait déjà fixé le montant de la caution, mais Clay n'en voulait pas. Apparemment, il ne souhaitait pas que Becky s'endette pour la payer.

L'argent, toujours l'argent ! Rourke jura sourdement, car il ne voyait pas de solution. Et dire que la vie était si simple, il y avait seulement quelques mois ! Aujourd'hui, elle lui semblait bien amère, et tout ça à cause d'une jeune femme ordinaire qui lui offrait des quatre-quarts au citron et qui le faisait rire. Et il se demandait, maintenant, s'il retrouverait un jour de goût de rire.

Depuis quinze jours, Becky allait voir son grand-père tous les soirs, mais l'état du vieil homme ne s'améliorait guère : il gisait dans son lit sans manifester le moindre intérêt pour la vie. Son médecin de famille savait qu'elle allait avoir des difficultés pour régler les frais d'hospitalisation, même si le procureur s'était engagé à en payer la majeure partie. Moyennant quoi, il finit par lui proposer de placer son grand-père en maison de repos.

— Dans son cas, ce serait la meilleure solution, expliqua-t-il. D'autant que je pense pouvoir obtenir une assistance financière. Je vais m'en occuper. Ton grand-père ne se remet pas aussi rapidement que je pensais, et je ne crois pas que tu pourrais te charger de lui, s'il retournait chez vous.

— Je pourrais toujours essayer…, commença Becky.

— Non, coupa le médecin. Tu dois déjà t'occuper de Mack, Clay est en prison, tu essaies de t'accrocher à ton travail… Et, franchement, tu ne m'as pas l'air d'être en grande forme, ajouta-t-il en considérant son teint pâle et ses traits tirés. D'ailleurs, j'aimerais que tu passes à mon cabinet pour un examen de routine.

Becky déglutit péniblement. Il y avait plusieurs raisons pour lesquelles elle ne tenait pas à ce que le Dr Miller l'ausculte, la principale étant que ses règles étaient en retard de quinze jours.

— Je ne peux pas me le permettre, ces temps-ci, répondit-elle.

— Eh bien, tu me paieras quand tu pourras, répliqua-t-il. En tout cas, il n'est pas question que tu refuses.

— Mais je suis juste un peu fatiguée, insista Becky.

— Ecoute, je t'ai mise au monde, dit le Dr Miller en plantant ses yeux bleus dans les siens. Quoi que je découvre, cela restera entre toi et moi.

— Très bien, céda Becky. Je prendrai rendez-vous.

— J'y compte bien. Et fais-le dès lundi, recommanda-t-il. Pour ce qui est de la maison de repos, je te tiendrai au courant, d'accord ?

— D'accord, fit Becky. Merci beaucoup.

— Je n'ai encore rien fait. Tu me remercieras plus tard.

Et tâche de prendre un peu de repos, je vois bien que tu es épuisée.

— Ces derniers quinze jours ont été difficiles, reconnut-elle. Mais j'essayerai de me reposer.

— Comment va Clay ?

— Il n'a pas le moral, soupira Becky. Son avocat commis d'office est jeune et plein d'énergie, mais il n'a aucune expérience. De plus, il n'a que peu de temps à consacrer à cette affaire, et Clay va en faire les frais. Si seulement je pouvais m'offrir un bon avocat…

— Et ceux pour qui tu travailles ? demanda le médecin.

— Me Malcolm s'est proposé, mais je ne veux pas qu'il me sacrifie son temps gratuitement, répondit-elle d'un ton amer. Tout est basé sur l'argent, y compris la justice. Si l'on est pauvre, on va en prison. Si l'on est riche, on se paye un bon avocat, et l'on a toutes les chances de s'en sortir. Nous vivons vraiment dans un drôle de monde, conclut Becky.

— Tu as sans doute raison, mais toi et moi n'y changerons rien, observa le médecin. Allons, parle-moi donc un peu de Mack, pour me remonter le moral.

Elle esquissa un sourire.

— Depuis quelque temps, il s'est lancé à fond dans les maths.

— Mack ? C'est à peine croyable !

— C'est ce que je me dis moi-même, avoua Becky.

Mais elle parlait presque machinalement. Toutes ses pensées étaient tournées vers son grand-père, vers Clay et vers cet examen médical inévitable qui allait changer le cours de sa vie. Elle ignorait comment elle allait faire pour supporter tout ça. Mais, d'une manière ou d'une autre, il faudrait qu'elle trouve la force de tenir pendant les mois d'épreuves qui s'annonçaient.

Par bonheur, quand elle téléphona au cabinet du Dr Miller, le lundi, pour un rendez-vous, sa secrétaire lui apprit qu'il ne pourrait pas la prendre avant un mois. Cela lui convenait parfaitement. Certes, c'était un peu lâche de remettre le verdict à plus tard mais, jusque-là, elle pourrait faire semblant de croire que tout était normal. Et, qui, sait, il y aurait peut-être un miracle. Peut-être n'était-elle pas enceinte, après tout. Ce n'était qu'un espoir très mince, mais elle allait s'y accrocher.

Ce même lundi, sans trop savoir ce qui l'y poussait, Rourke se rendit au bureau de Becky. Bob Malcolm avait demandé à le voir à propos d'une affaire. D'habitude, l'avocat venait chez le procureur, et non l'inverse, mais cela faisait trois semaines que Rourke n'avait pas eu de nouvelles de Becky, et l'audience de Clay devait se dérouler ce vendredi. Il avait envie de la voir, de savoir comment elle s'en sortait.

Quand elle leva les yeux de son écran et le vit, elle blêmit. Rourke la trouva très amaigrie, comme si elle se nourrissait mal. Elle avait rassemblé ses cheveux en chignon et ne portait pas de maquillage. Cela ne l'empêcha pas de la dévorer du regard.

Becky avait du mal à respirer. La visite de Rourke la prenait totalement au dépourvu. Figée sur son siège, elle se borna à le fixer des yeux, oubliant ce qui l'entourait. Il avait l'air en forme, se dit-elle pitoyablement. Apparemment, elle ne lui manquait pas. Il ressemblait à ce qu'il avait toujours été — un homme sûr de lui à la mine sombre et vaguement menaçante.

Il vint s'asseoir au bord de son bureau et ne lui sourit pas.

— L'audience préliminaire se tient vendredi, dit-il. As-tu choisi un autre avocat ?

Les yeux de Becky se posèrent sur ses lèvres, et elle se raidit intérieurement en se souvenant de la passion avec laquelle ils s'étaient embrassés, cette nuit-là. Elle ravala son amertume.

— Celui que nous avons est un bon avocat, répondit-elle. Il convient tout à fait à Clay.

— Et toi, est-ce qu'il te convient ? demanda-t-il plutôt sèchement. C'est le sort de ton frère qui est en jeu, ne l'oublie pas.

— Qu'est-ce que ça peut te faire ? répliqua Becky. Ton rôle est de l'envoyer en prison. Je ne vois pas pourquoi tu te soucierais de la compétence de son avocat.

— Simplement parce que j'aime me battre, prétendit-il. Je n'aime pas gagner une affaire trop facilement.

La lèvre inférieure de Becky se mit à trembler. Elle détourna le regard.

— Ne t'inquiète pas. Clay ne sera qu'un chiffre de plus que tu pourras utiliser pendant ta campagne contre M. Davis. Il a tenté de te tuer, tu dois t'en souvenir, je pense ?

Avant de répondre, Rourke prit le temps d'attraper un trombone sur le bureau et de jouer avec, sans se soucier des regards curieux des collègues de Becky.

— Mais toi, tu ne crois pas qu'il l'ait fait.

— Non. Il peut m'arriver d'être aveugle comme une taupe, mais je connais mon frère, et je sais ce dont il est capable. Il ne pourrait jamais attenter à la vie d'un être humain.

Rourke déplia pensivement le trombone. Puis il demanda :

— Comment va ton grand-père ?

— Nous l'avons transféré dans une maison de repos, dit-elle d'un ton morne. Il ne semble plus tenir à la vie.

— Et toi, comment vas-tu ?

— Ça peut aller, répondit-elle évasivement.

— Si ça ne va pas, je veux que tu me le dises, Becky. Est-ce que tu me comprends ?

Son arrogance la crispa.

— Je suis assez grande pour m'occuper de moi-même !

— Oh, je n'en doute pas, rétorqua-t-il. Sauf quand il s'agit de prendre les précautions de base. Mais, dans ce domaine, je suis aussi coupable que toi.

Becky devint écarlate. Elle se mit à se triturer les mains en espérant qu'aucune de ses collègues n'avait entendu.

— Je t'en prie, va-t-en, murmura-t-elle.

— En fait je suis venu voir ton patron, dit Rourke en se redressant. Est-ce qu'il est là ?

— Non. Il est au palais, ce matin.

— Eh bien, la prochaine fois, je téléphonerai avant de venir.

Elle croyait qu'il allait partir, mais il fourra les mains dans ses poches et la considéra d'un regard pénétrant.

— Tu as dit que tu me haïssais. Le pensais-tu vraiment ? voulut-il savoir.

Becky ne put soutenir son regard. Elle contracta les mains sur sa robe, et répondit à sa question par une autre :

— Vas-tu poursuivre Clay comme s'il était majeur ?

Le visage de Rourke se durcit.

— Est-ce là ta condition pour un cessez-le-feu ? demanda-t-il d'un air moqueur. Désolé, Becky, mais je ne marche pas dans cette combine. Oui, je vais le poursuivre comme s'il était majeur. Oui, je crois qu'il est coupable. Et, oui, je pense que je le ferai condamner.

Becky serra les dents. Seigneur, comme elle détestait ce sourire suffisant ! Elle avait trop cru en Rourke depuis le début et, maintenant, c'était Clay qui allait subir les conséquences de sa naïveté.

— Le jury ne te suivra peut-être pas, remarqua-t-elle.

Il haussa brièvement les épaules.

— C'est possible, bien sûr, mais peu probable. Un gamin de dix ans est mort parce que ton frère est devenu trop gourmand. Les jurés n'apprécieront pas, tu peux me croire.

— Mais Clay n'est pas responsable de la mort de Billy Dennis ! protesta Becky.

— J'en suis moins sûr que toi. Il a même essayé d'impliquer Mack dans ses histoires, le savais-tu ?

Becky poussa un lourd soupir.

— Oui, reconnut-elle. Clay me l'a dit.

Elle ne se demanda pas comment Rourke le savait, lui. Son comportement la bouleversait trop pour qu'elle se pose ce genre de question.

— Tu peux trouver toutes les excuses du monde à ton frère, conclut-il. Ça ne changera rien au fait qu'il savait parfaitement ce qu'il faisait et quels risques il courait. Il sera donc puni comme il le mérite. Et je n'ai pas l'intention de m'excuser pour le rôle que j'ai joué dans son arrestation.

— Il n'a pas piégé ta voiture et il n'a pas vendu de drogue au petit Dennis, s'obstina Becky. Il n'est sans doute pas blanc comme neige, mais il n'est pas coupable de ces crimes-là.

— Le problème, c'est que les Harris et deux autres personnes sont prêts à témoigner que c'est lui qui organisait le trafic, marmonna Rourke. Et nous avons un autre témoin qui l'a vu vendre du crack à Billy Dennis.

Ça ne l'amusait pas de le lui apprendre, mais Dan Berry avait obtenu ce renseignement en interrogeant des jeunes du lycée.

— Ces gens mentent, rétorqua Becky. Clay m'a assuré qu'il ne l'avait pas fait, et je le crois. Je le connais assez pour savoir quand il me dit la vérité.

Rourke secoua la tête en soupirant.

— Tu es têtue comme une bourrique, maugréa-t-il. Mais si tu veux te bercer d'illusions, libre à toi.

— Je te remercie de ta permission, ironisa-t-elle. A présent, si tu veux bien m'excuser, j'ai du travail à faire.

Et elle retourna à son clavier.

Rourke la contempla un instant, puis pivota sur ses talons et sortit. A quoi bon insister ? Elle ne croirait jamais à la culpabilité de son frère.

Mais tandis qu'il retournait à son bureau au volant de sa Jaguar, les paroles de Becky lui trottèrent dans la tête. Tant et si bien qu'il dépassa le palais de justice et continua jusqu'à la prison.

Il n'avait pas envisagé un seul instant d'aller rendre visite à Clay. Becky ignorait qu'il s'était fait dessaisir de l'affaire, et elle l'avait trop énervé pour qu'il le lui apprenne. Il pensait toujours que Clay était coupable, mais peut-être se laissait-il influencer par la confrontation qu'il avait eue avec son père, voilà quelques années de cela. Tel père, tel fils, disait-on... Cependant, puisqu'il avait contribué à l'arrestation du garçon, autant s'assurer que celle-ci était justifiée.

Quand il entra dans la cellule, un cigare à la main, Clay s'empourpra et le gratifia d'un regard haineux.

— Tiens ! Voilà « Monsieur le procureur », grinça-t-il. J'espère que vous êtes satisfait de me voir derrière les barreaux ? D'après ce que j'ai entendu dire, on m'accuse de toutes sortes de choses. Au lieu de gâcher l'argent du contribuable, vous feriez mieux de me faire exécuter sans procès.

Rourke alla s'asseoir sur la couchette sans se formaliser. Ce genre de réaction était fréquent parmi les prévenus.

— Essayons d'y voir un peu plus clair, dit-il. Je pense que tu es coupable de la plupart des faits dont on t'accuse — ne serait-ce que par association. Des jeunes comme toi, j'en ai vu passer des dizaines. Vous êtes trop paresseux pour travailler et trop impatients pour attendre. Il vous faut tout tout de suite, et vous optez donc pour l'argent facile. Que des gens meurent à cause de vous, que des innocents souffrent, vous vous en fichez bien. Il n'y a qu'une chose qui compte, c'est votre petite personne. Eh bien, toutes mes félicitations, tu as touché le jackpot.

Clay s'adossa au mur avec un juron.

— Je vous remercie, mais j'ai déjà eu droit à un sermon de la part de notre pasteur, maugréa-t-il.

Il baissa les yeux, avant d'ajouter sur un ton moins hostile :

— Il m'a dit que mon petit frère ne veut même plus prononcer mon nom.

— Ce n'est pas vrai, répliqua Rourke. Mack a essayé de me convaincre que les Harris t'ont entraîné de force dans cette transaction qui te vaut d'être ici. Mais je ne l'ai pas cru.

— Pourquoi le croiriez-vous ? demanda Clay.

Mais au moins, se dit-il, Mack devait l'aimer encore un peu, s'il avait essayé de le défendre. Il fixa la pointe de ses chaussures et se mit à parler d'une voix morne.

— Au début, ce n'était que de la bière et un peu de crack.

Je n'avais pas beaucoup d'amis, au lycée. Les autres avaient tendance à m'éviter. Je suppose que tout le monde savait que mon père avait eu des problèmes avec la justice et que beaucoup de parents ne tenaient pas à ce que leurs enfants soient trop proches de moi. En revanche, les frères Harris paraissaient m'apprécier. Ils m'ont accepté dans leur bande. Il n'a pas fallu longtemps pour que je me mette à boire et à fumer. L'ambiance était tellement sinistre, chez moi ! Mon grand-père avait eu un infarctus, et il était tout le temps malade. Becky ne faisait que travailler et me reprocher de ne rien faire à l'école, et nous n'avions jamais d'argent — jamais assez pour joindre les deux bouts.

Il leva les yeux au plafond et crispa les poings.

— J'en avais assez d'être pauvre. Il y avait cette fille qui me plaisait, mais elle m'ignorait. Je voulais pouvoir m'acheter tout un tas de choses. Je voulais que les gens arrêtent de me regarder de haut parce que je n'avais pas un sou.

Rourke plissa les yeux.

— Tu n'as pas pensé à Becky ?

— Oh si ! J'ai pensé à elle après que l'on m'a arrêté, répondit-il d'un ton amer. J'ai pensé à tous les sacrifices qu'elle avait faits pour nous. Elle n'était même jamais sortie avec un homme avant de vous rencontrer, mais ça aussi je l'ai gâché. Je lui ai rendu la vie dure, parce que j'étais sûr que vous ne la voyiez que pour me coincer.

Là, il tourna le regard vers Kilpatrick, et demanda :

— Je ne me trompais pas, n'est-ce pas ?

— C'était peut-être vrai au début, reconnut Rourke. Mais après…

L'air rêveur, il tira une bouffée de son cigare, avant d'expliquer :

— Becky a quelque chose de plus que la plupart des femmes. Elle a un cœur d'or. Elle est aux petits soins pour ceux qu'elle aime. Elle s'assure qu'ils mettent une veste quand il fait froid et des bottes quand il pleut. Elle leur fait de bons petits plats pour leur remonter le moral et vient les border avant qu'ils s'endorment.

Il baissa les yeux pour conclure :

— Je lui répugne, maintenant. Cela devrait t'apporter quelque consolation ?

Clay ne sut que répondre. Il avait vu le regard de Kilpatrick avant qu'il ne baisse les yeux, et il était troublé d'y avoir lu une émotion aussi intense.

Il s'écarta du mur avec des sentiments mêlés.

— Ce n'est pas moi qui ai piégé votre voiture, dit-il.

Le procureur le sonda du regard.

— Pourtant, tu avais des raisons de le faire.

— J'aime les animaux, répondit Clay. Je vous détestais, mais je n'aurais jamais fait de mal à votre chien.

Rourke ne put retenir un sourire.

— Seigneur ! soupira-t-il.

— Et ce n'est pas moi qui ai vendu le crack au petit Dennis, ajouta Clay. Mack croit que je suis coupable parce que je lui ai demandé de me trouver des contacts à l'école primaire, mais je n'ai pas vendu la drogue, c'est la stricte vérité.

Il secoua la tête d'un air las.

— Je voulais tout arrêter, mais ils m'ont coincé en m'obligeant à participer à une transaction. Ils m'ont fait croire que des policiers m'avaient vu transporter l'argent. Ensuite, ils ont piégé votre voiture, et ils m'ont dit que si je n'arrivais pas à convaincre Mack de les aider, ils me dénonceraient et… Oh, mais à quoi bon vous raconter tout ça ? fit-il d'un air découragé. Vous n'avez aucune raison de me croire. D'ailleurs, personne ne croira que j'ai été forcé à agir comme je l'ai fait, que je ne suis qu'un bouc émissaire. Les Harris ont acheté assez de témoins pour que j'aie droit à la chaise électrique.

Rourke le considéra pensivement.

— Qu'as-tu fait, exactement ?

— La première fois, j'ai transmis un message, et puis j'ai fait l'échange avec le trafiquant.

— Est-ce que tu as vendu de la drogue, ne serait-ce qu'une seule fois ?

— Non.

— Est-ce que tu as distribué des échantillons pour ferrer des clients potentiels ?

— Non.

— Mais tu as pris de la drogue, n'est-ce pas ?

Clay fit la moue.

— Oui, un peu. J'ai surtout fumé des joints. J'ai essayé le crack, mais ça ne m'a pas plu, alors j'ai arrêté.

— As-tu jamais eu plus de trente grammes de crack en ta possession ?

— Eh bien…, oui, la première fois qu'on m'a arrêté. Vous devez vous en souvenir, je présume. Ils avaient fourré un sachet de crack dans ma poche.

Rourke réfléchit un moment tout en tirant sur son cigare. Puis il demanda :

— As-tu participé régulièrement aux transactions ?

— Non, seulement la fois dont je vous ai parlé. Les Harris ne me dévoilaient rien, ils préparaient leurs coups entre eux. Sauf une fois, quand ils m'ont dit qu'ils allaient se débarrasser de vous. Mais j'ai cru qu'ils ne parlaient pas sérieusement, que ce n'étaient que des paroles en l'air. Ce n'est que lorsque Becky est rentrée et nous a dit ce qui s'était passé que j'ai compris qu'ils ne plaisantaient pas. Seigneur ! Je n'ai jamais eu aussi peur de ma vie. Et c'est ce soir-là qu'ils m'ont menacé de me faire porter le chapeau si je ne faisais pas exactement ce qu'ils me disaient.

Il marqua un temps et regarda Kilpatrick avec inquiétude.

— Mais cela me rend complice d'une tentative de meurtre, n'est-ce pas ?

— Non, répondit Rourke. Mais si tu n'as pas un bon avocat, toute l'honnêteté du monde ne t'évitera pas la prison, même si le jury te déclare innocent de la mort de Billy Dennis.

— Je ne peux pas demander à Becky de nouveaux sacri...

— Oh, arrête donc un peu avec ça ! coupa Rourke. Je vais m'en occuper. Mais que cela reste entre toi et moi. Je ne veux pas que Becky soit au courant, est-ce que c'est compris ?

— Mais que pouvez-vous faire, bon sang ? s'écria Clay. Vous êtes le procureur !

Rourke secoua la tête.

— J'ai demandé à être dessaisi. Le gouverneur a désigné un autre procureur pour cette affaire.

— Mais pourquoi ?

— Parce que je ne veux pas que Becky redevienne la cible de Davis. Elle a déjà subi assez d'attaques à cause de moi.

Clay haussa les sourcils.

— Vous êtes amoureux d'elle, n'est-ce pas ?

A ces mots, le visage de Kilpatrick se ferma.

— Disons que j'ai beaucoup de respect pour elle, répondit-il. Quand je vois avec quel courage elle affronte cette situation...

— C'est une dure à cuire, opina Clay. Avec nous, elle s'est cuirassée.

— Mais elle n'est pas invulnérable, lui rappela Rourke. Si, par quelque miracle, tu parviens à t'en sortir, tu pourrais peut-être songer à lui prêter main-forte.

— Je regrette de ne pas l'avoir fait avant, confessa Clay. Je me disais que j'allais gagner de l'argent pour aider Becky, mais c'était faux. Je ne pensais qu'à moi.

— Eh bien, au moins, tu auras appris quelque chose.

Rourke appela le gardien.

— Je dois partir. Quelqu'un prendra contact avec toi, dit-il. Et, surtout, montre-toi coopératif.

— C'est une promesse que je peux faire, assura Clay.

Rourke opina du chef et sortit de la cellule. Quand il fut parti, Clay se rendit compte qu'il avait oublié de le remercier. Mais, tout de même, c'était incroyable que Kilpatrick veuille l'aider. Est-ce que c'était à cause de Becky ? se demanda-t-il. Le procureur était peut-être plus mordu d'elle qu'il ne voulait le reconnaître…

Chapitre 16

Renversé dans son fauteuil pivotant en cuir fauve, une tasse de café à la main, Lincoln Davis profitait d'un trou dans son emploi du temps habituellement surchargé pour feuilleter les revues juridiques qui s'accumulaient sur un coin de son bureau, quand sa secrétaire vint lui annoncer que Rourke Kilpatrick demandait à le voir.

Lincoln haussa les sourcils de surprise. Que son pire adversaire politique ose se présenter ici était tout bonnement incroyable — à moins qu'il soit armé. Que pouvait-il bien lui vouloir ?

— Faites-le entrer, je vous prie.

La secrétaire introduisit le visiteur. Un instant, les deux hommes se toisèrent, puis Kilpatrick hocha brièvement la tête en guise de salut.

— Bonjour, Davis. Il faut que je vous parle.

L'avocat le considéra d'un air dubitatif. En attendant qu'il lui réponde, Rourke se fit la réflexion que l'homme, par son physique et sa posture, ressemblait plus à un catcheur qu'à un avocat.

— Vous voulez seulement me parler ? s'enquit-il d'un ton soupçonneux. Vous ne cachez ni pistolet, ni poignard, ni club de golf, sous votre veste ?

— Je suis le procureur, lui rappela Rourke, très pince-sans-rire. Je n'ai pas le droit d'assassiner un avocat.

— Oh ! Alors, dans ce cas, vous prendrez bien une tasse de café, proposa Lincoln. Mademoiselle Grimes ? fit-il, souriant à sa secrétaire.

— Tout de suite, monsieur, obtempéra celle-ci.

Davis invita Rourke à s'asseoir dans un fauteuil moelleux.

— Puisque vous n'êtes pas venu attenter à mes jours, dit-il, j'avoue que je suis curieux de savoir quel est le motif de votre visite.

La secrétaire vint poser sa tasse de café sur la table basse qui était devant Rourke. Il la remercia et attendit qu'elle soit ressortie pour répondre.

— Je souhaiterais que vous assuriez la défense du jeune Clay Cullen.

Lincoln s'attendait à tout sauf à ça. Il en resta comme deux ronds de flan.

— Mais enfin, Kilpatrick, la culpabilité de ce garçon ne fait aucun doute ! Même un as du barreau ne pourrait rien pour lui.

— Vous avez sans doute raison. Mais vous, vous pourriez, j'en suis persuadé, répliqua Rourke. Cullen affirme que les Harris l'ont forcé à participer à une transaction, et que les autres faits qui lui sont reprochés ont été fabriqués de toutes pièces pour que les torts retombent sur lui.

— Ecoutez, Kilpatrick, il est notoire que vous êtes très proche de la sœur de Cullen, observa Davis.

— Et qu'en conséquence, j'essaie de protéger son frère, s'enflamma Rourke. C'est ce que vous insinuiez dans votre article, si je peux qualifier ainsi ce ramassis d'absurdités. Seulement, voyez-vous, je suis un magistrat. Je ne me laisse pas influencer par des liens personnels. Et, au cas où vous l'auriez déjà oublié, la tentative de meurtre dont Cullen est accusé concerne ma propre personne.

— Je n'ai pas oublié, et mon article n'était pas un ramassis d'absurdités, rétorqua Davis. Si je veux votre poste, il faut bien que je critique votre gestion, mettez-vous à ma place ! Cela étant, je regrette que Mlle Cullen ait été éclaboussée. Honnêtement, ce n'était pas de mon fait.

— Je ne l'ai jamais cru, répondit Rourke.

Il but une gorgée de café, et ajouta avec un sourire narquois :

— Pour un avocat, vous êtes plutôt un brave type.

— Et, en plus, vous vous fichez de moi, marmonna Davis.

— Vu votre carrure, cela demande un certain courage, n'est-ce pas ?

Lincoln le dévisagea pensivement.

— Dans le fond, je crois que je vous aime bien, dit-il enfin. N'allez pas le crier sur les toits, bien entendu.

— Bien entendu, acquiesça Rourke.

Il tira un cigare de son étui et l'alluma, sans se soucier du regard courroucé que Davis lui lançait.

— Je sais que vous avez un cendrier dans le tiroir gauche de votre bureau, déclara-t-il d'un air suffisant.

— Le juge Morris a encore trop parlé, à ce que je vois, soupira l'avocat. Il fume de ces barreaux de chaise qui empuantissent une pièce pendant des jours et des jours.

Sur ce, il sortit le fameux cendrier du tiroir et le fit glisser sur son bureau à l'intention de Rourke.

— Tenez, je ne veux pas de cendres sur ma moquette, dit-il. Bien. Expliquez-moi donc pourquoi vous tenez tant à ce que je représente Cullen.

— Parce que je crois qu'il dit la vérité, répondit Rourke. J'essaie de coincer les Harris depuis des années. Vous savez aussi bien que moi qu'ils tiennent le marché de la drogue, dans notre région. D'autres trafiquants ont tenté de s'y infiltrer mais n'ont pas réussi, pour la bonne raison que les Harris ont le patron du syndicat du crime dans leur manche. C'est la raison principale pour laquelle je n'ai jamais pu les amener devant un tribunal. Mais Cullen peut être l'instrument de leur perte. Je pense qu'il serait d'accord pour coopérer. S'il témoigne contre eux, ils pourraient fort bien faire tomber les Harris.

— Personne ne les regretterait, opina Davis. Mais se charger d'une telle affaire pourrait se révéler suicidaire, politiquement.

— Seulement si vous perdiez, remarqua Rourke. Or, je pense que vous gagnerez. Et songez à la plus-value médiatique, fit-il valoir avec un sourire entendu. Vous mettez votre carrière en jeu, parce que vous êtes convaincu que ce pauvre garçon issu d'un milieu défavorisé, dont le père a eu des démêlés avec la justice, est innocent des crimes dont on l'accuse. Croyez-moi, c'est l'affaire rêvée.

— Je n'en doute pas, ironisa Davis. C'est sans doute la raison pour laquelle vous vous êtes fait dessaisir du dossier.

— Si j'avais perdu, vous m'auriez accusé de ne pas avoir fait tout ce qu'il fallait pour faire condamner Cullen, répliqua Rourke.

— Mmm…

Lincoln prit le temps de peser le pour et le contre, avant de déclarer :

— Les risques sont à la hauteur de l'enjeu. Mais si je parvenais à faire acquitter ce garçon tout en prouvant les liens des Harris avec le trafic de drogue, les rues de notre cité seraient plus sûres pour un bon bout de temps.

— Vous seriez salué comme un candidat qui ne craint

pas de s'exposer, renchérit Rourke. Comme celui qui aurait volé au secours de l'innocent pour que les vrais coupables soient punis.

— Pourquoi êtes-vous venu me faire cette proposition ? lui demanda Davis. Si je réussissais, cela ne pourrait que nuire à vos chances d'être réélu.

— A vrai dire, je ne suis pas très chaud pour me représenter, confessa Rourke. Je prendrai une décision définitive d'ici à quelques jours.

— Il va falloir que j'y réfléchisse, dit Davis en se laissant aller contre son dossier.

— Réfléchissez rapidement, conseilla Rourke. L'audience préliminaire se tient ce vendredi.

Lincoln fronça les sourcils. Cela ne lui laissait guère de temps, en effet.

— Merci pour le délai ! ironisa-t-il.

Puis, reprenant son sérieux, il observa :

— Les Cullen sont des gens modestes, n'est-ce pas ? Ils ont un avocat commis d'office.

Rourke acquiesça d'un mouvement de tête.

— C'est vrai. Mais ne vous inquiétez pas : je me chargerai de vos honoraires.

— Il n'en est pas question, déclina Davis. Tout avocat qui se respecte accepte une affaire à titre gracieux, de temps en temps. Ce sera le cas de celle-ci.

Rourke écrasa le mégot de son cigare et se leva.

— Je vous sais gré d'avoir accepté, dit-il en tendant une main que Davis serra. Je suis heureux que Clay Cullen ait une chance de s'en sortir.

— Nous verrons, dit Davis. J'irai m'entretenir avec lui aujourd'hui ou demain.

Il se leva pour raccompagner Kilpatrick. Mais, au moment d'ouvrir la porte, il se tourna vers son visiteur.

— J'ai entendu dire que vous et Mlle Cullen aviez rompu. J'espère que ce n'est pas à cause de mon article ?

— Non. Elle a rompu parce qu'elle pensait que je m'étais servi d'elle pour espionner son frère, répondit Rourke. Et, au début, c'était vrai.

— Elle vous pardonnera quand elle découvrira ce que vous avez fait pour lui.

— Elle n'en saura rien, rétorqua Rourke. Clay a promis de ne rien dire, et je vous demande le même service.

— Puis-je savoir pourquoi ?

— Parce que si elle renoue avec moi, je ne veux pas que ce soit par gratitude, expliqua Rourke.

— Voilà qui est sage, reconnut Davis. L'amour est déjà assez compliqué comme ça. Inutile d'y introduire le doute.

— Vous parlez d'expérience, dirait-on.

Davis fit la moue.

— Pas vraiment, non. Je n'ai pas beaucoup de chance avec les femmes. Henry leur fait peur.

— Henry ?

— Mon python, expliqua Davis. Il mesure trois mètres cinquante et pèse quarante-cinq kilos. Les femmes n'arrivent pas à comprendre qu'il est inoffensif. Il est bien trop petit pour manger un humain.

Rourke éclata de rire. Il en riait encore quand il se remit au volant.

Le vendredi, Me Malcolm accorda deux heures à Becky pour qu'elle puisse assister à l'audience de son frère. L'estomac noué par l'émotion, elle se rendit donc au palais de justice et s'assit dans la grande salle, où elle tenta de comprendre, perplexe, le tableau qu'elle avait sous les yeux.

D'une part, ce n'était pas l'avocat commis d'office qui était assis avec Clay, mais Lincoln Davis. Et après l'article qu'il avait fait paraître, elle ne voyait vraiment pas ce qu'il faisait là. D'autre part, le banc du ministère public n'était pas occupé par Rourke, mais par un autre homme qu'elle ne connaissait pas.

Becky n'était pas la seule à se poser des questions.

— Où est Rourke Kilpatrick ? demanda une personne assise derrière elle. N'était-ce pas lui qui devait siéger ?

— Il a demandé à être dessaisi de cette affaire, répondit son voisin. C'est un procureur extérieur au comté qui s'en charge. Et regardez qui défend le garçon : Lincoln Davis en personne !

— Oui. Il paraît qu'il remplace l'avocat commis d'office.

— Il n'est pas bon marché. Je me demande comment Clay Cullen va pouvoir le payer.

— Ces trafiquants de drogue se serrent les coudes. Ce n'est pas l'argent qui leur manque !

L'homme avait parlé avec un tel dégoût dans la voix que Becky eut envie de rentrer sous terre.

— Voilà le juge, murmura quelqu'un d'autre à ce moment-là.

Comme tout le monde, Becky se leva le temps que le juge prenne place. Clay regardait fixement devant lui. Elle avait prévu de lui rendre visite, plus tôt dans la journée, mais elle n'en avait pas eu l'occasion.

Une part d'elle-même s'était réjouie de voir Rourke, aujourd'hui, mais il n'était pas là. Pourquoi ne lui avait-il pas dit qu'il s'était dessaisi de l'affaire ? Avait-il pris cette décision au dernier moment ? Ses idées étaient si confuses que la procédure se termina avant qu'elle y ait mis de l'ordre. Comme prévu, Clay fut renvoyé devant la cour d'assises, et il refusa d'être libéré sous caution. Quand il ressortit de la salle d'audience, escorté par deux policiers, Becky se leva. Son moral était au plus bas, et elle se sentait vidée.

En sortant du palais de justice, elle passa devant le bureau de Rourke. La porte étant ouverte, elle ne put s'empêcher d'y jeter un coup d'œil. Rourke était là, mais il fit semblant de ne pas la voir. Il baissa délibérément les yeux sur le dossier qu'il avait devant lui.

Becky fut scandalisée par cette attitude. Ainsi, il l'ignorait ! fulmina-t-elle intérieurement. Eh bien, s'il croyait qu'elle allait s'abaisser à lui adresser la parole la première, il se faisait des illusions !… C'était dommage, car Becky aurait bien voulu lui demander pourquoi il avait repassé l'affaire à un confrère. Peut-être avait-il fini par comprendre que Clay était innocent, mais elle n'y croyait pas trop. Restait une autre énigme : pourquoi Lincoln Davis avait-il décidé de défendre Clay, et qui allait payer ses honoraires ? C'étaient des questions auxquelles, d'une manière ou d'une autre, elle entendait avoir des réponses avant la fin de l'après-midi.

Sitôt sa journée de travail terminée, elle se rendit à la prison. Clay avait retrouvé le sourire, et il ne tarit pas d'éloges sur son nouvel avocat.

— Mais comment l'as-tu contacté ? voulut savoir Becky.

— A vrai dire, c'est lui qui m'a contacté, répondit-il. Il est venu me voir hier soir et m'a demandé si j'étais d'accord pour qu'il me représente.

— C'est l'un des meilleurs avocats de la région, remarqua Becky. Comment allons-nous faire pour le payer ?

— Ne t'inquiète pas, la rassura Clay. Il m'a dit qu'il

lui arrivait de temps à autre de défendre gratuitement un prévenu, s'il croyait à son innocence. Et il ne pense pas que je sois coupable, Becky, ajouta-t-il en détournant le regard.

Il aurait aimé pouvoir dire à sa sœur que Kilpatrick aussi le croyait innocent, que c'était grâce à lui qu'il avait changé d'avocat, mais il avait promis de se taire.

Elle s'assit sur la couchette. Il la rejoignit, lui prit les mains et les serra doucement dans les siennes.

— Becky, M. Davis m'a dit que je pourrais obtenir une réduction de peine si je témoignais contre les Harris.

Sa sœur le regarda d'un air horrifié.

— Mais ils te tueront ! s'exclama-t-elle. Tu sais bien qu'ils n'hésiteront pas. Ce ne sont pas des plaisantins, Clay. N'oublie pas qu'ils ont essayé de tuer Rourke.

— Et ils ont échoué lamentablement, répliqua-t-il. En outre, ils ont pris cette décision de leur propre chef, et cela n'a pas plu aux gros bonnets de la pègre parce qu'ils ont dû geler leurs affaires le temps que la fièvre retombe.

— Tout de même, c'est un gros risque, insista Becky.

— Mais je suis prêt à le courir, affirma Clay. Sinon, j'encours un minimum de quinze ans de prison.

Becky blêmit.

— Oui, je sais, murmura-t-elle.

— J'ai dit à M. Davis que j'allais y réfléchir. Si j'accepte, il faudra prendre des dispositions pour vous mettre en sûreté, toi, Mack et papy.

Becky grimaça. L'éventualité que les Harris s'en prennent à la famille la terrifiait, mais il valait mieux ça plutôt que de voir Clay passer des années en prison pour des crimes qu'il n'avait pas commis. Elle redressa la tête et dit fièrement :

— Les Cullen ont toujours fait face aux épreuves. Nous surmonterons celle-ci.

— Voilà qui ressemble davantage à l'ancienne Becky, approuva Clay. Je te trouvais bien abattue, ces derniers temps.

— Il y avait de quoi, rétorqua-t-elle. Mais le pire sera bientôt passé. J'ai hâte que tu rentres chez nous, tu sais. Tu nous manques beaucoup.

— Vous aussi, vous me manquez. Mais si je sors d'ici, je ne retournerai pas à la maison.

Becky arrondit les yeux.

— Mais... pourquoi dis-tu ça ?

Au lieu de répondre, Clay se leva et se mit à faire les cent pas dans la cellule. Puis il se planta devant Becky, et déclara :

— Je ne suis qu'un fardeau, pour toi. Tu as déjà bien assez à faire avec Mack et papy. D'ailleurs, tu devrais songer à placer Mack dans une famille d'accueil et papy dans une maison de retraite.

— Mais tu n'y penses pas ! s'insurgea Becky.

— Tu as vingt-quatre ans, lui rappela-t-il. Tu as passé ta vie à t'occuper de nous, mais il est grand temps, maintenant, que tu t'occupes un peu de toi-même. Je suis sûr que tu as déjà rêvé de te marier et de fonder une famille, Becky. Peut-être que Kilpatrick et toi...

— Je ne veux plus rien avoir à faire avec ce monsieur, coupa-t-elle. Plus jamais, tu m'entends !

— Il n'a fait que son boulot, dit Clay sans se laisser impressionner. C'est vrai, je ne l'aimais pas. Je le prenais pour mon pire ennemi, et j'étais furieux que tu l'amènes chez nous. Mais ce qui compte, c'est ce que *toi* tu ressens pour lui, Becky. Tu ne peux pas passer le restant de ta vie à être l'esclave de tes frères et de ton grand-père.

— Mais ce n'est pas ça du tout ! protesta-t-elle. Je m'occupe de vous parce que je vous aime.

— Je n'en doute pas. Et nous aussi, nous t'aimons. Mais tu as besoin de quelque chose que nous ne pouvons plus te donner. Tu sais, poursuivit-il avec un sourire rêveur, je suis amoureux fou de Jenna. Elle m'a appris à accepter la vie. Je tiens assez à elle pour rester dans le droit chemin, dorénavant, et elle a promis de m'aider. Elle va témoigner en ma faveur, même si cela doit lui créer de gros ennuis avec les Harris et leur père.

— C'est une excellente nouvelle, se réjouit Becky.

Un instant de silence s'ensuivit. Puis Clay demanda :

— Et comment va papy ?

— Il n'y a pas d'évolution, répondit-elle. Il ne prête attention à rien, et il s'est enfermé dans le mutisme.

Clay secoua la tête.

— J'ai fait un drôle de gâchis, soupira-t-il.

— Papy est vieux et usé, tempéra Becky. Mack et moi nous sentons bien seuls, sans lui et sans toi, mais nous tenons le coup.

— Le problème, c'est qu'il n'y aura pas de récolte, cette année, déplora Clay. Il n'y a personne pour t'aider à labourer et à semer. Si tu demandais à Kilpatrick, il trouverait sans doute quelqu'un pour le faire.

Le visage de Becky se ferma instantanément.

— Je préfère mourir de faim que de lui demander quoi que ce soit.

— Pourquoi ? Simplement parce que je me suis fait prendre à cause de lui ?

Becky ne répondit pas. Elle ne voulait pas expliquer à son frère que Rourke avait couché avec elle et l'avait abandonnée dès que Clay avait été pris. S'ajoutait à ça sa grossesse probable, mais elle préférait ne pas y penser.

Elle se leva, lissa sa jupe et sourit à Clay.

— Je suis heureuse que tu aies un bon avocat. Peux-tu

lui dire qu'il n'hésite pas à faire appel à moi, en cas de besoin ?

— Je le lui dirai, mais il le sait déjà, répondit Clay.

Il étreignit sa sœur, puis il s'écarta d'elle, un peu gêné par cette manifestation spontanée de tendresse.

— Merci d'être venue me voir, Becky. Je regrette vraiment que tu doives subir les contrecoups de mes bêtises. Et j'ai bien peur qu'il y ait encore plus de publicité, maintenant. Lincoln Davis est candidat au poste de procureur, tu le sais, et il ne va pas manquer d'utiliser cette affaire à son avantage. D'ailleurs, c'est sans doute pour cette raison qu'il m'a pris comme client.

— Oui, c'est ce que je pense aussi, acquiesça Becky. Il faut que je m'en aille, à présent. Prends bien soin de toi.

— Et toi, sœurette, réfléchis à ce que je t'ai dit, d'accord ? Ne passe pas à côté de la vie.

— J'y réfléchirai, promit-elle. Mais il n'est pas question que je place Mack dans une famille d'accueil ; ni lui ni moi ne le supporterions.

Clay fit un geste d'impuissance.

— Tu as tort, Becky. Il n'y a pas un homme sur terre qui t'accepterait avec un gamin de dix ans et un vieillard.

A ces mots, Becky sentit son cœur se changer en pierre. Elle s'était souvent fait cette réflexion, au cours des trois derniers mois. Que Rourke veuille d'elle était une chose, mais qu'il accepte en plus ses frères et son grand-père, il ne fallait pas y compter. C'était sans doute l'une des raisons pour lesquelles il l'avait laissée tomber, bien qu'elle se soit donnée à lui. Le sexe était une chose, mais se retrouver responsable de toute une belle-famille devait rebuter la plupart des hommes. Elle soupira à part soi. Quel dommage qu'elle n'ait pas refusé, la première fois que Rourke lui avait proposé un café ! Sa soif de liberté et d'amour lui avait coûté cher.

Elle murmura une remarque de circonstance, puis elle embrassa son frère et partit.

Chapitre 17

Rourke sortit du restaurant où il venait de déjeuner d'aussi sombre humeur qu'il était en y entrant. Après que Becky fut passée devant son bureau et qu'il eut vu dans quel état d'épuisement elle était, sa conscience l'avait tellement tourmenté qu'il ne s'en était pas encore remis. Il se sentait seul, sans elle — et blessé, parce qu'elle pensait davantage à Clay qu'à lui-même. En somme, il était jaloux de l'amour inconditionnel qu'elle portait aux siens, et qu'il aurait bien voulu qu'elle lui porte. Malheureusement, il avait tout gâché en couchant avec elle, il le savait. Si seulement il avait pu se retenir, cette nuit-là, ils seraient toujours ensemble. Mais il la désirait trop pour la repousser, quand elle s'était assise sur ses genoux avec son sourire charmeur. Ce n'était pas une excuse, bien sûr… Et, maintenant, elle devait en plus s'inquiéter d'une grossesse éventuelle, d'une grossesse qu'elle ne souhaitait pas.

A vrai dire, Rourke s'était laissé aller à quelques fantasmes à propos de la condition de Becky. A l'exception de l'oncle Sanderson, il avait été seul toute sa vie. Il avait souvent pensé qu'il aimerait avoir des enfants, mais il n'avait jamais trouvé celle qui pourrait être leur mère. Puis Becky avait surgi dans sa vie avec sa personnalité attachante et son sourire spontané, et il s'était remis à rêver. La nuit où ils avaient fait l'amour, la possibilité qu'elle soit enceinte l'avait empli d'espérance, et non d'appréhension.

Tout en se dirigeant vers son bureau, il se dit qu'épouser Becky ne le dérangerait pas. Mais alors, vraiment pas. La question était de savoir comment la convaincre d'accepter dans l'état d'esprit qui était le sien en ce moment…

Il y avait environ quatre semaines qu'ils avaient fait l'amour. Pour autant que Rourke le sache, on ne pouvait détecter une grossesse qu'à partir de la sixième semaine. Cela lui laissait le temps d'élaborer une stratégie. Certes, il aurait été plus simple de parler à Becky quand elle était passée devant son bureau, mais le triste spectacle qu'elle offrait l'avait littéralement figé sur place. Bien entendu, elle devait croire qu'il l'avait ignorée délibérément. Son comportement avait érigé un mur, entre elle et lui, qui serait difficile à abattre.

Deux semaines plus tard, Becky revint de chez le médecin l'air hagard.

Maggie, qui avait deviné la situation depuis le début, l'entraîna doucement dans le cabinet de toilette et ferma la porte.

— Alors, qu'a-t-il dit ?

Becky était très pâle. Elle avait essayé de se convaincre que tous ses symptômes n'avaient d'autre cause que la fatigue, mais le Dr Miller l'avait gentiment détrompée.

— J'aurai les résultats des tests demain, seulement, répondit-elle distraitement.

— Mais ? la pressa Maggie.

Becky sortit de ses pensées et regarda son amie dans les yeux.

— Devine, fit-elle.

— Bon… Est-ce que nous pleurons ou est-ce que nous fêtons ça ? demanda Maggie, un sourire aux lèvres.

— Je ne sais pas, avoua Becky. Mais si tu savais comme j'ai peur ! Ce n'est pas le scandale qui m'inquiète ; c'est l'idée d'être responsable d'un petit être humain. J'ai été responsable de Mack, à la mort de maman, mais ce n'était pas la même chose. Celui-ci est une part de moi.

— De toi et de quelqu'un d'autre, remarqua Maggie. Et même si tu le hais, il a le droit de savoir.

Une bouffée de colère envahit Becky.

— Il savait qu'il y avait un risque, mais il n'a évoqué le sujet que le jour où il est passé ici pour voir Me Malcolm. En fait, c'est le dernier de ses soucis.

— Ne sous-estime pas Kilpatrick, dit Maggie. Je parie qu'il sait exactement à quelle date tu devais être sûre d'être enceinte, et que tu auras de ses nouvelles avant la fin de la journée.

A ces mots, le cœur de Becky fit un bond dans sa poitrine, et cela ne lui plut pas. Elle ne voulait pas avoir de nouvelles de Rourke. Mais alors, absolument pas, essaya-t-elle de se convaincre. C'était un lâcheur, et elle était heureuse d'être débarrassée de lui.

Puis elle pensa au bébé et se demanda de qui il tiendrait. Aurait-il les yeux noirs ou noisette ? La peau mate de son père ou le teint clair, comme le sien ? Mais elle revint bientôt à la réalité. Elle ne pouvait pas garder cet enfant, ce serait une folie. Seulement, avorter serait au-dessus de ses forces. Becky respectait trop la vie pour mettre un terme à celle qui germait en elle. Et quand elle se voyait bercer le petit être dans ses bras, elle fondait de tendresse. L'idée d'avoir un bébé à elle, de l'aimer et de le nourrir et de le voir grandir était… terriblement impressionnante.

*
* *

Rourke ressassait à peu près les mêmes pensées, quelques heures plus tard, alors que, assis sous la véranda de la ferme des Cullen, il attendait que Becky rentre du travail. Il y avait six semaines, très précisément, qu'ils avaient fait l'amour, et elle savait de façon sûre, maintenant, si elle était enceinte ou pas. Il avait téléphoné au cabinet du Dr Miller et, bien entendu, elle avait eu un rendez-vous aujourd'hui. Il tira une bouffée de son cigare avec un sentiment de plaisir anticipé. Elle le haïssait, mais ce n'était qu'un obstacle mineur. Rourke était obstiné. Il attendrait qu'elle le juge mieux.

La voiture de Becky s'engagea sur le chemin de terre et vint s'arrêter devant la maison. La jeune femme en descendit et, quand elle découvrit sa présence, elle parut avoir un choc.

Puis elle se reprit et se dirigea vers lui. Elle était vêtue d'une jupe à fleurs, d'un chemisier bleu ciel sans manches, et ses cheveux étaient réunis en queue-de-cheval. En dépit de ses traits tirés, elle irradiait la jeunesse et la volonté.

Becky monta les marches et se planta devant Rourke, les mains sur les hanches.

— Puis-je savoir ce que tu fais ici ? demanda-t-elle d'un ton froid.

Il haussa les épaules, nonchalant.

— Je viens boire un café et discuter avec toi.

— Je n'ai plus de café, et je ne veux pas discuter avec toi, répliqua-t-elle. Tu m'as dit des choses horribles, la dernière fois que tu m'as parlé. Et quand je suis passée devant ton bureau, le jour de l'audience de Clay, tu as fait semblant de ne pas me voir.

— Tu étais dans un tel état que je me suis senti coupable,

expliqua-t-il tranquillement. D'ailleurs, j'ai toujours mauvaise conscience.

— Eh bien, tu ne devrais pas. Clay a un bon avocat, mon grand-père est dans une maison de repos qu'il adore, et Mack et moi nous portons à merveille.

— Où est Mack ? demanda-t-il.

— Il est en vacances. Il passe la semaine avec l'un de ses amis au lac Lanier.

Rourke se leva. Il portait un costume d'été havane, ses cheveux étaient frais coupés… Il avait l'allure élégante d'un félin, et son parfum fit renaître en Becky des souvenirs qu'elle aurait préféré oublier. Elle reformula sa question :

— Quelle est la vraie raison de ta présence ?

— Tu as vu le Dr Miller, aujourd'hui. Je veux savoir ce qu'il t'a dit.

— Tu n'as pas eu l'air très intéressé, jusqu'à présent, observa-t-elle avec amertume.

— Jusqu'à présent, ça ne servait pas à grand-chose, rétorqua-t-il en portant le regard sur le ventre de Becky.

Elle sursauta et s'écarta de lui. Aux yeux de Rourke, cette réaction était éloquente.

Becky lui tourna le dos et ouvrit la porte. Elle n'essaya pas de l'empêcher d'entrer, il l'aurait fait quand même. Elle alluma, car il faisait déjà sombre, et se rendit directement dans la cuisine pour faire du café. Mais seulement parce qu'elle en voulait une tasse, se garantit-elle en son for intérieur.

Rourke écrasa son cigare dans un cendrier, avant de tirer une chaise sur laquelle il s'assit à califourchon. Ensuite, il se contenta de regarder Becky s'activer, le cœur plus léger qu'il ne l'avait été depuis de longues semaines.

— Tu ne m'as pas répondu, Becky, remarqua-t-il quand elle eut démarré le percolateur. Que t'a dit le médecin ?

— Il m'a fait faire des analyses. Mais je n'aurai pas les résultats avant demain.

— Dieu, que tu es têtue ! soupira-t-il. Nous savons tous les deux qu'à ce stade, les analyses ne sont qu'une formalité. Il y a des symptômes qui ne trompent pas. Dois-je les nommer ? Fatigue, nausées, jambes enflées…

— Combien de fois as-tu été enceinte ? coupa-t-elle d'un ton irrité.

Rourke éclata de rire.

— C'est ma première fois, répondit-il. Mais j'ai acheté un livre sur la grossesse et j'y ai trouvé les symptômes.

— Si je suis enceinte, le bébé est à moi, l'informa-t-elle sèchement.

— Si tu es enceinte, le bébé est à nous, rétorqua Rourke du tac au tac. N'oublie pas que je t'ai aidée à le faire.

Son allusion fit rougir Becky.

— Il y a de fortes chances que je ne le sois pas, marmonna-t-elle. Les symptômes dont tu parles peuvent avoir diverses causes, le surmenage ou les soucis, par exemple.

— Bien entendu. Mais dis-moi, demanda-t-il d'un air suffisant, quand as-tu été indisposée pour la dernière fois ?

— Espèce de… !

Elle saisit une passoire en plastique et la lui lança à la tête, le manquant de peu.

— Tu as au moins six semaines de retard, si je comprends bien, murmura-t-il, imperturbable. Quand allons-nous nous marier ?

— Il n'est pas question que je t'épouse ! s'emporta Becky.

Elle ne supportait pas qu'il prenne un tel sujet à la légère. Il ne lui vint pas à l'esprit que Rourke ne faisait que tâter le terrain en essayant de ne pas lui laisser voir à quel point il était à la fois ravi et terrifié à l'idée d'être père.

— Bien sûr que si, assura-t-il. Etre un enfant illégitime n'est pas facile à vivre, je suis bien placé pour le savoir.

— Eh bien, j'épouserai quelqu'un d'autre !

— Vraiment ? Et qui donc ? demanda-t-il.

Pour toute réponse, Becky se borna à hausser les épaules.

Elle servit deux tasses de café. Elle était tellement énervée qu'elle faillit les renverser en les apportant sur la table. Rourke en but une gorgée, et hocha la tête d'un air approbateur.

— Merci. Tu fais du très bon café.

Becky sirota le sien, le regard fixé sur la table. Au bout d'un moment, elle leva les yeux vers lui, et dit :

— Le fait de m'épouser nuirait à ta carrière. Et, de plus, cela nous placerait de nouveau sous les projecteurs. De toute façon, je dois penser à ma famille. Mack et mon grand-père ont besoin de moi.

Le regard de Rourke scintilla de colère.

— Je crois plutôt que c'est toi qui as besoin d'eux, cingla-t-il. Tu aimes qu'ils dépendent de toi, avoue-le. C'est beaucoup plus facile que de s'appuyer sur quelqu'un, pour changer, n'est-ce pas ?

— Je n'ai jamais pu m'appuyer sur qui que ce soit, riposta Becky. Et il n'y a personne à qui je fasse assez confiance pour le faire aujourd'hui, surtout pas toi ! Je t'ai fait confiance une fois, et regarde où nous en sommes !

— Dis-moi que tu n'étais pas d'accord ! fulmina-t-il. Dis-moi que je t'ai forcée !

— Tu aurais pu prendre tes précautions ! ragea-t-elle.

Là, elle n'avait pas tort, il devait bien le reconnaître.

— Ce genre d'accident arrive à tout le monde, maugréa-t-il. Nous avons commis une erreur, et maintenant, nous devons l'assumer.

Ce n'était pas ce que Becky avait envie d'entendre. Elle aurait voulu qu'il lui dise qu'il l'aimait, qu'il était heureux d'avoir un enfant avec elle. Des mots comme « accident », « erreur » ou « assumer » la terrassaient littéralement.

— Tu n'as rien à assumer du tout, dit-elle fièrement. Je m'occuperai du bébé. Je ne veux pas que tu te sacrifies pour moi.

Rourke haussa les sourcils.

— Tu pourrais au moins reconnaître que je m'intéresse à notre enfant.

— Oui, tu as raison, répondit Becky. Je le reconnais. Mais, dans le fond, je pense que tu ne désires pas plus ce bébé que moi.

Elle avait simplement voulu le provoquer, mais quand elle le vit blêmir, elle regretta aussitôt ses paroles.

— Si, justement, grinça-t-il. Et si tu ne veux pas de lui, je l'élèverai tout seul. Tout ce que je te demande, c'est de mener ta grossesse à son terme.

— Je ne voulais pas..., commença Becky.

Mais Rourke se leva, la dominant de toute sa taille, et elle déglutit péniblement.

— Je ne suis pas totalement insensible, dit-il d'un ton bourru. Je sais que tu as déjà bien assez à faire avec tes frères et ton grand-père. Tu n'as vraiment pas besoin d'un bébé en plus.

Il fourra les mains dans ses poches et posa sur Becky un regard accablé. Elle avait autant de droits que lui. Malgré ses préjugés, il devait faire preuve d'équité. Il crispa les poings et se força à poursuivre.

— Je ne peux pas t'obliger à garder cet enfant, bien entendu. Ton corps n'appartient qu'à toi. Donc, si tu penses qu'avorter est la seule solution raisonnable, si tu es vraiment sûre de toi, c'est moi qui paierai.

— Oh, mon Dieu ! fit Becky, totalement incrédule.

Elle prit une profonde inspiration et baissa les yeux sur la table. Elle n'avait pas voulu lui donner cette impression. Il essayait d'être équitable, elle le voyait bien, mais la mine qu'il faisait en prononçant ces mots avait brisé le cœur de Becky.

— Quand tu te seras décidée, fais-le-moi savoir, maugréa Rourke, qui prenait l'attitude de Becky pour du soulagement. Je me chargerai de la facture. Comme tu l'as dit, je n'ai pas pris de précautions, tout cela est donc ma faute.

Avant que Becky ait pu dire quoi que ce soit, Rourke était parti. Alors, elle se cacha le visage dans les mains et se mit à pleurer à chaudes larmes sur ce gâchis. Elle désirait l'enfant qu'elle portait plus que tout au monde, mais elle avait prétendu le contraire dans son emportement, et Rourke l'avait crue. Et comment lui expliquerait-elle, à présent, qu'elle ne parlait pas sérieusement ? Il l'avait dévisagée avec une telle aversion qu'elle craignait fort qu'il ne veuille plus l'écouter.

Le lendemain, Becky apprit sans surprise que les tests étaient positifs. Elle était enceinte, il n'y avait plus le moindre doute à ce sujet. Et cela entraîna de nouveaux problèmes.

Les visites prénatales coûtaient cher, ainsi que les vitamines que son gynécologue lui prescrivait. Becky avait une assurance médicale, mais, malheureusement, elle ne couvrait pas la grossesse. C'était une option qu'elle n'avait pas retenue, parce que, à l'époque, elle ne pensait pas qu'elle en aurait besoin. Quelle ironie ! La petite somme mensuelle qu'elle aurait dû verser en plus aurait été largement compensée par ses frais actuels, mais il était trop tard. De plus, Mack étant en vacances d'été, elle devait payer une voisine pour s'occuper de lui pendant ses heures de travail. Et la voiture avait besoin d'une révision.

Son salaire ne suffisant plus à faire face aux dépenses, Becky décida de prendre un petit boulot. Une annonce demandait des personnes pour livrer le quotidien du matin. Elle se présenta et fut acceptée tout de suite. Elle devait se lever avant l'aube pour que les abonnés aient leur journal au saut du lit, mais cela lui permettait d'arriver à l'heure à son véritable travail. Quand Mack découvrit qu'elle avait pris ce job, il sauta au plafond, mais Becky n'abandonna pas pour autant.

Quant à son grand-père, il avait l'air de lâcher prise un peu plus chaque jour, et Becky s'angoissait un peu plus à chaque visite.

Malgré l'insistance de Lincoln Davis, Clay, pour sa part, hésitait encore à témoigner contre les Harris. A vrai dire, depuis qu'elle se savait enceinte, Becky ne l'encourageait guère à sauter le pas. Car si elle était prête à courir des risques, elle devait aussi, maintenant, songer à son enfant.

Les semaines passant, le bébé devint sa raison de vivre. N'eussent été ses deux emplois et les tracas que lui causaient Clay et son grand-père, elle aurait traversé le premier trimestre avec insouciance, mais la fatigue et la tension nerveuse lui prenaient toutes ses forces. Elle commença à perdre du poids et à avoir davantage de nausées, le soir, qu'elle n'en avait eu le matin en début de grossesse.

Un vendredi, en début de soirée, Becky eut la plus grande surprise de sa vie. Sans avoir pris la peine de la prévenir, Rourke, en effet, vint lui rendre visite à la ferme.

Contrairement à son habitude, il était tout débraillé, et son sweat blanc était maculé de cambouis.

Rourke était irritable et tendu, mais quand il la vit allongée sur le canapé, amaigrie et les traits tirés, sa colère fondit comme neige au soleil.

Il posa les poings sur les hanches et la considéra d'un regard désolé.

— Seigneur, mais tu as l'air d'un zombie ! s'exclama-t-il. Il faut que tu manges ! Une omelette, peut-être ?

Ce simple mot fit pâlir Becky.

— Surtout pas ! gémit-elle.

— Alors, tu n'as pas de chance, parce que je ne sais rien faire d'autre, regretta Rourke. Mack m'a dit que tu avais aussi sauté ton déjeuner ?

Becky plissa les yeux. Elle se tourna vers son frère, installé devant la télé, et le fusilla du regard.

— Traître ! lança-t-elle sur le ton de l'accusation.

— Je n'ai trouvé personne d'autre qui se souciait assez de toi pour venir t'empêcher de mourir, se justifia Mack.

La pâleur de Becky céda la place à une rougeur embarrassée.

— Et qu'est-ce qui te fait croire que M. le procureur se soucie de moi ? marmonna-t-elle.

— Eh bien, après tout, c'est le père du bébé, non ? répliqua Mack.

A ces mots, elle se redressa d'un bond, les yeux ronds.

— Mais… comment sais-tu que j'attends un bébé ? Et comment sais-tu qui en le père ?

— Oh, j'ai vu un documentaire, un jour, qui expliquait comment les femmes enceintes se comportent, répondit son frère avec le sérieux d'un adulte. Et M. Kilpatrick est le seul homme avec qui tu sois sortie. C'était facile de faire le lien.

Becky secoua la tête.

— Je me demande où va le monde, soupira-t-elle.

Rourke grimaça, et lança :

— Il ne doit pas aller dans la bonne direction, pour qu'une femme refuse d'épouser le père de son enfant !

— Quoi ? Becky ne veut pas se marier avec vous ? s'offusqua Mack.

— Tu vois, Becky ? Même ton petit frère est choqué, observa Rourke.

— Le bébé n'aura pas de nom, renchérit Mack.

— Bien sûr que si, assura Rourke. Nous ferons entrer un pasteur en douce dans la salle d'accouchement. A ce moment-là, elle ne pourra pas refuser de m'épouser, conclut-il avec un large sourire.

— Jamais, tu m'entends ! s'entêta Becky.

Puis, brusquement, elle se sentit mal et gémit :

— Oh non !

Aussitôt, Rourke l'aida à se lever et la conduisit à la salle de bains, où il l'étonna avec son savoir-faire et sa patience. Il resta auprès d'elle jusqu'à ce que la vague de nausées soit passée, lui tendit un gant humide pour qu'elle se rafraîchisse le visage, puis la souleva dans ses bras et l'emmena dans sa chambre. Après l'avoir déposée sur le couvre-lit, il décréta qu'elle avait grand besoin de repos.

— Mack m'a parlé de tes livraisons de journaux, poursuivit-il. Je suis désolé, ma chérie, mais tu viens de démissionner. J'ai expliqué à ton patron que ta santé et celle du bébé passaient d'abord.

— Tu n'as pas fait ça ! protesta faiblement Becky.

— Si. Je réglerai les honoraires de ton gynécologue, promit-il. En outre, j'ai embauché un homme de confiance pour faire les foins et s'occuper régulièrement de tes bêtes. Le jardin devra attendre l'automne, maintenant, mais je vais faire en sorte que la parcelle soit retournée et amendée pour qu'il n'y ait plus qu'à planter.

Sans tenir aucun compte des objections de Becky, il parcourut la pièce du regard.

— La maison a bien besoin qu'on s'en occupe, elle aussi, constata-t-il. Je vais voir ce que je peux faire.

— Rourke ! Vas-tu m'écouter, à la…

— Je suis heureux que tu te souviennes de mon prénom, coupa-t-il en la regardant tendrement.

Il se pencha sur elle et lui effleura le front de ses lèvres. Puis il déclara :

— Je vais faire quelque chose à manger pour Mack. Essaie de dormir un peu. Je passerai voir si tout va bien dans un moment.

— Mais je ne veux pas que tu prennes tout en charge ! protesta de nouveau Becky.

— Pourtant, il faudra bien que tu t'y fasses, répondit-il. Bonne nuit.

Sur ce, il éteignit, sortit et referma la porte sans bruit.

— C'est uniquement pour le bébé que tu fais ça, murmura-t-elle en fermant les yeux. Ce n'est pas moi qui t'intéresse, c'est lui. Eh bien, ne te fais pas d'illusions : tu ne me feras pas perdre la tête une deuxième fois.

Cette question réglée, Becky sombra dans un sommeil de plomb.

Chapitre 18

Becky dormit d'un trait jusqu'au matin. A son réveil, elle constata qu'elle était toujours habillée, mais couchée sous le drap. C'était une initiative de Rourke, sans aucun doute, se dit-elle amèrement. Enfin…, au moins, il n'avait pas profité de son sommeil pour la mettre nue. D'ailleurs, pourquoi l'aurait-il fait, se demanda-t-elle, alors qu'il avait déjà vu tout ce qu'il y avait à voir ? Ça ne l'intéressait plus, à coup sûr.

Elle se leva dans l'idée de se préparer un petit déjeuner. En traversant le salon, elle dit bonjour à Mack qui regardait des dessins animés à la télévision. Puis elle entra dans la cuisine…, et faillit trébucher sur Rourke, assis sur une chaise, ses longues jambes étendues devant lui.

— Tu es toujours là ? s'étonna-t-elle. Tu n'es donc pas rentré chez toi, hier soir ?

— Bien sûr que si, répondit-il d'un air désinvolte en désignant son pantalon gris et sa chemise bleue à fines rayures.

Elle remarqua distraitement qu'il s'était aussi rasé et qu'il s'était mis un peu de cette eau de toilette qu'elle aimait tant. C'est alors qu'il ajouta :

— Quand tu auras pris ton petit déjeuner, nous irons tous voir ton grand-père.

Becky n'en crut pas ses oreilles.

— Tu veux dire que tu viens aussi ? Mais c'est impossible ! Il aura une attaque, s'il te voit avec moi !

— Je suis prêt à parier que non.

Rourke paraissait déterminé, et Becky n'avait pas envie de se disputer si tôt le matin. Elle céda donc — non sans se promettre qu'elle serait plus ferme à la prochaine occasion.

— Bon, je vais me faire griller quelques toasts, dit-elle.

— C'est déjà fait, l'informa Rourke. J'en ai laissé une assiette au four pour qu'ils restent tièdes. Mack et moi avons déjà déjeuné. Ah ! Et il y a aussi du café.

Touchée malgré elle, Becky le remercia et alla se servir. Puis, sous le regard paisible de Rourke, elle s'assit à table et fixa son toast avec une moue dubitative. Elle avait l'estomac barbouillé et n'était pas sûre qu'elle pourrait garder ce qu'elle avalerait.

Prudemment, elle en grignota un petit bout, le fit passer avec une gorgée de café et attendit le résultat en contemplant Rourke. Elle constata sans trop d'étonnement que sa beauté virile la troublait toujours autant. Dès qu'elle posait les yeux sur lui, de petits frissons lui couraient dans le dos. Et dire qu'elle pourrait l'avoir tout à elle si elle acceptait de l'épouser, songea-t-elle. La tentation était forte, mais elle s'interrogeait sur les motifs de son vis-à-vis. Peut-être voulait-il seulement le bébé, ou peut-être avait-il mauvaise conscience après la façon dont il s'était conduit avec elle. Ou les deux, car il lui avait fait des remarques blessantes — bien que Becky soit obligée d'admettre qu'elle n'avait pas mâché ses mots, elle non plus.

La voix de Rourke vint la tirer de sa méditation.

— Alors, ça va ?

Elle opina du chef.

— Bien.

Il but un peu de son café et sortit un cigare de son étui, mais ne l'alluma pas. Le posant sur la table, il précisa :

— Je le fumerai dehors. Je ne veux pas te rendre malade.

— J'apprécie ton attention, murmura Becky.

— Au fait, est-ce que tu as pris une décision à propos du bébé ? demanda-t-il en détournant le regard.

Becky l'observa pensivement. Il se tenait raide sur sa chaise, attendant sa réponse avec une anxiété manifeste. Il paraissait si bien adapté à sa vie solitaire que même dans ses rêves les plus fous elle n'avait imaginé qu'il avait la fibre paternelle. Pourtant, c'était un fait : depuis quelque temps, il avait tout l'air d'un homme qui voulait sincèrement un enfant.

Elle baissa les yeux sur sa tasse et fixa le reflet que lui renvoyait la surface du café.

— Je ne pourrais pas supporter une IVG, répondit-elle. Surtout parce que je désire cet enfant de tout mon cœur.

Elle releva instinctivement les yeux. Mais Rourke était déjà debout, et il sortit de la cuisine sans qu'elle ait pu voir son visage. Alors, elle grignota un peu plus de son toast, et, comme Rourke ne revenait pas, décida d'aller s'habiller.

Rourke était assis sur la balancelle, fumant son cigare. Mack sortit sous la véranda.

— Becky est en train de s'habiller, annonça-t-il.

Puis il se tut, ne sachant trop que dire. Le procureur

n'avait pas l'air dans son assiette, ce matin. Il était pâle, paraissait bouleversé, et Mack ne comprenait pas ce qui lui arrivait.

— Est-ce que ça va, monsieur Kilpatrick ? s'inquiéta-t-il.

Le procureur tira une bouffée de son cigare et lui sourit.

— Ça va, oui, répondit-il. Viens t'asseoir, mon grand. Et je pense que tu peux m'appeler Rourke, maintenant.

Mack s'assit à côté de lui et le regarda.

— Pourquoi est-ce que Becky est fâchée contre vous ? Est-ce que c'est à cause du bébé ?

— Très probablement, oui.

— Est-ce qu'elle va avoir un gros ventre, comme dans les films ?

Rourke sourit — un sourire empli de tendresse, qui déconcerta Mack.

— Oui. Elle va devenir grosse comme une citrouille.

— Et qu'est-ce que ce sera, un garçon ou une fille ?

— Nous ne savons pas encore, dit Rourke. D'ailleurs, je crois que je préfère ne pas le savoir, avoua-t-il. J'aime les surprises, pas toi ?

— Quand elles sont bonnes, si, reconnut Mack. Mais Becky ne veut pas se marier avec vous, Rourke.

— Oh, elle finira par accepter, assura-t-il. Si elle ne le fait pas pour moi, elle le fera pour le bébé.

— Ça veut dire que vous ferez partie de la famille, observa Mack.

— Indubitablement.

Le garçon parut réfléchir un instant, fixant distraitement la pointe de ses chaussures.

— Et Clay ? demanda-t-il enfin. C'est moi qui l'ai dénoncé…

Rourke le prit par l'épaule en un geste protecteur.

— Il n'y a que toi et moi qui sommes au courant, dit-il. Et je t'ai promis d'être muet comme une tombe, d'accord ?

— Mais…

Rourke le fit taire d'un regard.

— D'accord ? répéta-t-il.

— D'accord, céda Mack. Merci, Rourke.

— Entre beaux-frères, on doit se serrer les coudes, tu ne crois pas ? fit-il d'un ton enjoué.

Pendant ce temps, Becky était en train d'essayer de passer un jean qui se révélait soudain trop serré. Comme elle n'arrivait pas à fermer le bouton du haut, elle mit une blouse aux couleurs fraîches qui recouvrait la ceinture du pantalon. Puis elle se brossa les cheveux, se maquilla très légèrement et alla rejoindre Mack et Rourke sous la véranda.

Ils avaient l'air très naturel, assis ensemble, Rourke fumant son éternel cigare et poussant doucement la balancelle du pied, tandis qu'il discutait avec Mack comme s'ils étaient de vieux amis.

En la voyant, Rourke se leva.

— Ah, tu es prête, remarqua-t-il. Nous allons prendre ma voiture, tu m'indiqueras le chemin.

— Bonne idée, approuva Mack. La voiture de Becky ne démarre pas toujours. Et quand elle démarre, le moteur fait un drôle de bruit.

— C'est une bonne voiture, protesta sa sœur.

— Mais elle est trop vieille, conclut Mack.

Il grimpa dans la Jaguar de Rourke et ouvrit des yeux émerveillés.

— Ouah ! Elle est géniale ! s'exclama-t-il.

Et il entreprit de tout examiner, des cendriers aux appuie-tête électriques.

En démarrant, Rourke demanda à Becky si l'état de son grand-père s'était amélioré. Elle jeta un coup d'œil en direction de Mack, absorbé par le maniement du repose-bras, avant de secouer la tête.

Rourke grimaça.

— Il se laisse aller, n'est-ce pas ? fit-il à mi-voix.

— Oui, soupira Becky. Quand j'essaie de discuter avec lui, il ferme les yeux et m'ignore.

— Il a besoin qu'on le stimule.

— Il a surtout besoin de repos.

— Ce n'est pas le repos qui va le sortir de son état, déclara Rourke sur un drôle de ton.

Becky s'alarma. Puis Mack se mit à lui parler avec excitation, et elle oublia la remarque qu'elle s'apprêtait à faire.

Ce n'est qu'en arrivant à la maison de repos qu'elle se souvint de ce qu'avait dit Rourke. Ils entraient dans l'établissement, quand elle demanda :

— Tu ne vas pas provoquer mon grand-père, n'est-ce pas ?

— Bien sûr que non, répondit-il innocemment.

Becky ne le crut pas, mais ils pénétraient déjà dans la chambre du vieil homme, si bien qu'elle n'insista pas. Elle prit un siège et Rourke un autre, tandis que Mack allait au chevet de son grand-père et lui prenait la main.

— Bonjour, papy, dit-il. Comment vas-tu, aujourd'hui ? Tu sais, la maison est bien vide sans toi.

Le vieil homme cilla des paupières, mais garda les yeux clos.

— C'est vrai, tu nous manques beaucoup, renchérit Becky. Est-ce que tu te sens un peu mieux ?

Son grand-père ne réagit pas davantage.

A ce moment-là, Rourke se releva et s'approcha du lit.

— Vous avez manqué un excellent petit déjeuner, à la ferme, lança-t-il, sans tenir aucun compte des gestes paniqués que Becky lui adressait. Et le café..., une pure merveille. C'est moi qui l'avais fait.

Le vieux Cullen ouvrit brusquement les yeux et considéra Rourke d'un air furibond.

— Que faisiez-vous chez moi ?

— Je m'occupais de Becky et de Mack, tout simplement.

A ces mots, le grand-père essaya de se redresser.

— Espèce de canaille ! s'étrangla-t-il en tentant de se dépêtrer du drap. Je ne veux pas que vous vous approchiez de ma petite-fille en mon absence. Vous avez fait assez de dégâts comme ça !

Rourke s'adressa alors à Becky.

— On dirait que ton grand-père est déjà au courant.

Horrifiée par la désinvolture de Rourke, elle vit son grand-père se figer.

— Au courant de quoi ? demanda-t-il.

— Eh bien, du fait que Becky est enceinte, répondit Rourke.

Le visage du vieil homme s'empourpra. Il foudroya Rourke du regard et rugit :

— Vous n'êtes qu'une fripouille ! Si j'avais ma canne, je vous donnerais une bonne correction !

— Mais il vous faudrait d'abord reprendre des forces, répliqua Rourke avec une feinte indifférence. Et rentrer chez vous, bien entendu.

— C'est bien ce que j'entends faire, marmonna M. Cullen.

Il se tourna vers une Becky rouge de honte.

— Comment as-tu pu faire ça ? maugréa-t-il. Ta grand-mère doit se retourner dans sa tombe !

Elle baissa la tête sans répondre. Ce que voyant, Rourke s'insurgea.

— Tu n'as pas à avoir honte du bébé. Et vous, ajouta-t-il à l'adresse du vieil homme, arrêtez de vociférer. Becky et moi voulons cet enfant. Certes, il arrive un peu tôt, mais nous avons décidé de le garder.

— J'espère bien ! grommela-t-il.

Puis il fixa Rourke d'un regard circonspect.

— Je présume que Becky ne veut pas vous épouser, n'est-ce pas ? Vous l'avez prise pour une idiote, à propos de Clay ; elle le sait très bien.

— En effet, j'ai commencé à sortir avec elle parce que je voulais surveiller Clay, reconnut Rourke d'un ton calme, bien que cet aveu lui coûte.

— C'est bien ce que je pensais, grogna le vieux Cullen.

Becky déglutit péniblement. Bien qu'elle le sache déjà, l'entendre confirmer lui faisait mal.

Rourke perçut sa souffrance, et fut navré d'en être passé par là. Les sentiments qu'il éprouvait pour elle avaient évolué de semaine en semaine, et il regrettait aujourd'hui d'avoir voulu se servir de Becky. Mais mieux valait qu'il dise la vérité. Ainsi, elle serait plus à même de le croire quand il lui dévoilerait que c'était par amour qu'il voulait l'épouser. Toutefois, cela devrait attendre, car dans l'état d'esprit qui était le sien actuellement, elle ne prêterait pas foi à son aveu. Il devait d'abord regagner sa confiance, ce qui prendrait du temps. D'autant qu'ils avaient des priorités plus urgentes — nommément, son grand-père et Clay.

Le grand-père, cependant, semblait devoir poser rapidement moins de problèmes — ou davantage, tout dépendait du point de vue.

— Je veux sortir d'ici, était-il en train de rager en essayant de poser les pieds par terre, pantelant sous l'effort.

Il s'était laissé mourir de faim et était donc très faible.

— Ne croyez pas que vous allez vous en tirer comme ça ! continua-t-il.

— Me tirer de quoi ? demanda poliment Rourke.

— Ne faites pas le malin ! Vous avez déshonoré ma petite-fille.

— Je ne l'ai pas déshonorée ; c'est elle qui m'a forcé à lui céder !

— Ce n'est pas vrai ! s'écria Becky.

— Si ! Tu as ruiné ma réputation, rétorqua Rourke, sur un ton si théâtral que Mack étouffa un gloussement. Tu m'as exposé au ridicule. Que vont penser les gens, à présent ? Que je suis un homme facile ! Les femmes vont assaillir mon domicile. Je serai vilipendé au p alais. Et tout cela à cause de toi !

Granger Cullen ne sut trop comment prendre la chose. De son temps, si une femme dévoilait un mollet, on trouvait cela indécent. Et, là, Kilpatrick parlait librement de l'enfant qu'il avait fait à Becky, et ils n'étaient même pas mariés ! Sa seule consolation, c'était qu'ils voulaient garder le bébé. Et la façon dont Kilpatrick dévorait sa petite-fille des yeux, quand elle regardait ailleurs…

Il se remit au lit et s'adossa contre l'oreiller. Certes, l'idée que Kilpatrick avait pris possession de sa maison le mettait hors de lui, mais il se sentait plus vivant que jamais.

— Est-ce que ça va ? demanda tendrement Becky.

Il hocha la tête et prit une bonne inspiration.

— Mon cœur va bien. D'après le médecin, je me remettrai sans problème. Mais je suis désolé pour les frais, Becky.

Il se sentait un peu honteux des dépenses inutiles qu'avait entraînées son long séjour ici. Il avait espéré mourir, mais le ciel, manifestement, lui réservait un autre destin.

— Ne t'inquiète pas pour l'argent, répondit Becky. Le médecin a obtenu une assistance financière.

— Pour en revenir à nos moutons, que diriez-vous de rentrer chez vous ce lundi ? intervint Rourke.

Il préférait changer de sujet. Il ne tenait pas, en effet, que le vieil homme pose trop de questions sur le règlement des dépenses. Becky pourrait commencer à s'interroger sur cette pseudo-assistance financière et découvrir que c'était lui qui payait en fait de sa poche.

— Je veux rentrer chez moi, mais je ne veux pas vous voir dans ma maison, dit M. Cullen d'un ton ferme.

— Désolé, mais vous m'y verrez, rétorqua Rourke. J'ai des murs à peindre, des portes à raboter, des stores à réparer… Je ne veux pas que ma future épouse vive dans une maison délabrée.

— Je ne suis pas ta future épouse ! s'emporta Becky.

— Cette maison m'appartient ! fulmina son grand-père.

Rourke se tourna vers Mack.

— Comment peux-tu les supporter ? soupira-t-il. Seigneur ! Mon pauvre enfant !

Mack se mit à rire. Il aimait beaucoup Rourke, et il pensait que sa sœur n'avait aucune chance de lui échapper.

Les récriminations se poursuivirent, mais Rourke n'y prêta plus guère d'attention. Jusqu'à ce que Becky et son grand-père se lassent, et commencent à parler de Clay et de son procès. Rourke jugea alors préférable de donner quelques pièces à Mack pour qu'il aille s'acheter quelque chose à boire au distributeur de la salle d'attente et n'écoute pas la conversation.

— Ce Davis qui le défend, qui est-ce exactement ? demanda le grand-père.

— Un avocat d'origine africaine..., commença Becky.

— Un Noir ? s'écria le vieil homme en manquant s'étouffer.

— Un Noir, oui, confirma Rourke sur un ton persuasif qui interdisait toute objection. Ce n'est pas un gros mot, n'est-ce pas ? Lincoln Davis est l'un des meilleurs avocats du pays. Grâce à sa compétence, il gagne aux alentours d'un demi-million de dollars par an. Mais, rassurez-vous, il défend Clay à titre gracieux et, donc, il vaut mieux que vous mettiez vos préjugés en sourdine pendant la durée du procès.

Granger Cullen plissa les yeux.

— Pour ce qui est des préjugés, je pense que ni vous ni moi n'allons céder d'un pouce. Mais si vous me dites que ce Davis est un bon avocat, c'est tout ce qui compte. Je ne veux pas que Clay aille en prison.

— Il sera condamné, répondit Rourke d'une voix calme. J'espère que vous en avez conscience. Il a enfreint la loi, et il ne pourra éviter une peine ou une autre pour son implication dans un trafic de drogue, quelle que soit la valeur de son avocat. Parmi les chefs d'inculpation, le plus sérieux est la tentative de meurtre, et il y a des preuves qui pèsent contre lui.

— Peu importe les preuves, s'insurgea Becky. Je connais Clay, et je sais qu'il n'aurait jamais fait une chose semblable.

Rourke poursuivit sans tenir compte de son intervention.

— Pour ce qui est du trafic de stupéfiants, je pense qu'il pourrait être requalifié en un délit moins grave, qui n'entraînerait qu'une peine légère. Nous parlons là de cet unique chef d'inculpation, bien entendu. Pour ce qui est des autres, Clay aurait tout intérêt à témoigner contre ses acolytes s'il veut que sa peine soit réduite. Et s'il s'avère que les Harris sont impliqués dans la mort du petit Dennis, je peux vous assurer qu'ils iront croupir en prison.

— Mais si Clay témoigne, comme vous dites, que va-t-il arriver à Becky ? demanda M. Cullen, l'air inquiet. Ces types qui sont assez tordus pour piéger une voiture risquent de ne pas y réfléchir à deux fois avant de flanquer une bonne raclée à une femme.

— Vous n'avez pas tort, répondit Rourke. Mais ils devront me passer sur le corps, avant d'atteindre Becky. Et, croyez-moi, je ne leur conseille pas d'essayer.

Ces paroles allèrent droit au cœur de Becky. Quant à Granger, cette fière attitude lui en dit long sur les sentiments que Kilpatrick portait à sa petite-fille. Il détourna la tête pour cacher son sourire au procureur.

— Est-ce que Clay a déjà pris sa décision ? voulut-il savoir.

— Pas encore, dit Becky.

— Tu es allée le voir, ces derniers temps ?

Cette question l'embarrassa, mais que pouvait-elle faire sinon répondre ?

— Eh bien…, il y a un autre détenu dans la cellule de Clay, maintenant. Il a été incarcéré pour une tentative de viol, expliqua-t-elle. Et, euh…, la dernière fois que je suis allée voir Clay, cet homme n'a rien dit, mais il m'a regardée avec un air qui m'a donné la chair de poule. Du coup, je n'y suis pas retournée, et je suis sûre que Clay comprend très bien pourquoi. Lui non plus n'aime pas ce type.

Le sang de Rourke ne fit qu'un tour. C'était un problème qu'il aurait déjà pu régler d'un simple coup de fil.

— Pourquoi ne m'as-tu rien dit ? fit-il d'un ton sec.

— Comment l'aurais-je pu ? rétorqua Becky. Nous n'avons pas échangé un mot depuis des semaines.

— Mais nous nous reparlons depuis hier, lui rappela-t-il.

— Tu ne me l'as pas demandé, dit-elle avec hauteur.

Rourke la gratifia d'un regard noir.

— Je vais mettre un terme à cette situation, assura-t-il. Je vais demander qu'on sépare cet homme de Clay. Cela étant, ils doivent vraiment manquer de place pour avoir mis un délinquant sexuel dans la même cellule qu'un mineur.

Le vieil homme secoua la tête.

— On devrait remettre les exécutions publiques à l'honneur, marmonna-t-il. Je suis sûr qu'il y aurait moins de monde en prison.

Bien qu'elle n'approuve pas son grand-père, Becky se réjouissait qu'il ait recouvré sa pugnacité. Rourke avait réussi à le faire renaître à la vie !

Sur ces entrefaites, une infirmière entra dans la chambre pour vérifier que tout allait bien, et ouvrit de grands yeux en voyant que le malade était assis dans son lit et avait repris des couleurs. Elle ne posa pas de questions, mais ressortit le sourire aux lèvres.

Quelques minutes plus tard, les visiteurs quittèrent la chambre, non sans avoir promis au grand-père qu'ils viendraient le chercher le lundi pour le ramener à la maison.

— Comment allons-nous faire ? s'inquiéta Becky dans le couloir. Lundi, je travaille.

— Moi aussi, dit Rourke sur un ton insouciant. Mais nous trouverons bien un moment.

— Le problème, c'est qu'il n'y aura personne à la maison pour veiller sur lui, objecta-t-elle alors qu'ils s'installaient dans la voiture.

— Si, moi, intervint Mack avec un large sourire. Je pourrai lui donner ses médicaments et m'occuper de lui. Et comme ça, je n'aurais pas à aller chez Mme Addington.

Becky hésita.

— Je ne sais pas si…

— Mack a bientôt onze ans, coupa Rourke. Il ne manque pas de ressource et il sait garder son sang-froid. Il a ton numéro de téléphone, au travail, et je lui donnerai le mien. Ne t'inquiète pas, d'accord ? Il s'en sortira très bien.

Becky céda. Elle avait déjà trop à faire, et elle se sentait littéralement lessivée. Elle se laissa aller contre l'appuie-tête et ferma les yeux.

Quand ils arrivèrent à la ferme, elle dormait. Rourke fit signe à Mack de se taire, lui donna la clé qu'il venait de tirer du sac de Becky, puis souleva la jeune femme dans ses bras et la transporta dans sa chambre. Elle se réveilla au moment où il lui ôtait ses chaussures.

— Je me suis endormie, murmura-t-elle d'une voix encore ensommeillée.

— Dans ton état, tu te fatigues plus rapidement, répondit Rourke. Tu as besoin d'un peu de repos.

— Mais je dois m'occuper de Mack…

— Il m'a demandé s'il pouvait aller chez son ami John, et j'ai dit que oui. J'espère que j'ai bien fait ?

— Oui, fit Becky, soulagée. La mère de John a dit que Mack pouvait aller chez eux quand il voulait.

Rourke la contempla un instant, s'attardant sur les cernes noirs qui soulignaient ses yeux.

— Je n'aurais pas dû t'abandonner pendant si longtemps, reconnut-il enfin. Je t'en voulais bêtement de faire passer Clay avant moi, mais j'imagine qu'il est naturel de se soucier d'abord de son frère. Comme je n'ai plus de famille, je ne sais pas vraiment… Quoi qu'il en soit, j'aurais dû passer outre à mon ressentiment et ne pas faire défection au moment où tu avais le plus besoin de soutien.

— Je n'ai pas précisément arrangé les choses en disant que je regrettais que la bombe n'ait pas marché. Je ne le pensais pas, tu t'en doutes. Mais j'étais furieuse que tu aies espionné Clay pour le faire arrêter. Je crois que c'est cela qui m'a fait le plus mal.

Rourke crispa les poings. Ce qu'elle lui reprochait était le principal obstacle à un avenir commun, et il ne pouvait rien y faire sans impliquer Mack.

— Je ne suis pas parfait, ma chérie, se borna-t-il à déclarer. Je n'ai jamais prétendu l'être.

Becky hocha la tête. Elle s'appuya contre l'oreiller avec un soupir las.

— Je te remercie de ce que tu as fait pour mon grand-père, dit-elle doucement. Mais nous pouvons prendre les choses en main, maintenant.

— Je suis heureux de l'entendre. Mais il n'est pas question que vous le fassiez sans moi, s'obstina Rourke.

Il se rapprocha du lit et la regarda dans les yeux, avant d'ajouter :

— Je comprends que tu ne veuilles pas que je reste. Mais tu as besoin que l'on t'aide et, à moins que tu trouves quelqu'un d'un coup de baguette magique, tu ne peux pas te débarrasser de moi.

— Je me suis débrouillée seule pendant des années, fit valoir Becky.

— Mais tu n'étais pas enceinte, n'est-ce pas ? répliqua-t-il.

— Rourke ! protesta-t-elle.

Il s'assit sur le lit et se pencha sur elle, ses yeux noirs rivés aux siens.

— Je n'ai jamais rencontré quelqu'un d'aussi têtu que toi, affirma-t-il. Ni d'aussi tendre. Si tu savais comme je me sens seul, ma chérie !

Cet homme savait s'y prendre, se dit Becky privée de moyens, tandis qu'il lui repoussait les cheveux en arrière et l'embrassait sur les paupières. Son pouls s'accéléra quand il passa de ses yeux à ses joues, puis, inévitablement, à ses lèvres.

— Te souviens-tu de ce que tu as ressenti cette nuit-là ? murmura-t-il alors. Oui, n'est-ce pas ? Tu te souviens de nos étreintes, sur le plancher, si fiévreuses qu'il ne nous est pas venu à l'idée d'aller chercher un lieu plus confortable.

Tout en parlant, il caressait Becky, et ne tarda pas à trouver ses seins. Elle se tendit quand il les griffa à travers le tissu de sa blouse, brûlante du désir qu'il savait si bien attiser.

— Tu m'as mordu, poursuivit-il sur le même ton. Et à la fin, je me rappelle m'être félicité d'avoir fermé les fenêtres, sinon les voisins auraient tout entendu.

— Arrête ! protesta Becky d'une voix altérée.

— D'accord, souffla-t-il sur ses lèvres.

Il glissa la main dans le dos de Becky pour dégrafer son soutien-gorge, et elle l'y aida en se cambrant. Puis il coiffa doucement un sein d'une main et prit le bout de l'autre dans sa bouche, la faisant défaillir de plaisir.

Pendant qu'elle gémissait, Rourke voulut la débarrasser de son jean, et sourit en découvrant que le bouton du haut n'était pas attaché. Précautionneusement, il mit la main à plat sur ce ventre où était son bébé.

— Est-ce qu'il bouge déjà ? demanda-t-il avec tendresse.

— Bien sûr que non. Il est encore trop tôt.

Rourke hocha la tête. D'une main impatiente, il la libéra de son pantalon et de sa culotte, avant de l'embrasser avec passion. Elle vibrait de désir. Son corps le réclamait immédiatement. C'était aussi simple que ça !

— Et si Mack revenait ? parvint-elle à articuler entre deux baisers.

— Je vais fermer la porte à clé.

Il le fit, et revint vers elle tout en se déshabillant. Becky le regardait. Le fait de le voir nu porta son excitation vers de nouveaux sommets.

Un long moment plus tard, alors qu'ils gisaient, comblés, dans les bras l'un de l'autre, Becky soupira.

— Nous n'aurions pas dû, murmura-t-elle, un peu honteuse de lui avoir cédé.

— Pourquoi ? rétorqua-t-il. Mes intentions ne sont rien moins qu'honorables. Je fais tout ce qui est en mon pouvoir pour te convaincre de m'épouser. D'ailleurs, tu ne peux pas prétendre que tu n'en avais pas envie, n'est-ce pas ?

Becky ne pouvait le nier, mais ce n'était pas une excuse pour avoir capitulé aussi facilement.

— Je n'apprécie pas les étreintes occasionnelles, déclara-t-elle.

Rourke se redressa sur un coude et la considéra les sourcils froncés.

— Ce ne sont pas de simples « étreintes », comme tu dis. Nous faisons l'amour, et tu n'as pas à dévaloriser cet acte simplement parce que tu te sens coupable de t'y être laissé entraîner. Quant au terme « occasionnelles », je ne vois pas ce qu'il vient faire ici. Tu portes notre enfant, et, tôt ou tard, nous nous marierons, conclut-il.

— Je ne crois pas que nous nous marierons, répliqua Becky. Tu n'es pas amoureux de moi. Tu me désires, ce n'est pas la même chose.

Rourke maîtrisa une bouffée de colère. Etait-elle donc aveugle pour ne pas voir ses sentiments ?

— Pense ce que tu voudras, dit-il sèchement.

Sur ce, il se leva et s'habilla, tandis que Becky, pudiquement, cachait sa nudité sous le drap.

Avant de la quitter, il se pencha sur elle et lui prit le visage entre les mains.

— Nous nous appartenons mutuellement, dit-il d'un ton solennel. Il n'est donc pas question que je te laisse une seconde fois. Tu ferais bien de t'habituer à ma présence. Mack et ton grand-père ont besoin de moi, et toi aussi.

— Ils ne t'aiment pas, marmonna-t-elle.

— Mack m'aime bien. Et ton grand-père y viendra, assura-t-il. Si tu pouvais me faire confiance un tout petit peu, nous serions heureux, toi et moi.

— Je t'ai fait confiance, mais tu nous as tous trahis, fit-elle d'un air misérable.

Rourke se redressa.

— Je n'ai fait que mon travail, répondit-il. Et mon travail n'a rien à voir avec toi ni avec le bébé.

Becky se mordilla pensivement les lèvres.

— Bon, je vais réfléchir à ce que tu m'as dit, décida-t-elle. Mais je ne veux pas que ceci se reproduise, ajouta-t-elle en indiquant le lit d'un mouvement de menton.

— Ah, ça, je ne peux pas te le promettre, rétorqua Rourke. D'une part, tu m'attires beaucoup trop et, d'autre part, ce que nous avons fait est aussi naturel que de respirer. Le désir n'est pas une maladie. Toi et moi allons nous côtoyer pendant très longtemps, et nous devons élever notre enfant. Je m'engage à rester avec toi pour la vie, Becky. Si tu ne veux pas faire l'amour en dehors des liens du mariage, tu n'as qu'à m'épouser.

— Ma famille…, commença-t-elle.

Mais Rourke lui coupa la parole.

— Il faut que tu décides qui, de moi ou des tiens, passe d'abord. En attendant, je vais retourner chez moi. Est-ce que tu t'en sortiras, toute seule ?

— Oui. Et puis Mack ne va pas tarder à rentrer.

Sur le seuil, Rourke se retourna.

— Tu crois que je suis cruel de t'obliger à faire un choix, mais j'ai mes raisons, affirma-t-il. Un jour, tu comprendras.

Quand il fut parti, Becky soupira. Elle avait beaucoup à penser… Rourke voulait qu'elle choisisse entre lui et sa famille, et elle se demandait bien comment elle allait faire — surtout après ce qui venait de se passer.

Chapitre 19

Le lundi matin, Rourke se leva tôt mais, quand il pensa à la journée qui l'attendait, il faillit se recoucher *illico*. Puis, ce que Becky et lui avaient fait le samedi lui revint en mémoire, et ses sens s'embrasèrent comme par magie. Il ne pouvait plus se passer d'elle — d'elle et de leur bébé. Si seulement il pouvait lui faire comprendre qu'elle avait droit à sa propre vie, qu'il n'y avait rien de mal à faire passer son bonheur d'abord !

Il se rendit au palais de justice, accomplit ses tâches les plus importantes, et s'occupa de trouver un nouveau compagnon de cellule pour Clay. Il n'était pas dans ses habitudes d'intervenir dans la façon dont les services du shérif géraient la prison, mais, dans ce cas précis, les circonstances l'exigeaient. Il expliqua le problème au shérif, une vieille connaissance, qui le résolut sans tarder.

Une heure plus tard, il passa prendre Becky à son bureau pour aller chercher son grand-père. Et tandis qu'ils roulaient vers la maison de repos, il demanda innocemment :

— Que penses-tu des gens qui font des chèques sans provision ?

— C'est une drôle de question, répondit Becky. Je suppose qu'ils le font poussés par le désespoir, non ?

Rourke sourit de sa naïveté.

— Non, c'est la cupidité qui les pousse, corrigea-t-il. Mais ils sont de meilleure compagnie que les violeurs. Je me suis arrangé pour que l'un de ces messieurs soit transféré dans la cellule de ton frère. Ainsi, tu pourras aller le voir quand tu voudras.

— Tu parles de l'homme qui fait des chèques sans provision ou de mon frère ? demanda Becky.

Rourke lui jeta un coup d'œil et sourit. Il y avait longtemps qu'il ne l'avait pas entendue plaisanter.

— Tu te sens mieux, dirait-on.

— Oui, avoua Becky.

Leurs regards se croisèrent, mais elle détourna timidement le sien en songeant à la passion dont il avait fait preuve samedi. Une passion à laquelle elle n'avait pu résister... Elle espérait qu'elle n'avait pas baissé dans son estime pour lui avoir cédé sans aucune retenue, mais elle manquait trop d'assurance pour le lui demander.

— Tu as redonné le goût de vivre à mon grand-père, reprit-elle. Je pense qu'il avait décidé de se laisser mourir.

— Je lui ai redonné une *raison* de vivre, rectifia-t-il. Il est investi d'une mission, à présent : t'arracher à mes griffes.

— C'est un peu tard, n'est-ce pas ? répliqua Becky. Surtout après ce qui s'est passé samedi.

— Samedi, c'était prodigieux, murmura Rourke comme pour lui-même. J'en ai rêvé toute la nuit.

— Tu ne m'as pas laissé l'occasion de te dire non, remarqua-t-elle sans le regarder.

— Ce n'était pas délibéré, Becky, répondit-il d'une voix calme. Avec toi, quand je commence, je ne peux plus m'arrêter.

Becky soupira à part soi. Elle était exactement dans le même cas, mais elle n'était pas près de l'admettre. Désirer quelqu'un à ce point lui semblait indécent, surtout dans son état.

— Tu aurais pu au moins attendre que j'aie accepté de t'épouser, marmonna-t-elle.

— Le temps que tu te décides, j'aurai des cheveux blancs, rétorqua Rourke. Mais je t'en prie, continue tes reproches. Je suis procureur, j'en entends tous les jours.

— Mais les miens sont justifiés, fit valoir Becky. Après tout, c'est toi qui m'as mise enceinte.

— En effet. Et je suis plutôt fier d'y être parvenu du premier coup.

Becky piqua un fard. Voilà qu'il se vantait de ses prouesses, à présent ! A quoi bon discuter avec lui ? Ça ne mènerait nulle part. Mieux valait l'ignorer et voir si cela le ramenait à plus de sérieux.

Mais ça ne marcha pas. Rourke alluma la radio et se mit à fredonner sur l'air de jazz que la station diffusait.

— As-tu pensé à un prénom ? demanda-t-il soudain, alors qu'ils s'engageaient dans le parking de la maison de repos. Si c'est un garçon, j'aimerais l'appeler Todd, et Gwen si c'est une fille.

— Il s'agit de mon bébé, dit Becky. C'est à moi de choisir son prénom.

Rourke ne répondit pas tout de suite. Il prit le temps de se garer et de couper le contact, avant de se tourner vers elle.

— Dans la vie d'un couple, faire un enfant est le moment le plus émouvant, déclara-t-il avec sérieux. Je veux partager chaque instant de ta grossesse avec toi, de tes nausées du matin jusqu'à l'accouchement.

Il lui effleura tendrement la joue du revers de la main, et ajouta :

— Je t'en prie, Becky, ne me repousse pas.

Elle faillit s'abandonner. Elle avait une envie folle de lui sauter au cou, de lui dire qu'elle ferait tout ce qu'il voudrait, mais il y avait déjà entre eux trop de déceptions, trop de mensonges. Elle ne lui faisait pas confiance. Il voulait le bébé, elle n'en doutait pas, mais cela ne signifiait pas qu'il était amoureux d'elle. Car, même dans leurs moments les plus intimes, il ne lui avait jamais dit qu'il l'aimait.

— Très bien, je ne te repousserai pas, répondit-elle. Mais je ne te permettrai pas non plus de prendre le dessus sur moi, Rourke.

— C'est tout naturel, acquiesça-t-il. Bon, allons donc chercher ton grand-père. Le vieux bougre ne doit plus tenir en place.

En effet, quand ils arrivèrent dans la chambre, Granger Cullen commençait à s'impatienter. Le médecin lui avait déjà donné son aval, et il ne manquait plus qu'une signature de sa petite-fille pour qu'il puisse enfin sortir d'ici.

— Eh bien, ce n'est pas trop tôt ! lança-t-il à Becky dès qu'elle entra. Encore vous ? maugréa-t-il en s'apercevant que le procureur la suivait.

— Moi aussi, je suis content de vous voir, répliqua Rourke sans se formaliser. Becky a déjà signé le formulaire de sortie. Si vous êtes prêt, je vais demander à l'infirmière qu'elle nous apporte un fauteuil roulant.

Le grand-père s'enferma dans le mutisme pendant un long moment. Ce n'est qu'une bonne demi-heure plus tard, après qu'ils furent passés récupérer Mack chez Mme Addington, qu'il reprit la bataille.

— L'idée que je vous suis redevable m'agace au plus haut point, bougonna-t-il.

— Oui, je m'en doute, répondit Rourke avec un aplomb qui fit sourire Becky.

— Et je ne supporte pas vos satanés cigares, ajouta-t-il.

— Moi non plus, à vrai dire, affirma Rourke en tirant une bouffée qu'il rejeta par le nez.

Tandis qu'il tournait sur le chemin qui menait à la ferme, Granger Cullen l'observa à la dérobée. Il tenta de trouver quelque chose d'autre à lui reprocher, mais ce fut en vain. Alors, il se tourna vers la fenêtre et regarda défiler les champs.

— Il faut absolument que vous repariez le toit de la véranda, dit Rourke en s'arrêtant devant la maison. Ces bardeaux risquent d'être arrachés à la première tempête.

— Je ne peux pas grimper, grogna le vieil homme.

— Mais moi je peux, assura Rourke. Je vais m'en occuper. Il ne faudrait pas que Becky en prenne un sur la tête, dans son état.

Le grand-père posa la main sur la poignée de la portière en maugréant.

— Ne me parlez pas de son état ! Quelle honte ! Enceinte et pas mariée !

— Je suis bien d'accord avec vous, approuva Rourke. Vous devriez user de votre influence pour la convaincre que je ferais un excellent mari et un père sans égal.

Mack s'esclaffa. Son grand-père attendit d'être sorti de la voiture pour se tourner vers Becky.

— Tu devrais l'épouser, puisqu'il est d'accord. Avoir un bébé en dehors du mariage n'est pas seulement un péché, c'est aussi un scandale.

— Et puis Rourke aime les trains et le basket-ball, renchérit Mack.

Becky fronça les sourcils.

— Voilà seulement un mois, vous le détestiez tous les deux, rappela-t-elle.

— Qui t'a dit que j'avais changé d'avis ? demanda son grand-père. Je t'ai simplement conseillé de l'épouser.

— Moi, je l'aime bien, déclara son petit frère.

— Merci, Mack, fit Rourke en donnant une tape affectueuse sur l'épaule du gamin. C'est bon d'avoir un ami.

Un peu plus tard, il se dit qu'il aurait bien aimé en avoir plus d'un. Becky, en effet, si elle se montrait courtoise et manifestement reconnaissante pour ce qu'il avait fait, était redevenue aussi distante que vendredi dernier. Il avait dû y aller trop fort, conclut-il. Il aurait dû se souvenir de son orgueil exacerbé et lui demander son avis, samedi, au lieu de la faire taire par ses caresses. Apparemment, elle lui en voulait à la fois de ne pas lui avoir laissé le temps de dire non et d'avoir succombé sans trop de résistance…

En début d'après-midi, Rourke se rendit à la prison dans le but de jauger le nouveau compagnon de cellule de Clay. Il s'avéra qu'il s'agissait d'un homme à peine plus âgé que le frère de Becky, et sans un sou d'agressivité. La jeune femme n'aurait pas de problème avec lui. Elle pourrait revenir voir son frère.

Il demanda à ce qu'on leur ouvre un parloir pour pouvoir discuter tranquillement avec Clay.

— Alors, comment vas-tu, mon garçon ?

Le jeune homme haussa tristement les épaules.

— J'ai l'impression d'être en enfer, marmonna-t-il. Comment va Becky ? Elle n'est pas revenue me voir depuis un bon bout de temps à cause du type qu'ils avaient mis dans ma cellule. Heureusement, ils l'ont transféré ailleurs, ce matin, et le nouveau est plutôt sympa. Et mon grand-père, est-ce que vous avez de ses nouvelles ?

Rourke le considéra avec une certaine compassion.

— Je vois que tu ignores tout des derniers événements, dit-il. Ton grand-père est rentré chez vous. Il a piqué une crise quand il a appris que Becky était enceinte, et il s'efforce de la convaincre qu'elle ferait mieux de m'épouser.

A ces mots, Clay ouvrit de grands yeux.

— Ma sœur va avoir un bébé ?

— Absolument, confirma Rourke.

— Mais c'est impossible ! s'exclama Clay. Becky ne couche pas à droite et à gauche, elle est bien trop croyante pour cela ! Quand elle voit des gens qui ont eu un enfant sans être mariés, elle a honte pour eux.

— Oui, je sais, acquiesça Rourke. Et, pourtant, le fait est là.

— Et que comptez-vous faire ? voulut savoir Clay.

— J'y ai beaucoup réfléchi, répondit Rourke. Têtue comme elle est, elle risque fort de camper sur ses positions. La seule solution serait donc de prévoir une date, de prévenir les invités et de la conduire de force à l'autel. Mais ce ne sera pas facile, admit-il pensivement. Lui passer les menottes serait un peu exagéré, et je ne peux pas la bâillonner sans que cela se voie.

Clay ne put retenir un sourire. Mais il avait toujours du mal à croire qu'il allait avoir un neveu ou une nièce.

— Et pourquoi ne veut-elle pas vous épouser ?

Rourke secoua la tête.

— Elle pense toujours que je suis sorti avec elle pour t'espionner. C'était vrai, au départ, et puis je me suis attaché à elle. Ce bébé est un véritable cadeau, crois-moi. J'ai cru que c'était Noël, lorsque j'ai appris qu'elle était enceinte.

Clay l'observa avec curiosité. Il n'aurait jamais cru que

le procureur s'enticherait à ce point de Becky, ni qu'il manifesterait autant d'enthousiasme pour la paternité. Mais cela soulevait un autre problème.

— M. Davis m'a recommandé de témoigner contre les Harris, lui aussi. Mais si je le fais, que va-t-il se passer pour Becky et votre enfant ?

— Ton grand-père s'est posé la même question, lui apprit Rourke. Ecoute, je ne veux pas te donner de faux espoirs, mais il y a peut-être une autre solution. Je vais en discuter avec Davis. Le fait que tu te montres prêt à témoigner pourrait nous être utile. Si nous parvenions à convaincre tes anciens amis d'avouer qu'ils t'ont forcé à rester avec eux, nous pourrions même obtenir le sursis.

— C'est plus que je mérite, dit Clay d'un ton amer.

Il avait eu amplement le temps de réfléchir, et ce qu'il avait vécu et fait vivre à ses proches lui apparaissait aujourd'hui comme un cauchemar. Qu'il ait pu être aussi égoïste et sans cœur le dépassait totalement.

— Si je dois faire de la prison, j'en ferai sans me plaindre, assura-t-il. Assumer ses erreurs est le propre d'un homme digne de ce nom, n'est-ce pas ?

Rourke sourit.

— Tout à fait, Clay.

Rourke ne parla pas à Becky de la conversation qu'il avait eue avec son frère, ni de ce qu'il comptait faire au sujet des Harris. Moins elle en saurait, mieux cela vaudrait. Les Harris étaient probablement déjà persuadés que Clay se mettrait à table tôt ou tard, et c'était sans doute la raison pour laquelle il tenait tant à témoigner contre eux. Mais ils allaient s'apercevoir que Rourke avait plus d'une carte dans son jeu.

Avant la fin de la semaine, le vieux Cullen, qui mangeait maintenant comme quatre, avait regagné toutes ses forces. Rourke venait aussi souvent à la ferme que son emploi du temps le lui permettait, s'accommodant plus ou moins bien de la froideur de Becky et de l'antagonisme de son grand-père. Le samedi, il se décida à réparer le toit de la véranda.

Pendant qu'il était sur l'échelle, Mack lui passait les outils dont il avait besoin, tout en commentant avec enthousiasme les matchs de basket-ball qui avaient eu lieu pendant la semaine.

Becky, de son côté, faisait de son mieux pour ne pas remarquer la présence de Rourke, malgré le fait que son cœur se mettait à battre frénétiquement chaque fois qu'elle entendait sa voix. Elle s'était fait une queue-de-cheval, et elle regrettait d'être aussi mal fagotée.

Au bout d'une heure, un juron retentit et les coups de marteau cessèrent brusquement. Mack entra dans le salon, suivi de Rourke, qui se tenait la main. A l'évidence, il s'était donné un coup de marteau sur un doigt.

— J'ai de l'arnica et des pansements dans la cuisine, dit aussitôt Becky.

— Pense à lui embrasser le doigt pour faire partir la douleur, lança Mack en allant s'asseoir auprès de son grand-père qui regardait la télévision.

Becky lui répondit d'un haussement d'épaules, et s'en fut dans la cuisine avec Rourke. Comme elle fouillait dans un tiroir, elle ne remarqua pas que ce dernier fermait discrètement la porte à clé, avant de la rejoindre à côté de l'évier.

— Mack a fait une très bonne suggestion, dit-il, tandis que Becky lui passait la pommade sur l'index.

— Tu n'as pas besoin de baiser sur le doigt, répliqua-t-elle. Est-ce que ça te fait très mal ?

— Non. Nous autres, procureurs, sommes des durs à cuire, comme tous les prédateurs. Au fait, sais-tu pourquoi les requins ne mangent pas les avocats ?

— Non.

— Par solidarité professionnelle.

Becky ne put s'empêcher de rire, et son visage s'illumina.

Presque instinctivement, Rourke le prit entre ses mains et se pencha sur elle. Avant qu'elle ait pu faire un geste, il lui effleura les lèvres des siennes, une caresse si douce qu'elle s'embrasa instantanément.

Il recommença son manège encore et encore, et quand il sentit qu'elle s'abandonnait, la prit par les hanches et l'attira contre son ventre. A ce contact, Becky gémit et lui ouvrit ses lèvres.

Elle ne put même pas faire semblant de résister. Les rêves qu'elle avait faits toute la semaine avaient enflammé ses sens, et le souvenir de la dernière fois qu'ils avaient fait l'amour était encore trop frais dans son esprit. Son corps savait trop bien le plaisir que Rourke pouvait lui donner. Il refusait qu'elle se débatte.

Ce n'est que lorsqu'elle sentit ses mains sous sa jupe qu'elle ouvrit les yeux. Les pupilles de Rourke s'étaient élargies, ses traits étaient tendus, son excitation évidente.

— Ici ? s'étonna-t-elle d'une voix rauque.

— Ici, oui. Et tout de suite, répondit-il.

Joignant le geste à la parole, il s'accroupit pour lui enlever sa culotte, et en profita pour embrasser sa féminité — une caresse si sensuelle... Puis il se redressa, la souleva, plaquée contre le mur, et entra en elle en un seul élan.

— Rourke ! gémit-elle, tremblante de plaisir. Il ne faut pas…

Mais en même temps qu'elle prononçait ces mots, il se mit à bouger en elle, et Becky se tendit vers lui. Elle retint ses cris et le vit serrer les dents, lui aussi. Puis elle le sentit devenir une part d'elle-même, alors que la cadence de leur étreinte s'accélérait, les rapprochant du paradis.

— Est-ce que c'est bon ? murmura-t-elle.

— L'extase !

Il plongea le regard dans le sien, vibrant de la tête aux pieds, et ajouta comme une prière :

— Caresse-moi, je t'en prie.

Elle n'hésita pas une seconde, et cela la stupéfia. Quand elle posa les mains sur lui, sans la moindre timidité, Rourke suspendit son souffle. Et, soudain, il poussa un cri étouffé, se tendit, et s'abandonna dans le corps de Becky. De le voir prendre son plaisir activa le sien. Une vague sublime et brûlante la submergea comme un raz de marée, suivie d'autres qui se calmèrent peu à peu.

Les battements mêlés de leurs cœurs lui firent rouvrir les yeux. Elle déglutit, effarée de ce qu'ils venaient de faire, et du lieu où ils l'avaient fait. Incrédule, elle fixa Rourke sans oser bouger.

— Maintenant, dit-il avec un petit sourire, tu sais qu'il est possible de le faire debout, quand on est trop pressé pour trouver un endroit où s'allonger.

— Il n'y a pas de quoi plaisanter, répliqua-t-elle d'un ton timide.

Rourke lui caressa tendrement la joue.

— Je ne plaisantais pas. Je te désire tant que le moment et le lieu n'ont pas d'importance ; voilà pourquoi je ne t'ai rien promis, l'autre jour. Et tu ne peux pas plus que moi résister à ces élans qui nous poussent l'un vers l'autre, ajouta-t-il. C'est une fièvre tellement intense que même la glace ne pourrait l'éteindre.

— Mais c'est mal, dit Becky.

— Pourquoi ? Parce que nous ne sommes pas mariés ? Ce n'est pas de mon fait, tu le sais. Je veux t'épouser, mais tu refuses de coopérer.

Becky ne répondit pas. Elle s'écarta de lui et, toute rougissante, remit rapidement de l'ordre dans ses vêtements.

— C'est une bonne chose que tu sois enceinte, observa-t-il en la regardant faire. Au moins, nous n'avons plus à nous soucier de ce détail.

Elle lui décocha un regard meurtrier.

— Il faut absolument que tu maîtrises tes pulsions, Rourke.

— Je fais mon possible, affirma-t-il. Est-ce de ma faute si tu es tellement sexy que je ne peux m'approcher de toi à moins de dix mètres sans être excité ?

C'était une question difficile, songea Becky. Dans son état, elle pouvait remercier le ciel qu'on la trouve encore sexy, et il était vrai que Rourke lui proposait le mariage à chaque instant. Malheureusement, il ne lui parlait jamais de ses sentiments, et elle ne pouvait pas l'épouser sans savoir s'il l'aimait.

— Quand je pense que nous avons fait ça dans la cuisine ! soupira-t-elle. Alors que Mack et mon grand-père sont dans le salon !

— Ils sont tellement absorbés par leur film qu'ils ne se soucient guère de ce qui se passe dans cette pièce, répondit Rourke. Et j'avais pris mes précautions, cette fois.

Il se dirigea vers la porte et tourna la clé avant de l'ouvrir silencieusement.

— Tu l'avais fermée à clé ! s'exclama Becky avec un soulagement rétrospectif.

— Bien sûr que je l'avais fermée à clé, dit-il en revenant vers elle. Tu apprendras que je suis toujours prudent. Enfin…, presque toujours.

— En tout cas, tu n'aurais pas dû…

— Si tu n'aimes pas faire l'amour dans des endroits bizarres, coupa-t-il, tu n'as qu'à m'épouser. Ainsi, nous le ferons dans un lit, comme les couples normaux.

— Mais, encore une fois, je ne peux pas abandonner Mack et mon grand-père, dit Becky d'un ton las. Pourquoi ne le comprends-tu pas ? Mon grand-père s'est occupé de nous quand maman est morte et que papa est parti. Mack est autant mon enfant que mon frère. Je leur ai donné tout mon amour pendant des années. Ils sont ma famille, Rourke.

— Nous aussi, rétorqua-t-il, la prenant par la taille. Le bébé et moi, nous sommes ta famille, n'est-ce pas ?

Becky secoua la tête en soupirant. Il lui demandait l'impossible, ne le voyait-il pas ?

— Je ne peux pas choisir, répéta-t-elle pour la centième fois. On ne se débarrasse pas des gens sous prétexte qu'ils vous gênent dans vos projets. Je sais bien que c'est une attitude courante, dans la société d'aujourd'hui — tout le monde ne pense qu'à soi, et l'on sacrifie sans hésitation tout ce qui s'oppose à nos moindres désirs. Mais, moi, je ne suis pas comme ça. Si je mettais mon grand-père en maison de retraite et Mack dans une famille d'accueil, ma conscience me le reprocherait toute ma vie.

Rourke grimaça.

— Bon. Il n'en reste pas moins que tu portes mon enfant, dit-il d'un ton un peu trop sec. Je suis responsable de lui sinon de toi. Je vais donc m'attacher à améliorer son environnement, s'engagea-t-il en balayant la pièce d'un regard réprobateur. Je le lui dois.

A ce moment-là, la voix du grand-père leur parvint du salon.

— Becky, quand est-ce qu'on déjeune ?

Becky fit la moue. Elle ne se sentait pas dans son assiette.

— Il faut que je prépare quelque chose à manger, dit-elle à Rourke.

— Becky ! Je t'ai demandé quand est-ce qu'on déjeunait, cria de nouveau le vieil homme. Que faites-vous, dans la cuisine, bon sang ?

Becky s'éloigna de Rourke en prenant bien soin d'éviter son regard. Les hommes ne pensaient qu'à eux, et elle n'aimait plus celui-ci, elle en était certaine.

— Je déshabille M. Kilpatrick avant de le mettre au four ! cria-t-elle à son tour. Pourquoi, que croyais-tu que nous faisions ?

La tête de Mack apparut alors dans l'embrasure de la porte.

— Je ne veux pas de procureur rôti, lança-t-il. Je préfère un hot dog.

— Bon, d'accord, soupira Becky.

Rourke prit soudain conscience qu'il n'avait même pas pris de petit déjeuner.

— Puis-je en avoir un, moi aussi ? demanda-t-il.

Becky lui jeta un regard noir, mais ne dit pas un mot. Elle prépara des hot dogs pour tous, irritée de la conversation qu'elle venait d'avoir avec Rourke — et davantage encore de lui avoir cédé. Il était assis là, avec ce regard empli d'arrogance, et elle savait que lui aussi pensait à ce qui s'était passé. Il ronronnait presque de satisfaction.

— Que faisiez-vous, dans cette cuisine ? répéta son grand-père en se mettant à table.

Rourke jeta un coup d'œil sensuel à Becky.

— Devinez ! répondit-il.

Elle baissa les yeux, écarlate. Comment osait-il l'embarrasser ainsi ? Ce n'est que plus tard qu'elle prit conscience que son grand-père avait compris qu'ils s'embrassaient.

A la fin du repas, Rourke insista pour faire la vaisselle. Ensuite, il sortit de sa poche deux tickets pour le match de basket de ce soir et les brandit sous le nez de Mack.

— Ouah ! Atlanta joue contre Phoenix ! s'exclama le garçon. S'il te plaît, Becky, tu me laisses y aller avec Rourke ?

— Bien sûr, acquiesça sa sœur.

— Je vais rentrer chez moi me changer, dit Rourke. Je passerai te prendre vers 18 heures, d'accord ?

— Je serai prêt, promit Mack.

Le grand-père se tourna vers Rourke et s'éclaircit la voix.

— Merci d'avoir réparé le toit.

— Je vous en prie, c'est bien normal, répondit Rourke.

Puis, s'adressant à Becky :

— Tes hot dogs sont formidables. L'homme qui t'épousera est un sacré veinard.

— Tu ne parles pas de toi, bien entendu ?

— Bien entendu. Je sais que tu ne veux pas m'épouser, et je ne te le demanderai plus, ne t'inquiète pas.

— Mais enfin, Becky, s'alarma son grand-père, jusqu'à quand vas-tu refuser ? Un enfant doit avoir le nom de son père, bon sang !

Becky se dandina d'un pied sur l'autre. Elle se sentait très mal à l'aise, et c'était la faute de Rourke, nom d'un chien ! C'était lui qui voulait la forcer à faire des choix impossibles !

Elle tourna le dos aux deux hommes en lançant :

— Je vais voir ce que va mettre Mack, pour le match.

Tandis qu'elle montait l'escalier, Rourke la suivit d'un regard pensif. En l'acculant dans cette alternative, songea-t-il, il n'avait fait qu'empirer les choses.

En réalité, adopter la famille de Becky ne lui posait pas de problème, mais ce n'est pas ce qu'il lui avait dit. Il avait laissé croire à la jeune femme qu'il allait l'arracher aux siens, et que ces derniers n'avaient qu'à se débrouiller seuls… Ainsi exprimée, la chose était atroce, et il se rendait compte, enfin, de ce que Becky devait ressentir. Pourtant, le sens de ses paroles était tout autre : il voulait simplement qu'elle l'aime au point d'être le premier dans son cœur. Mais ce n'est pas ce qu'elle avait compris, et Rourke se désolait de ce malentendu.

En outre, le fait qu'il pousse Becky à lui céder physiquement n'arrangeait pas leur relation. Il devait absolument contrôler ses pulsions s'il voulait que leur couple ait une chance.

Rourke rangea ses outils dans leur boîte et partit chez lui se changer. Quand il revint chercher Mack, il vit que Becky l'évitait. Plus tard, lorsqu'il ramena le garçon, le grand-père lui dit qu'elle était allée se coucher avec un mal de tête. Curieusement, Rourke aussi avait une migraine, mais c'est lui qui l'avait provoquée. Il ne pouvait en rejeter la faute sur Becky ou les siens.

Chapitre 20

Pendant les semaines qui suivirent, Becky poursuivit sa routine quotidienne, mais le cœur n'y était pas. Il lui semblait que, quelque part le long du chemin, elle avait pris la mauvaise direction et qu'à cause de cela, tout avait changé.

Rourke fréquentait toujours la ferme avec assiduité. Il s'était arrangé pour qu'un retraité s'occupe des bêtes et des labours. Il avait aussi embauché un homme à tout faire pour repeindre les murs et faire les réparations qui s'imposaient dans la maison, et avait insisté pour offrir à Mack un panier de basket-ball. Il l'avait fixé sur le mur de la grange et, depuis ce jour-là, Mack passait son temps à lancer son ballon et à chanter les louanges de Rourke.

Le grand-père était chaque jour plus alerte. Il semblait avoir retrouvé sa jeunesse et avait oublié son fauteuil. Il avait même accompagné Becky lors de l'une des visites qu'elle rendait à Clay, lequel attendait toujours d'être jugé. Cela aurait dû être fait la semaine dernière, mais Lincoln Davis avait été appelé ailleurs pour une urgence, et le procès avait été remis.

Le seul à ne pas se plaindre du délai était Rourke. Il le mettait à profit, en effet, pour parfaire sa stratégie.

Un jour, il décida de se rendre chez Frank Kilmer, un vieil ami de son oncle qui avait été juge et qui avait un réseau de connaissances fort étrange pour un homme de loi. Il se murmurait même — mais cela n'était pas prouvé — que son jardinier avait été un tueur à gages, autrefois, aux ordres de la mafia de Chicago.

— C'est très gentil à toi de passer me voir, déclara Kilmer après lui avoir servi un café. Mais si j'en juge par ton expression, tu n'es pas venu pour que nous parlions de la pluie et du beau temps. Tu n'as pas l'air aussi préoccupé, d'habitude, quand tu songes à me rendre visite.

— En effet, reconnut Rourke. Je suis venu vous demander conseil.

— Je t'écoute.

— Je voudrais que les caïds de la pègre locale laissent tomber deux des leurs qui ont piégé l'un de mes amis. J'ai besoin de leur aveu pour tirer cet ami de prison.

— Il s'agit du jeune Cullen, n'est-ce pas ?

Rourke haussa les sourcils.

— Comment le savez-vous ? C'est écrit sur mon front ?

Le vieil homme sourit.

— Je sais tout ce qui se passe dans cette ville, assura-t-il. D'ailleurs, je suis aussi au courant pour le bébé, mais, si cela te gêne, je ferai semblant de tout ignorer.

— Seigneur ! soupira Rourke.

— Pour en revenir à la raison qui t'amène, il n'y a rien de très compliqué. Tout ce que tu as à faire, c'est de trouver un politicien qui a des liens avec le milieu et de le mettre dans une situation compromettante.

— Je suis magistrat, lui rappela Rourke.

— Je n'ai pas dit que c'était toi qui devais créer cette situation. Et il se trouve, ajouta le vieil homme avec un petit sourire, que j'ai ce politicien sous la main. Il s'agit d'un joueur de poker invétéré, couvert de dettes, et qui veut se représenter aux élections. Il a aussi des liens avec les messieurs dont les Harris dépendent. Est-ce que cela fera l'affaire ? conclut-il d'un ton enjoué.

— Cela fera parfaitement l'affaire, répondit Rourke. Je vous remercie.

— Les remerciements ne sont pas nécessaires, mon cher. Mais j'espère que tu m'inviteras au baptême. Imagine-toi que j'ai toujours rêvé d'être... parrain !

Ce vendredi soir, reconnaissante du soutien moral que son amie lui apportait, Becky avait invité Maggie à dîner. A son grand soulagement, son grand-père ne tiqua pas quand il découvrit que cette femme dont Becky lui parlait depuis si longtemps était noire. Il l'accueillit avec le sourire et se comporta en parfait gentleman.

Un peu plus tard, alors que les deux amies prenaient le frais sous la véranda, Maggie demanda :

— Est-ce que tu vas te décider à épouser Kilpatrick avant la naissance du bébé ou pas ?

— Il veut que je choisisse entre ma famille et lui, répondit Becky. Comment le pourrais-je ?

— En effet, reconnut Maggie. C'est un choix difficile.

— Impossible, même. Je ne me vois pas placer Mack dans une famille d'accueil.

— Mais je croyais qu'il aimait bien ton petit frère ?

— C'est vrai. Il l'emmène souvent voir un match de basket, et il lui apporte toujours un élément ou un autre pour ses trains minia...

Becky s'arrêta brusquement. Elle venait de se rendre compte que Rourke n'aimait pas seulement son petit frère. Il avait aussi beaucoup d'affection pour son grand-père. C'était lui qui avait redonné au vieil homme le goût de vivre.

Comme si elle avait lu dans ses pensées, Maggie déclara alors :

— Je crois que tu n'as pas pris le problème par le bon bout, ma chérie. Le fait que Kilpatrick veuille passer d'abord ne signifie pas qu'il veut chasser ton grand-père et tes frères de la maison. Cet homme n'a pratiquement jamais eu de famille, et je pense qu'il comprend mal la loyauté dont tu fais preuve envers les tiens. Il ne doit pas avoir conscience que l'on peut aimer tout un tas de personnes, et toujours avoir de l'amour à revendre.

— Oh non ! fit Becky. Ça ne peut pas être aussi simple. Il m'a dit qu'il n'y avait pas de futur possible entre nous tant que je pensais d'abord à mes proches.

— Il a raison, dit Maggie, mon histoire personnelle est là pour le prouver. Quand j'ai épousé Jack, je n'avais plus de famille. J'étais jalouse du moindre instant qu'il consacrait à ses parents, et je faisais tout pour qu'il ne les voie pas. Finalement, mon attitude a eu raison de notre couple, parce que je l'avais mis face à un choix impossible. Ne commets pas la même erreur avec Kilpatrick, ma chérie. Fais en sorte qu'il devienne membre à part entière de ta famille. Fais-lui comprendre que tu peux aimer les tiens sans entamer l'amour que tu lui portes.

— Je crains qu'il ne soit trop tard, dit tristement Becky. J'ai déjà tout gâché.

— Certainement pas ! objecta Maggie. Est-ce que Kilpatrick te donne l'impression d'avoir abandonné ? Regarde donc autour de toi : la maison est repeinte, le toit refait... Sans compter qu'il a pris les frais d'hôpital à sa charge, convaincu Davis de défendre Clay...

— Que dis-tu ?

Devant sa surprise évidente, Maggie haussa les sourcils.

— Comment, tu n'es pas au courant ? J'ai déjeuné avec l'une des filles qui travaillent à mi-temps dans les services du procureur. Elle m'a dit qu'à l'époque, l'histoire avait fait le tour du palais.

— C'est Rourke qui a décidé Davis de défendre Clay ? répéta Becky, incrédule.

— Oui. Et cela n'a pas dû être facile, si l'on considère que Lincoln Davis se servait de Clay et des liens que Kilpatrick avait avec toi pour se faire élire. Mais, enfin, Kilpatrick y est parvenu. Et il a payé la majeure partie des frais d'hôpital de ton grand-père.

— Mais il ne m'a rien dit ! gémit Becky. C'est toi qui me l'apprends.

— Parce que c'est ton amour qu'il veut, et non ta gratitude. Es-tu donc aveugle à ce point ?

— Je croyais qu'il n'était intéressé que par le sexe, avoua Becky.

Maggie éclata de rire.

— Mais, ma chérie, tous les hommes sont intéressés par le sexe ! Seulement, si Kilpatrick n'avait voulu que ça, pourquoi aurait-il continué à te voir après t'avoir mise enceinte ?

— Je ne sais pas, reconnut Becky. Je ne comprends plus rien à rien.

— Il n'y a pire aveugle que celui qui ne veut...

Maggie se tut au milieu de sa phrase en voyant arriver une Lincoln Continental noire aux vitres teintées. Le véhicule s'arrêta à quelques mètres d'elles, et elle chuchota :

— Eh bien, eh bien… Est-ce que tu as des amis que je ne connais pas ?

Becky se leva et fronça les sourcils.

— Désolée, mais je ne connais personne qui puisse se payer une telle voiture.

Sur ces entrefaites, la portière s'ouvrit et un homme de haute stature aux cheveux noirs et frisés, élégamment vêtu, descendit de la voiture. Il grimpa les marches de la véranda, jeta à Maggie un regard bref mais approbateur, et se tourna vers Becky.

— Mademoiselle Cullen, je présume ? fit-il d'un ton courtois. Je suis Lincoln Davis, l'avocat de votre frère.

— Monsieur Davis ! s'exclama-t-elle en le reconnaissant.

Et, spontanément, elle l'étreignit.

Il eut un petit rire embarrassé et s'éclaircit la voix.

— Je n'étais pas sûr d'être bien accueilli…

— Vous plaisantez ! dit Becky. Après ce que vous avez fait pour mon frère, vous serez toujours le bienvenu dans cette maison. Mais entrez donc que je vous présente à mon grand-père. Maggie ?…

— Je suis derrière toi, murmura son amie.

Elle se leva, non sans remarquer que Lincoln Davis semblait la trouver autant à son goût qu'elle le trouvait au sien.

A leur entrée, le grand-père détourna les yeux de la télévision et son front se plissa. Le visiteur était un Noir ! Mais, en remarquant qu'il portait un costume hors de prix et une cravate de soie, Granger fut impressionné. Il ne voyait qu'un seul homme de couleur qui pouvait venir ici sans y être invité, et, se souvenant des paroles de

Rourke, décida de se montrer hospitalier en dépit de ses vieux préjugés.

Il se leva donc et lui tendit la main.

— Monsieur Davis, n'est-ce pas ? Je suis heureux de faire votre connaissance.

Davis lui serra la main.

— Je suis tout aussi enchanté que vous, monsieur Cullen. Clay vous tient en haute estime. Il m'a beaucoup vanté votre intégrité et votre sens de l'honneur.

Quand elle vit rougir son grand-père, Becky n'en crut pas ses yeux. C'était bien la première fois qu'il affichait ce genre d'émotion !

— Je vous en prie, monsieur Davis, fit le vieil homme. Asseyez-vous.

L'avocat s'exécuta et croisa les jambes. Puis il dit :

— Pardonnez-moi de me présenter chez vous à une heure aussi tardive, mais je viens seulement de rentrer en ville. Dans la mesure où il y a de nouveaux développements dans l'affaire de Clay, j'ai pensé qu'il serait bon que je vous en entretienne pendant que je le peux.

— Bien. Je crois que je vais partir, dit alors Maggie.

— Mais non, tu peux très bien rester, répliqua Becky.

Elle s'adressa à Davis pour expliquer :

— Maggie est mon amie. Je n'ai pas d'objection à ce qu'elle entende ce que vous êtes venu nous dire. Et permettez-moi d'insister sur le fait que nous sommes très fiers que vous défendiez Clay.

— Eh bien, à vrai dire, confessa Davis, j'ai pensé que je vous le devais, puisque ce journal a déformé certains de mes propos.

Il considéra un instant le ventre de Becky et fit la moue.

— Puis-je vous demander pourquoi Kilpatrick ne demande pas votre main ?

A ces mots, Granger Cullen éclata de rire.

— Il le fait tous les jours, le pauvre homme ! Mais Becky persiste à refuser.

— Vous avez tort, assura Davis. Il est fou amoureux de vous.

— J'aimerais l'entendre de sa bouche, ne put s'empêcher de rétorquer Becky. Mais, euh..., si nous en revenions à Clay ?

— Certainement. Eh bien, le procès doit se tenir dans deux semaines. Comme vous le savez, nous plaiderons non coupable pour les trois chefs d'inculpation, à savoir détention de stupéfiants de classe deux — la cocaïne —, trafic de stupéfiants et tentative de meurtre.

— Allons droit au but, intervint Granger. Quelles sont les chances de Clay ?

— Nous avons demandé au juge la suppression de certaines pièces à conviction qui n'ont pas été recueillies dans les règles, répondit Davis. Si cela ne marche pas, nous utiliserons une autre stratégie. L'accusation n'est pas aussi bien ficelée qu'il y paraît, et nous pouvons aussi compter sur Jenna Harris, la cousine de Sony et Bubba, qui est prête à témoigner en faveur de Clay.

— Est-ce que ses cousins vont la laisser faire ? s'inquiéta Becky.

— C'est une bonne question. En fait, elle n'est pas retournée voir Clay depuis quelques jours, et personne ne paraît savoir où elle se trouve, leur apprit l'avocat. Cela étant, nous avons autre chose en réserve. Je ne peux pas entrer dans les détails, mais sachez que j'ai informé la police de certains faits qui pourraient s'avérer décisifs.

Lincoln n'osa pas mentionner le nom de Kilpatrick.

Son idée de priver les Harris du soutien des parrains de la pègre pouvait avoir de graves répercussions. Elle n'était pas précisément illégale, mais elle risquait de se retourner contre le procureur, si les médias en avaient vent.

— Le problème, reprit-il, c'est que si notre affaire fonctionne, les Harris vont se retrouver acculés, et donc dangereux puisqu'ils ont beaucoup plus à perdre que Clay. C'est la raison pour laquelle je souhaiterais que vous permettiez à Kilpatrick de vous fournir un garde du corps.

— Un garde du corps ? s'alarma Becky.

— Nous pensons que c'est nécessaire, insista Davis. D'ailleurs, nous avons déjà l'homme qu'il vous faut. Il est employé comme, euh…, jardinier par un vieil ami de l'oncle de Kilpatrick. En tout cas, c'est une personne de confiance. Est-ce que vous acceptez ?

— A condition que ce soit moi qui paie, déclara Becky d'un ton ferme.

— Kilpatrick peut payer. C'était son idée, fit valoir Davis.

— Accepte, Becky, intervint Maggie. Il arrive un moment où il faut céder, et je crois que nous y sommes.

— Exactement, approuva l'avocat.

Il sourit à Maggie, laquelle lui sourit en retour.

— Si je ne m'abuse, dit-il, vous travaillez dans le même cabinet que Mlle Cullen, n'est-ce pas ?

— En effet, répondit Maggie. J'y travaille depuis quelques années.

— Il me semblait bien vous reconnaître. Vous êtes l'épouse de Jack Barnes.

— Nous sommes divorcés depuis pas mal de temps, murmura Maggie.

A cette nouvelle, le visage de Davis s'éclaira.

— Vraiment ? fit-il en se penchant vers elle. Et que pensez-vous des reptiles ?

« Oh, Maggie, pria Becky, surtout ne lui parle pas de ton serpent ! » Elle savait que son amie sortait rarement avec des hommes, parce qu'ils avaient peur de cet animal.

Mais Maggie n'était pas télépathe. Elle regarda Davis en hésitant.

— Eh bien..., je n'aime pas trop les lézards, mais j'avoue que j'adore les serpents. J'ai un bébé python, chez moi...

— Voulez-vous dîner avec moi, demain soir ? enchaîna aussitôt l'avocat.

— J'ai dit que j'aimais les serpents, insista Maggie, incrédule. Que j'avais un python dans mon appartement.

— Elle ne ment pas, affirma Becky. J'ai même peur d'aller chez elle.

— Je possède un python de trois mètres cinquante, annonça Davis. Nous pourrions parler herpétologie.

Maggie était radieuse, à présent.

— Ce serait avec grand plaisir.

— Bien. Pour ma part, j'ai terminé, dit Davis. Si vous le souhaitez, je vous reconduirais volontiers.

— C'est-à-dire..., hésita Maggie. Je suis venue ici avec ma voiture.

— J'enverrai quelqu'un la récupérer, déclara Davis en se levant. Mademoiselle Cullen, je vous contacterai dès que j'aurai du nouveau. Quant à Bob, votre garde du corps, il sera ici demain.

— Est-ce Rourke qui va l'amener ? demanda-t-elle.

Davis la sonda du regard et sourit.

— Sans doute, oui. En attendant, faites bien attention à vous. Et pardonnez-moi de vous voler votre invitée, mais une lady qui aime les serpents, c'est trop rare pour que je la laisse s'échapper.

— Je comprends tout à fait, dit Becky avec un large sourire.

Granger Cullen s'approcha à son tour et tendit la main à l'avocat.

— Si vous avez besoin de quoi que ce soit, vous pouvez compter sur moi, promit-il.

— J'allais vous dire la même chose, répliqua Davis en lui serrant fermement la main.

Puis il se tourna vers Maggie et la prit par le bras.

— Et, donc, à propos de serpents…

— Merci pour le dîner, ma chérie ! lança Maggie au moment de sortir. Nous nous verrons lundi.

— D'accord. Et bon week-end.

A ce moment-là, Mack surgit dans le salon après avoir passé une bonne demi-heure au téléphone avec son ami John.

— C'était qui, dans cette Lincoln ? demanda-t-il.

— L'avocat de Clay, répondit Becky.

— Mmm…, fit Mack pensivement, je serai peut-être avocat, quand je serai grand.

Becky sourit et serra son petit frère dans ses bras. Malgré tous ses soucis, il semblait bien que les choses s'arrangeaient un peu.

Rourke arriva vers midi, le lendemain, en compagnie d'un homme qui ressemblait à un basset. Il avait des bajoues, et son regard ne laissait filtrer aucune émotion. Il était bien charpenté mais plutôt lent de mouvements, si bien que Becky se demanda s'il pourrait vraiment les protéger en cas de besoin. Mais, enfin, elle sourit, et tâcha de l'accueillir du mieux qu'elle pouvait.

— Je te présente Bob, dit Rourke. Il travaille pour l'un de mes amis, et il sait faire beaucoup de choses, en plus d'être un excellent garde du corps.

— Très honoré, madame.

— Je suis heureuse de vous avoir chez nous, Bob, assura Becky. Avez-vous déjeuné ?

— M. Kilpatrick m'a payé un hamburger. J'adore les hamburgers, répondit-il. Est-ce que vous avez un jardin ?

— Eh bien…, oui, derrière la maison. Mais il n'est pas en très bon état, actuellement.

— Est-ce que vous avez une bêche ?

— Oui, dans la grange.

— Merci, madame.

Et Bob partit derrière la maison sous le regard décontenancé de Becky. Elle se tourna vers Rourke.

— Es-tu sûr que cet homme est un garde du corps ?

— J'en suis certain, répliqua-t-il.

Puis il l'observa un instant, avant de demander :

— Est-ce que tu as vu Davis ?

— Il est venu hier soir, répondit-elle. Que se passe-t-il ? Es-tu au courant ?

— Absolument pas, prétendit Rourke. Et comment va ton grand-père ?

— Il va bien, dit Becky. Il fait la sieste, en ce moment. Et Mack est chez John.

— Il ne faudrait pas qu'il rentre seul à pied, on ne sait jamais ce qui peut arriver, remarqua-t-il. Appelle-le pour lui dire que Bob viendra le chercher.

Becky obtempéra. Pendant qu'elle téléphonait, Rourke alluma un cigare. Elle se dit qu'il avait l'air fatigué et se demanda distraitement s'il s'inquiétait pour elle. Après tout, c'était son bébé qu'elle portait.

Une fois qu'elle eut parlé à Mack, elle rejoignit Rourke et lui demanda s'il voulait un café.

— Non, merci, je ne peux pas rester. J'ai trop de travail en retard.

— Rourke, pourquoi ne m'as-tu pas dit que c'était toi qui avais convaincu Davis de défendre Clay ? demanda-t-elle. Ni que tu avais payé les frais d'hôpital ?

Le visage de Rourke se ferma brusquement.

— Qui te l'a dit ?

Becky secoua la tête.

— Tu ne le sauras pas. Ce n'est pas M. Davis, en tout cas, affirma-t-elle. Pourquoi as-tu fait ça ? demanda-t-elle avec douceur.

Il tira une bouffée de son cigare et tourna la tête pour rejeter la fumée.

— Disons que c'était par intérêt personnel, puisque j'ai envoyé Clay en prison. Je me sentais peut-être coupable, qui sait ? ajouta-t-il avec un brin d'ironie.

Le cœur de Becky se serra. Elle avait espéré qu'il avouerait qu'il tenait un tant soit peu à elle, mais maintenant…

— Bon. Eh bien, merci quand même, dit-elle en baissant les yeux. Je te sais gré de ce que tu as fait.

Rourke la prit soudain par le menton et lui fit relever la tête.

— Je ne veux pas de ta reconnaissance, Becky.

— Que veux-tu, alors ? demanda-t-elle avec un rire âpre. Mon corps ? Tu l'as déjà eu.

Il lui effleura les lèvres du pouce, lentement.

— Et tu crois que c'est tout ce que je voulais ? Tu en es bien sûre ?

Becky soupira misérablement.

— Tu veux le bébé, murmura-t-elle. Ça, je le sais déjà.

Mais, moi, tu ne me veux pas, ajouta-t-elle, emplie de crainte.

— Seulement si tu recommences à m'aimer, répliqua-t-il. Et ce n'est pas près d'arriver, n'est-ce pas ? fit-il avec une profonde amertume. Parce que je suis l'homme qui a épié ton frère pour le faire tomber.

Becky ne pouvait le nier. Mais quelque part, même s'il ne faisait que son travail, cela ne ressemblait pas à Rourke de s'être servi d'un tuyau qu'il aurait obtenu par quelque subterfuge. Tel qu'elle le connaissait, il ne devait utiliser un renseignement que si quelqu'un le lui avait donné directement.

Elle le regarda dans les yeux.

— C'est peut-être idiot, mais il me semble que ce n'est pas le genre de chose que tu ferais, n'est-ce pas ?

Rourke se détendit visiblement.

— Tu le crois vraiment ? demanda-t-il avec tendresse.

Et il sourit.

Alors, Becky noua les bras autour de son cou en poussant un profond soupir.

— Parfois, j'ai l'impression de ne pas te connaître du tout, dit-elle. Oh, embrasse-moi, je t'en prie !

— Ma Becky ! se réjouit Rourke.

Il la souleva du sol et l'embrassa comme si sa vie en dépendait. Quand il la reposa, il éclata de rire en voyant la mine qu'elle faisait. Mais était-ce sa faute si elle l'excitait tant ?

— Promets-moi de m'épouser, ou je te fais l'amour immédiatement sur le plancher, la menaça-t-il d'une voix sourde.

— Vous n'êtes qu'un pervers, monsieur le procureur, rétorqua-t-elle.

Puis elle appuya la joue contre son torse, ferma les yeux

et savoura ce bonheur retrouvé. C'était si bon d'être avec lui ! Et elle l'aimait tant !

— Oui, je t'épouserai, promit-elle. A condition que tu ne me forces pas à abandonner les miens entièrement. Je pourrai toujours prendre une infirmière pour mon grand-père, mais Mack…

A l'idée d'une famille d'accueil, sa gorge se noua.

Quand il comprit ce qu'elle était prête à céder, Rourke se raidit.

— Seigneur ! Mais je n'ai jamais voulu dire qu'ils devaient partir d'ici ! s'exclama-t-il. Ils vivront avec nous, bien entendu ! Je voulais simplement t'entendre dire que tu m'aimais toujours.

— Si je t'aime ? murmura Becky, les yeux noyés de larmes. Mais je mourrais pour toi, s'il le fallait !

Plus ému qu'il n'aurait su dire, il se pencha vers elle et l'embrassa avec passion.

— Becky ?

Ils se tournèrent de conserve vers l'endroit d'où venait la voix. Le grand-père, hésitant sur le seuil, les regardait, les yeux arrondis par la surprise.

— Nous allons nous marier, annonça Becky avec un sourire radieux.

— Eh bien, ce n'est pas trop tôt ! marmonna son grand-père, mais avec une lueur de plaisir dans les yeux. Je suis désolé de vous interrompre, mais pourrais-tu me faire un sandwich ? On meurt de faim, dans cette maison.

— Je te fais ça tout de suite, acquiesça Becky. Enfin…, si mon futur mari veut bien me lâcher.

A regret, Rourke la libéra de son étreinte.

— Cette fois, il faut vraiment que je m'en aille, dit-il sans pouvoir la quitter des yeux. Nous nous marierons samedi en quinze, ma chérie. Le soir, il y a un banquet en l'honneur du juge Ballmer. J'espère que ma nouvelle épouse voudra bien m'y accompagner.

— Je suis à vos ordres, monsieur Kilpatrick, affirma Becky. Mais… que va-t-il se passer, pour Clay ?

Rourke eut son sourire de prédateur.

— Tu verras bien, répondit-il.

Chapitre 21

Lincoln Davis ne sut jamais vraiment comment le procureur et ses mystérieux amis s'y étaient pris. Toujours est-il que lorsqu'il entra dans le bureau de Kilpatrick, dix jours plus tard, il y trouva, outre deux policiers en tenue, les frères Harris, leur père, et le procureur qui avait pris en main l'affaire de Clay : Jim Garraway.

— Je crois que vous ne connaissez pas Jim, n'est-ce pas, Davis ? dit Rourke en le présentant au magistrat.

— Votre réputation vous a précédé, monsieur Davis, assura Garraway avec un large sourire. Voici les frères Harris et leur père, poursuivit-il en désignant les malfrats d'un geste. Ils viennent d'avouer avoir accusé à tort votre client de tentative de meurtre, ainsi que de détention et de trafic de stupéfiants.

— En d'autres termes, précisa Rourke, plus aucune charge ne pèse contre Clay. Il n'y a plus que quelques documents à remplir, et il pourra rentrer chez lui.

— Les aveux ont été enregistrés, dit Garraway. Le juge en aura une transcription sur papier demain à la première heure.

— Heureusement, vous n'êtes pas au chômage, remarqua

Rourke d'un ton plaisant. Vous avez encore ces trois-là à poursuivre.

Il considéra les Harris sans aménité, et ajouta :

— Et je me ferai une joie de témoigner pour le ministère public.

— Vous ne nous garderez pas longtemps derrière les barreaux, grogna le père Harris. Nous serons sortis d'ici demain matin.

— Sous caution, bien sûr, acquiesça Rourke. Mais vous avez commis quelques grosses erreurs, ces derniers temps, que certaines personnes gardent en travers de la gorge. Quand vous serez de nouveau dehors, vous serez livrés à vous-mêmes. Or, poursuivit-il un rictus aux lèvres, vous avez joué un sale tour à vos copains, et ils ne sont pas du genre indulgent. Dès que vous sortirez, ils ne songeront qu'à se venger.

En écoutant ces mots, les Harris avaient perdu de leur superbe.

— Nous pouvons refuser la libération sous caution, dit Sony d'un air accablé. Bon sang, Kilpatrick, vous n'aviez pas le droit de nous coincer de cette façon !

— Vous n'aviez pas le droit de tuer mon chien, répliqua-t-il sèchement. Maintenant, vous aurez des années pour le regretter.

— Vous nous aviez promis un marché, rappela Sony en se tournant vers Garraway.

— Et je tiens toujours mes promesses, acquiesça le procureur. Si vous acceptez de nous livrer les noms de vos fournisseurs, vous pourrez bénéficier de la législation sur la protection des témoins.

— C'est-à-dire ? demanda le père Harris en plissant les yeux.

— Une nouvelle identité et un nouveau départ dans la

vie pour vous trois, répondit Rourke. Réfléchissez-y. Vous n'avez pas d'autre chance de vous en sortir.

Sur ce, il sortit dans le couloir avec Davis.

— Ne me posez pas de questions, dit-il quand il vit que l'avocat s'apprêtait à le faire. Tout ce qui compte, c'est que ma stratégie ait marché. Disons que c'était un risque calculé. Et je crois que Bob peut rentrer chez lui, maintenant.

— Vous allez laisser Becky sans protection ? s'étonna Davis.

— Pas vraiment, rétorqua Rourke. En fait, nous nous marions demain après-midi. Après le banquet en l'honneur de Ballmer, demain soir, nous prenons l'avion pour les Bahamas. Le vieux Cullen a recouvré tout son allant. Il pourra s'occuper de Mack sans problème — et de Clay aussi, j'imagine. Après tout, nous ne partons que pour huit jours.

— Eh bien, eh bien..., fit Davis. Becky, et un bébé en prime. Vous êtes un sacré veinard, Kilpatrick. Mais, dites-moi, est-ce que vous allez vous représenter, finalement ?

— Vous le saurez demain au banquet, répondit Rourke.

Et il partit en arborant un large sourire.

Le banquet battait son plein, quand Rourke, assis à côté d'une Becky radieuse dans sa robe de soirée et avec une alliance toute neuve au doigt, fut invité à monter sur l'estrade.

Après quelques anecdotes pleines d'humour sur la carrière du juge Ballmer, il fit une pause et s'éclaircit la voix.

— A présent, je suppose que vous attendez tous que j'annonce ma candidature aux prochaines élections, reprit-il. Tout d'abord, laissez-moi vous dire que, pendant sept ans, j'ai essayé de faire mon travail le mieux possible et que j'espère y être parvenu. Mais, au cours de ces derniers mois, j'ai dû faire face à la détresse de personnes qui se retrouvent aux prises avec notre système judiciaire sans moyens financiers.

Rourke marqua un temps et fourra les mains dans ses poches.

— La loi n'est juste, poursuivit-il, que si elle offre des chances égales à tous les citoyens. Une loi qui favorise les gens aisés ou qui réduit les droits des plus démunis peut être qualifiée d'inique. Sur le banc du ministère public, je me suis efforcé de faire en sorte, pendant toutes ces années, que le plateau de la balance ne penche ni d'un côté ni de l'autre. Mais, aujourd'hui, je veux voir le tribunal de l'autre banc. Je ne me représenterai pas au poste de procureur. Je vais m'installer en tant qu'avocat et me spécialiser dans le droit des mineurs.

Un murmure de protestation parcourut l'assistance. Mais Lincoln Davis, assis à une table proche de l'estrade, avait du mal à cacher sa joie.

Rourke, ému, s'éclaircit de nouveau la voix.

— Je suis flatté de votre réaction. Mais, voyez-vous, j'ai une toute nouvelle femme, et nous allons avoir un enfant, dit-il en souriant à Becky. Mes priorités sont donc différentes, et j'ai de bonnes raisons pour vouloir désormais passer mes nuits chez moi plutôt qu'au bureau.

Rires et applaudissements saluèrent sa remarque. Rourke fit un clin d'œil à Becky, ravissante avec ses joues rosies par le plaisir.

— Je ne prétendrai pas que cette décision fut facile à prendre, avoua-t-il. Mais mon épouse est maintenant tout mon univers. Il n'y a pas un seul être humain, sur cette terre, que j'aime autant qu'elle. A partir d'aujourd'hui, je vais me consacrer à elle et aux enfants que nous aurons. Cela étant dit, j'espère que vous ne m'en voudrez pas d'apporter mon soutien à Lincoln Davis, qui est assis devant moi avec l'air du renard qui essaie de cacher son plaisir d'avoir pu s'emparer du fromage.

Tout le monde éclata de rire, y compris Davis. A côté de lui, Maggie, très élégante, le dévorait des yeux.

— Je voudrais aussi remercier publiquement Lincoln Davis pour le travail exemplaire qu'il a effectué dans l'affaire qui concernait mon jeune beau-frère. Je crois pouvoir assurer par ailleurs qu'il n'aura plus à représenter ce dernier.

Davis brandit une main pouce en l'air tout en hochant la tête. Rourke continua à parler pendant quelques minutes, mais Becky n'entendait plus ce qu'il disait. Elle savourait le fait qu'il avait déclaré son amour pour elle en public — alors qu'il ne l'avait jamais fait en privé. Elle buvait du petit-lait, tout en essayant de contenir ses larmes. Il n'y avait plus aucune barrière ! Même celle que Rourke croyait encore debout était tombée hier soir, quand Mack avait confessé en larmes que c'était lui qui avait donné à Rourke le renseignement qui avait conduit à l'arrestation de Clay. Becky avouerait à son mari qu'elle était au courant, mais pas tout de suite. Ils avaient trop de choses à se dire.

Clay était rentré à la maison ce matin, plus heureux qu'il ne l'avait jamais été. Jenna était avec lui, et Becky l'avait trouvée charmante. Clay s'était engagé spontanément à trouver un travail honnête et à participer dorénavant aux tâches quotidiennes.

Becky éclatait littéralement de félicité. Elle n'en revenait pas du chemin parcouru en quelques mois. Elle posa la main sur son ventre et fixa sur Rourke un regard débordant d'amour. Quand il lui sourit en retour, elle crut défaillir de bonheur. La vie était pleine de surprises, se dit-elle. Et le soleil revenait toujours après l'orage.

PRÉLUD'

Le 1er octobre

Prélud' n°106

Un brûlant contrat - Dallas Schulze

Veuve et enceinte, Tessa fuit sa belle-famille prête à la faire passer pour folle dans le but de lui voler son bébé. Désespérée, elle se tourne vers Keefe Walker, celui qu'elle aimait en secret autrefois...

Prélud' n°107

Le fruit d'une nuit - Margaret Watson

La meilleure amie de Kate meurt dans ses bras en lui confiant sa petite fille de six ans, Regan. Mais au moment où Kate s'apprête à adopter Regan officiellement, un homme surgit dans sa vie : Seth, le père de Regan, qui envisage de reprendre l'enfant et qui en a le droit...

Prélud' n°108

Un jour de mariage - Brenda Mott

Le jour de son mariage, Miranda est abandonnée par Lucas, le garçon qu'elle adore. Des années de rancœur vont les séparer. Jusqu'au jour où Miranda n'a pas d'autre choix que d'appeler au secours Lucas, qu'elle hait pourtant plus que tout être au monde.

Prélud' n°109

Des baisers interdits - Terry McLaughlin

Fiancée au très convenable Henry, Sydney n'ose pourtant pas s'engager. Pour voir plus clair dans ses sentiments, elle s'envole pour deux semaines en Europe. Dès son arrivée, elle fait la connaissance de Nick. Une rencontre passionnée et une révélation bouleversante pour Sydney...

Prélud' n°110

Les roses écarlates - Diana Palmer

Un ruban de velours rouge... C'est la signature que laisse derrière lui le triste individu qui fait frissonner le comté. Homme de devoir, Garson prend alors sous son aile Grace, sa jeune voisine, une victime potentielle. Grace, à laquelle il ne trouve guère d'attraits et qui pourtant l'émeut profondément...

Best-Sellers n°344 • roman

Le voile des illusions - Jackie Collins

Trois femmes extraordinaires. Trois carrières prometteuses. Trois divorces imminents.

Dans le monde impitoyable d'Hollywood, où les paparazzi font et défont les stars, Shelby l'étoile montante du cinéma, Lola la bombe latino, et Cat la réalisatrice rebelle, découvrent quelles illusions se cachent derrière le voile du succès. Sous les paillettes éclatent les scandales, les jalousies, les trahisons. Difficile alors, de rester fidèle à soi-même… si ce n'est aux autres.

Best-Sellers n°345 • roman

Retour au lac des saules - Susan Wiggs

A présent que sa fille a quitté la maison, Nina Romano s'apprête à réaliser son rêve de toujours : racheter et rouvrir l'auberge du lac de Saules. Aussi est-elle furieuse d'apprendre que la propriété vient d'être vendue… à Greg Bellamy, le fils de riches qu'adolescente, elle aimait en secret. De retour après son divorce, il a encore trouvé le moyen de se mettre en travers de sa route ! Mais quand il lui propose de s'associer avec lui, elle hésite, déchirée entre sa méfiance envers ce rival déloyal, et son attirance pour un Greg encore plus séduisant qu'autrefois…

Best-Sellers n°346 • historique

Une passion irlandaise - Brenda Joyce

Irlande, 1818.

Après le mariage de leurs parents respectifs, Eleanor et Sean grandissent ensemble. Mais, au fil des ans, Eleanor tombe amoureuse de Sean qui, lui, la considère comme sa petite sœur et ne rêve que de partir à l'aventure. Eleanor essaie en vain de le retenir. Quatre ans s'écoulent sans qu'il donne signe de vie, et la jeune fille, refusant de céder au chagrin, se fiance à un autre. Mais, à la veille de son mariage, Sean réapparaît. Eleanor, bouleversée, apprend qu'il s'est enrôlé dans la rébellion irlandaise et est recherché par les troupes du roi. Alors, elle n'hésite pas : peu importe le scandale, elle suivra Sean n'importe où, fût-ce au péril de sa propre vie. Sean l'enlève le jour de ses noces…

Best-Sellers n°347 • suspense

Les mains du diable - Gwen Hunter

Médecin dans le comté de Dawkins, en Caroline du sud, le Dr Rhea Lynch se trouve confrontée à une série d'étranges événements : tandis que les cas de malaises respiratoires se multiplient de manière inquiétante aux urgences, une jeune accidentée dont le corps porte la trace de sévices atroces se livre à des rituels de magie noire au sein de l'hôpital...
Ce roman est le troisième volet de la série consacrée au Dr Rhea Lynch.

Best-Sellers n°348 • roman

Le testament des Gerritsen - Emilie Richards

La Nouvelle-Orléans, 1965.

Aurore Gerritsen vient de rendre son dernier souffle. Respectant ses instructions, son avocat réunit les proches de la vieille dame, à qui il ne lira le testament qu'au bout de quatre jours, toute personne partant avant ce délai perdant son droit à l'héritage. Un héritage considérable, qui suscite tensions et convoitises. En huis clos dans le pavillon d'été de Grand Isle, les uns et les autres, à travers à travers les journaux intimes, les secrets de famille enfouis depuis des années, et la lecture du testament, vont alors découvrir le lien secret qui les unit à Aurore Gerritsen ...

Best-Sellers n°349 • suspense

Spirale meurtrière - Meg O'Brien

Agent littéraire à Los Angeles, Mary Beth Conahan se trouve soudain confrontée aux meurtres de son ex-mari et de deux de ses auteurs. Coïncidence ? Au même moment, l'une de ses anciennes amies, dont elle était sans nouvelles depuis des années, frappe soudain à sa porte pour lui demander de l'aide...
Un récit haletant dans lequel secrets et trahisons s'entremêlent pour mieux nourrir le suspense jusqu'au coup de théâtre final.